»LA GAJA SCIENZA«

VOLUME 1487

COMPLEANNO DI SANGUE

Romanzo di
JAMES PATTERSON
e MAXINE PAETRO

Traduzione di
ANNAMARIA BIAVASCO
e VALENTINA GUANI

LONGANESI

Gruppo editoriale Mauri Spagnol

www.longanesi.it

ISBN 978-88-304-6146-8

Titolo originale
21st Birthday

Per essere informato sulle novità
del Gruppo editoriale Mauri Spagnol visita:
www.illibraio.it

COMPLEANNO DI SANGUE

In memoria di Philip R. Hoffman,
avvocato e amico

PROLOGO

Cindy Thomas seguì l'assistente di Robert Barnett nel lungo corridoio dello studio legale Barnett & Associates a Washington, DC.

Da quell'incontro poteva nascere qualcosa di grosso e Cindy si era agghindata per l'occasione: abito nero aderente, blazer di pelle, un filo di rossetto e l'aria sicura che le veniva dalle informazioni in suo possesso.

Cronista di nera del *San Francisco Chronicle* da anni, aveva avuto modo di seguire le indagini e di raccontare gli omicidi seriali più efferati degli ultimi anni.

L'avvocato Barnett era il suo agente letterario ed era riuscito a farle pubblicare da un noto editore il libro di true crime intitolato *Fish's Girl.* L'opera prima di Cindy aveva riscosso un grande successo di critica e per un po' era addirittura entrata nella classifica dei best seller del *Times*.

Era la storia di un serial killer e della sua altrettanto pericolosa e spietata compagna. Nel seguire la vicenda per il *Chronicle,* Cindy aveva aiutato la polizia a catturare la « ragazza di Fish ». Sia nel libro sia nella realtà la vicenda si era conclusa con uno scontro a fuoco in cui Cindy, colpita di striscio da un proiettile da 9 mm, aveva sparato a sua volta uccidendo il serial killer.

Era stata un'esperienza straordinaria, ma ormai era una

storia vecchia, a prescindere dal fatto che le vendite dei libri erano in calo per tutti i generi letterari. Cindy era tornata così al suo lavoro principale, che assorbiva la maggior parte del suo tempo.

La settimana precedente, però, Bob Barnett le aveva telefonato a casa dicendo: «Ho seguito con estremo interesse il caso Burke sul tuo blog, Cindy. Ottimo lavoro. Se lo trasformi in una proposta editoriale, penso di riuscire a piazzarlo».

Le aveva chiesto di scrivere sinossi, introduzione, indice e almeno un capitolo completo per poter dare un'idea dello stile ai potenziali acquirenti che non fossero già suoi lettori sulle pagine del *Chronicle.* Per spronarla ad andare a Washington a parlarne di persona, le aveva offerto il biglietto aereo e una stanza al Ritz. Cindy sperava che Barnett riuscisse a procurarle un secondo contratto di edizione.

«Appena decidi quando partire, avvertimi» le aveva detto.

Cindy non lo aveva fatto aspettare molto.

L'assistente di Barnett la accompagnò nello studio, la informò che il titolare era leggermente in ritardo e la invitò ad accomodarsi. «Se ha bisogno di qualcosa, signora Thomas, mi trova qua fuori.»

Lo studio era esattamente come Cindy lo ricordava: moquette verde prato, scrivania con piano di marmo verde e un'enorme quantità di orchidee, perlopiù fiorite, su tutte le superfici disponibili. Sistemata ad angolo retto rispetto alla scrivania c'era una libreria alta fino al soffitto che conteneva le opere di tutti gli autori rappresentati da Barnett nel corso della sua carriera. *Fish's Girl* era ad altezza d'occhi e leggermente fuori posto, come se Barnett lo avesse tirato fuori per sfogliarlo prima dell'appuntamento.

Cindy fu molto contenta di vederlo in mezzo a titoli di autori famosi e, dopo essersi fatta un selfie da mandare a Richie, si sedette sul divano nella zona salotto.

Barnett si presentò poco dopo, scusandosi per averla fatta aspettare.

«Nessun problema, Bob» rispose Cindy.

Barnett le strinse calorosamente la mano e si sedette nella poltrona accanto al divano. Era un bell'uomo, con occhiali firmati, abbronzatura naturale e folti capelli grigi, ed era molto cordiale.

«Nell'attesa, mi sono goduta la vista del panorama e delle tue magnifiche orchidee.»

«Ho il pollice verde» disse Barnett. «Ma sono bravo anche a scegliere i miei autori.»

Cindy accettò il complimento con un sorriso e Barnett, sporgendosi in avanti, andò subito al punto.

«Ho letto la tua proposta tutta d'un fiato. Siamo ai livelli di *Helter Skelter*, *Dalia nera* e *A sangue freddo*. Non vedo l'ora di vedere come va a finire. Se riusciamo a coinvolgere le persone giuste, può diventare un caso letterario clamoroso. Assolutamente clamoroso, Cindy.»

PARTE PRIMA

Cinque mesi prima

1

Cindy Thomas era al lavoro nel suo ufficio al *San Francisco Chronicle*. Erano le 17.30 di un lunedì quando si sentì chiamare da una voce di donna.

O, per essere più precisi, sentì gridare: «Cin-dyyy!»

Alzò gli occhi dallo schermo del portatile, guardò oltre la parete di vetro e vide una donna alta che si faceva strada agilmente fra le postazioni di lavoro della redazione. Avanzava fra le scrivanie con la destrezza di un cavallo da polo, inseguita da un addetto alla sicurezza panciuto che non riusciva a starle dietro.

Da brava giornalista, Cindy aveva occhio per i particolari e notò che la donna, fra i quaranta e i cinquant'anni, indossava leggings, una felpa dei Bruins e un berretto di maglia da cui spuntavano i capelli castani tagliati a caschetto e aveva le guance rigate di mascara. Pareva molto determinata e decisamente fuori di sé. Si diresse verso l'ufficio di Cindy ed entrò senza rallentare, posò le mani sulla scrivania e la fissò con gli occhi rossi per il pianto.

«Sono Kathleen Wyatt. *K.Y.* Si ricorda di me?» gridò. «È il suo nickname.»

«Stamattina ho mandato un post al suo blog. Mia figlia e la sua bambina sono scomparse. Le ha ammazzate il marito.»

Sean Arsenault, l'addetto alla sicurezza, si affacciò ansimando sulla porta dell'ufficio. «Mi scusi, signora Thomas.» Poi, rivolto alla donna appoggiata alla scrivania, aggiunse: «Lei venga con me. Forza».

«Kathleen, è armata?» chiese Cindy.

«Non dica sciocchezze.»

«Tranquillo, Sean» disse Cindy. «Kathleen, si sieda.»

L'uomo replicò che avrebbe aspettato fuori dalla porta e si piazzò a pochi passi di distanza. Cindy si rivolse alla donna che, nel frattempo, si era seduta di fronte alla scrivania e ignorava gli sguardi curiosi dei colleghi che osservavano la scena da dietro il vetro.

Cindy continuò: «Mi ricordo benissimo, Kathleen. Ho dovuto togliere il suo post dal blog».

«È un violento, la picchia. E sono sparite.»

Il direttore del giornale, Henry Tyler, si affacciò sulla soglia dell'ufficio. «Tutto bene, Cindy?»

«Grazie, Henry. Nessun problema.»

Tyler annuì e batté un dito sul quadrante dell'orologio.

Cindy gli fece capire con un cenno che non aveva dimenticato la scadenza delle sei: l'articolo sulla sparatoria nel Tenderloin era pronto, mancava solo l'ultima rilettura. Tyler scambiò qualche parola con Arsenault e chiuse la porta.

Cindy si rivolse nuovamente a Kathleen Wyatt. «Ha accusato di omicidio un uomo, facendo nome e cognome. Le regole del sito sono chiare: niente turpiloquio, niente insulti e niente attacchi personali. L'interessato potrebbe querelarla per diffamazione e trascinare in tribunale anche il *Chronicle* rovinandoci con una causa che durerebbe fino alla prossima era glaciale.»

«Credevo che lei fosse una brava persona, Cindy. Invece è come tutti gli altri: pensa solo ai soldi» ribatté Kathleen Wyatt.

«Non insista, Kathleen, altrimenti sarò costretta a metterla alla porta.»

Kathleen Wyatt poggiò le braccia conserte sulla scrivania, chinò la testa e cominciò a singhiozzare. Sembrava disperata, in preda al panico.

«Kathleen? Senta, Kathleen... Ha le prove del fatto che quest'uomo ha ucciso sua figlia e sua nipote?»

Kathleen alzò la testa e la scosse. «No.»

«Un'altra domanda» disse Cindy. «Ha chiamato la polizia?»

Questa volta, quando tirò su la testa, Kathleen Wyatt disse: «Sì. Sì, certo. Ma hanno forse ritrovato la bambina? No».

2

Mentre Kathleen Wyatt si asciugava gli occhi nella felpa, Cindy recuperò il post che aveva cancellato quella mattina e lo rilesse.

Kathleen aveva scritto, tutto maiuscolo, che suo genero Lucas Burke maltrattava la moglie Tara ed era violento anche con la bambina, Lorrie. Scriveva di essere preoccupatissima per la sorte di figlia e nipote, e fermamente convinta che fosse successo loro qualcosa di grave.

Cindy aveva visto il post pochi minuti dopo che Kathleen lo aveva pubblicato. L'uso delle maiuscole, i molti errori di ortografia e il tono del testo, decisamente inadatto al blog di un quotidiano, le avevano fatto pensare che fosse opera di uno squilibrato o di un troll.

Ora che Kathleen gliel'aveva raccontata di persona, la storia le sembrava più credibile, ma non aveva modo di stabilire se la donna fosse paranoica o se veramente sua figlia e sua nipote fossero in pericolo di vita. Si trattava di una paura comprensibile, così come era plausibile l'ipotesi del femminicidio. Succedeva fin troppo spesso. Il pensiero che Tara e Lorrie potessero essere morte dopo che Kathleen aveva postato il suo appello quella mattina riempiva Cindy di sensi di colpa. Ciononostante, non poteva fare nulla.

Kathleen batté la mano sulla scrivania per attirare la sua attenzione.

Era rimasta quasi senza voce a furia di urlare, ma disse: «Ho chiamato la polizia appena mi sono accorta che Tara era irreperibile. Ma alla terza o quarta volta che chiami, la polizia non ti dà più retta. Li ho dovuti implorare, e alla fine mi hanno ascoltata. Mia figlia ha vent'anni, è maggiorenne. Ma per mia nipote hanno allertato l'unità cinofila e hanno diramato un Amber Alert. O almeno così hanno detto. Io finora sul cellulare non ho visto niente».

«Quanto ha la bambina? Un anno?» chiese Cindy.

«Quasi un anno e mezzo.»

«La stanno cercando.»

Kathleen estrasse dal marsupio una foto di madre e figlia: Tara era giovanissima, e bruna come Kathleen, mentre Lorrie aveva i capelli rossi.

«Lorrie ha sedici mesi, per la precisione. Mia figlia passa le giornate con lei, ma quando sono andata a vedere in casa non c'era nessuno e la macchina non c'era. Al telefono non risponde. Ci sentiamo sempre, tutte le mattine, dopo che Lucas esce per andare a lavorare. A quest'ora la bambina potrebbe essere già morta, mentre se lei avesse pubblicato la foto sul sito del giornale sei ore fa...»

«Faccio la giornalista, Kathleen. Come lei sa, devo verificare le notizie prima di pubblicarle. Mi dispiace...»

«È inutile che mi dica che le dispiace. Non servirà a salvare né mia figlia né la sua bimba.»

«Mi dia cinque minuti» disse Cindy. Diede l'ultima rilettura all'articolo sulla sparatoria nel Tenderloin, cambiò qualche parola e riscrisse la conclusione. Poi allegò il file a un'email e la inviò a Tyler.

Consegnato l'articolo in tempo per la chiusura, tornò a rivolgersi a Kathleen. «Non le prometto niente, ma vediamo se riesco ad aiutarla.»

3

Cindy selezionò il numero e tamburellò con le dita sulla scrivania in attesa che Lindsay rispondesse.

«Pronto.»

«Lindsay, ho bisogno di un consiglio. È importante.»

«Cos'è successo?»

«Niente, niente, sto bene. Hai un minuto da dedicare a una donna che dice che sua figlia e sua nipote sono scomparse?»

«Io?»

«Grazie, Lindsay. Ti metto in vivavoce. Sono qui con Kathleen Wyatt, che adesso ti spiegherà la situazione. Kathleen, le passo il sergente Lindsay Boxer della squadra Omicidi.»

«Buongiorno, Kathleen. Mi racconti che cosa è successo» disse Lindsay.

«Sono scomparse in un buco nero.»

«Come, scusi?»

«Non ho notizie di mia figlia Tara e della sua bimba da stamattina, e il marito Lucas le aveva minacciate.»

«Non sente sua figlia da stamattina. Perché pensa che sia successo qualcosa di grave?»

Kathleen lasciò passare un momento prima di ammettere: «Tara è scappata con la bambina altre volte».

«Scappata dal marito?»

«Le dice continuamente che la odia, la picchia... Ma sta attento a non lasciarle segni. Le dice che vorrebbe che Lorrie non fosse mai nata... E io ho chiamato la polizia.»

«Avete chiesto un provvedimento restrittivo contro Lucas, una diffida a non avvicinarsi?» domandò Lindsay.

«Tara non voleva. Ha solo vent'anni. È troppo giovane, immatura, troppo dipendente da lui. Non lavora. Lo teme e poi, che Dio la perdoni, lo ama. A diciassette anni mi ha chiesto il permesso di sposarsi e io, che Dio mi perdoni, gliel'ho dato.»

In sottofondo si udì strombazzare. Lindsay era in macchina. Alzò la voce per farsi sentire nonostante il rumore del traffico e chiese: «Cosa le ha detto la polizia?»

«Oggi? Mi hanno detto che hanno parlato con Lucas e che ha un alibi. Un'altra donna, probabilmente. Dovrebbe vederlo: gelido, impenetrabile. Nega di averla minacciata, naturalmente. Hanno incominciato a cercarla nei pressi della casa, con i cani e anche i droni. E dicono che Tara tornerà. Ma me lo lasci dire, Lindsay, ho paura che sia troppo tardi.»

Le parole «troppo tardi» furono seguite da un gemito disperato. Kathleen scoppiò a piangere come se fosse sicura che per figlia e nipote ormai non ci fosse più nulla da fare. Come se lo sapesse per certo. L'addetto alla sicurezza si avvicinò alla porta, pronto a intervenire, ma Cindy sollevò una mano e gli fece segno di no.

«Chi ha raccolto la sua segnalazione? Sa come si chiama il collega con cui ha parlato?» chiese dopo un po' Lindsay.

«Bernard. Ho parlato con l'agente Bernard.»

«Okay, Kathleen» replicò Lindsay. «Verificherò con

l'agente Bernard. Lasci il suo numero a Cindy e la richiamerò. Se della bimba non si hanno notizie dalle otto di stamattina, la polizia deve intervenire. Chiami l'SFPD e chieda di Tom Murry, dell'unità Reati Gravi. È il responsabile della sezione Persone Scomparse. Tenga il cellulare a portata di mano.»

«Conosco il tenente Murry» disse Kathleen. «Purtroppo non mi prende sul serio.»

«Gli parlerò io» promise Lindsay. «Gli chiederò come procedono le indagini...» Si interruppe. «Scusate, ora devo andare.»

Cindy salutò Lindsay e stette a guardare Kathleen che, con mano tremante, scriveva il proprio numero di telefono e mormorava: «Mi aiuti lei, Cindy. Lorrie è morta, me lo sento».

«È quasi buio» disse Cindy. «Torni a casa e chiami di nuovo la polizia. Ha parlato con gli amici di Tara? E con i vicini? Se scopre qualcosa, mi aggiorni. Un momento, mi faccia vedere la foto.»

Kathleen le porse la foto di figlia e nipote, e Cindy la fotografò con il cellulare e le promise di pubblicarla, senza nominare Lucas Burke, invitando chiunque avesse notizie di Tara e Lorrie a farsi avanti.

Mentre Cindy la accompagnava all'ascensore, Kathleen Wyatt si calcò il berretto sulla testa borbottando qualche parola di ringraziamento. Tornata alla scrivania, Cindy si chiese perché si fosse rivolta proprio a lei. Aveva ragione a diffidare tanto del genero, o era paranoica?

4

Erano le otto e mezzo di martedì mattina ed ero alla scrivania dalle sette.

Volevo raccogliere qualche informazione per Kathleen Wyatt prima della riunione delle 9.00 indetta dal tenente Jackson Brady. Essendo anch'io madre, mi sentivo particolarmente coinvolta.

L'ispettore Richard Conklin, mio compagno di squadra, che occupa la scrivania di fronte alla mia nello squallido open space della Omicidi, era appena arrivato in ufficio e, sentendo che ero al telefono con il tenente Murry, era andato in cucina a prendere un caffè.

Rich sapeva che stavo facendo un favore alla mia amica Cindy, con la quale conviveva felicemente da tempo. Quando tornò alla scrivania, ringraziai Murry e chiusi la chiamata. Rich mi porse una tazza di caffè appena fatto, nero e con tre cucchiaini di zucchero, proprio come piace a me.

«Boxer, cosa dice Murry?»

«Che Lucas Burke è un cattivo soggetto, ma secondo lui non è un assassino.»

«Perché è un cattivo soggetto?»

Soffiai sul caffè, poi consultai gli appunti.

«L'anno scorso ha aggredito una donna che lo aveva tamponato: l'ha insultata, l'ha presa per le spalle e l'ha scrollata. È stato fermato, ma poi la donna ha ritirato la denuncia. Alcuni mesi dopo Burke ha tagliato con la motosega un albero che secondo lui era nel suo terreno e invece era di un vicino. Ha dovuto pagare una multa di ottocento dollari e la cosa è finita lì. Poi Kathleen Wyatt lo ha denunciato per maltrattamenti alla figlia Tara, la quale però ha smentito e ha detto che la madre esagerava. Kathleen è effettivamente un po' sopra le righe, ed è difficile capire quanto c'è di vero in quello che dice. D'altra parte, sappiamo che tante donne vittime di abusi negano l'evidenza. I precedenti di Lucas Burke sono questi. Come minimo, lo definirei un piantagrane.»

Chiamai Cindy e bevvi il caffè mentre Rich andava a sedersi sul bordo della scrivania del sergente Cappy McNeal per parlare con lui e con il sergente Paul Chi. Li sentii avanzare varie ipotesi sulla riunione imminente. Eravamo tutti d'accordo sul fatto che Brady ci avesse convocato per annunciare i propri piani futuri, ma nessuno aveva idea di che cosa avesse deciso di fare.

Tutto era nato dallo scandalo che non molto tempo prima aveva fatto tremare il distaccamento sud del dipartimento di polizia di San Francisco, ovvero il nostro. Si era scoperto infatti che il tenente Ted Swanson della divisione Antirapina e un gruppetto di altri poliziotti corrotti derubavano narcotrafficanti e agenzie di prestiti. Nei vari scontri a fuoco erano morte ben diciotto persone e Swanson era stato raggiunto da un numero di proiettili sufficiente a farlo fuori non una, ma due o tre volte. Ciononostante era sopravvissuto e stava trascorrendo il resto della sua inutile vita nel carcere di massima sicurezza di Chino.

All'epoca il capo del distaccamento era Warren Jacobi,

mio amico ed ex compagno di squadra, che in seguito allo scandalo era stato costretto ad andare in pensione. A sostituirlo pro tempore era Jackson Brady, il nostro tenente, che da allora dirigeva sia la squadra Omicidi sia il distaccamento sud. Gli era stato chiesto di scegliere fra le due mansioni, ma lui temporeggiava e forse la sua indecisione era durata troppo a lungo, visto che ultimamente si era sparsa la voce che il sindaco avesse contattato Stefan Roman, un comandante del dipartimento di polizia di New York, specializzato in criminalità organizzata.

A me piaceva molto lavorare per Brady. Era intelligente, rispettoso nei confronti dei suoi subordinati, coraggioso e leale.

Perciò speravo che le voci di corridoio fossero infondate. L'idea che Brady stesse per essere promosso capo del distaccamento e che il newyorkese con la fama di duro prendesse il suo posto a capo della Omicidi mi spaventava non poco.

Forse a Brady l'avanzamento di carriera avrebbe fatto piacere ma, egoisticamente, per me sarebbe stato un brutto colpo.

5

Vidi Brady uscire dal proprio ufficio nell'angolo in fondo all'open space. Si mise la giacca e percorse il corridoio al centro dello stanzone. Conklin si alzò dalla scrivania di Cappy e mi raggiunse.

Capelli biondo platino raccolti in una coda di cavallo, camicia di jeans infilata nei pantaloni e giacca scura sbottonata, Brady si apprestò a prendere la parola con un'espressione indecifrabile sul volto.

Si piazzò davanti alla prima fila di scrivanie, di fronte a una decina di agenti del turno di giorno, ad altrettanti del turno di notte e ad altri ancora che stavano arrivando. C'erano colleghi di vari uffici, chi in piedi con le spalle contro il muro, chi seduto o appoggiato a una scrivania. Tutti aspettavano in un silenzio carico di aspettativa.

Quando Brady finalmente prese la parola, non stavamo più nella pelle dalla curiosità. «So che questo periodo di transizione è stato difficile per tutti» esordì. «Se sono riuscito a mandare avanti la baracca su due fronti, è stato grazie a voi. Mia moglie dice che sembro uscito dal frullatore e, se devo dire la verità, un po' frullato lo sono, ma non riuscivo proprio a decidere. Come ben sapete, in questi ultimi tempi non ho fatto altro che correre da un piano all'altro. Adesso è venuto il momento di scegliere tra quarto e quinto piano. Se avessi potuto continuare a tenere il piede in due scarpe, l'avrei fatto volentieri. Ma nell'interesse della cittadinanza e della pubblica sicurezza, oltre che per arrivare vivo al mio quarantacinquesimo compleanno, ho deciso di rimanere alla Omicidi.»

Gran sospiro di sollievo da parte mia e forte applauso spontaneo e grida di giubilo da parte di tutta la squadra.

A voce abbastanza alta perché Brady sentisse commentai: «Sono contenta, Brady. Apprezzo il tuo spirito di sacrificio».

«Non si tratta di questo» obiettò lui. «È una scelta dettata da motivi egoistici. Nel bell'ufficio di Jacobi a occuparmi di scartoffie sarei morto di noia. A me piace l'azione, il lavoro sul campo.»

Molti risero e fu come se nell'open space fosse tornato il sole dopo una giornata nuvolosa. A quel punto mi resi conto che mancava ancora un pezzo della storia.

Chi era il nuovo capo del distaccamento?

Brady anticipò la mia domanda. «E adesso non mi resta che svelarvi chi indosserà l'altra scarpa. Dopo un periodo nella Omicidi a Los Angeles e Las Vegas, da dodici anni dirige il nostro laboratorio della Scientifica con grande competenza. Non si dà arie, ma sappiamo tutti che è uno dei migliori criminologi del Paese.» Mi ci volle un momento per risolvere l'indovinello, perché non avevo mai pensato a Charlie Clapper nelle vesti di capo della polizia, e invece era proprio la persona adatta.

Brady continuò: «A questo punto, dovrebbe alzarsi il sipario e io dovrei invitarvi ad accogliere con un bell'applauso il nostro nuovo capo. Ma ho dimenticato di portare il sipario e Charlie Clapper non c'è. Ci aspetta da MacBain's, nella sala riservata al primo piano, che sarà tutta per noi da mezzogiorno alle due. Non si paga il coperto e la birra è offerta dalla casa. Se avete domande...»

Conklin si alzò in piedi. «Brady? Se c'è il tuo zampino nella nomina di Clapper, complimenti! Hai tutta la mia approvazione. Ottima scelta, in famiglia. E sono felice che tu abbia deciso di restare con noi.»

6

Conklin e io attraversammo la strada all'ora prestabilita, ancora piacevolmente sorpresi dalle novità.

Avevamo entrambi molta stima di Clapper. Era un professionista serio, umile. In innumerevoli occasioni il suo contributo alle indagini era stato determinante: il caso degli hamburger contenenti capsule esplosive, quello in cui avevamo trovato una serie di teste mozzate sotterrate nel giardino di una villa, e poi l'attentato al museo della scienza in cui mio marito Joe aveva rischiato di perdere la vita. Ogni volta Clapper ci aveva guidato sulla scena del crimine mostrandoci elementi decisivi.

Insomma, Charlie Clapper non ci aveva mai deluso.

Arrivati davanti a MacBain's, Rich aprì la porta per cedermi il passo e, insieme, entrammo nel pub preferito dei dipendenti della Corte di Giustizia, dagli stenografi ai poliziotti motociclisti. All'ora di pranzo il vecchio jukebox diffondeva musica a tutto volume e non si trovava un tavolo libero, ma noi andammo dritti al piano di sopra dove la festa era già cominciata. Intorno a un buffet con piatti caldi c'erano tanti colleghi non solo della Omicidi, ma di tutti gli uffici della Corte di Giustizia.

Dovevamo essere un centinaio, ognuno con un bicchiere in mano, compreso Brady. Salutai con un cenno Clapper, che mi rispose nello stesso modo. Quando tutti quanti – dal tenente Tom Murry dell'unità Reati Gravi alla tenente Lena Hurvitz della divisione Vittime Speciali al procuratore Len Parisi – si furono serviti e accomodati, Brady batté sul bicchiere con un cucchiaio.

Tutti ci zittimmo e Brady cominciò a parlare. «Charles Clapper, ex direttore della nostra Scientifica, non ha bisogno di presentazioni. Quasi tutti lo avete seguito durante sopralluoghi sulla scena del crimine, o lo avete chiamato a deporre in tribunale, o vi siete rivolti a lui quando un delitto era talmente spaventoso che non sapevate se mettervi a piangere o a vomitare. Da domani mattina Clapper prenderà servizio come capo della polizia nel lussuoso ufficio al quinto piano e voi dovrete rassegnarvi ad avermi come responsabile full time della Omicidi. Charlie, a te la parola.»

Ci furono applausi, qualcuno gridò «Bravo, Charlie!» e gli porse un bicchiere. Come sempre, Clapper era vestito in maniera impeccabile, con le scarpe lucidissime e nemmeno un capello fuori posto. Si alzò e, con una mano in tasca, disse: «Grazie a tutti per avermi dato un così caloroso benvenuto in una posizione che nessuno di voi vuole o vorrebbe occupare neanche da morto».

Aspettò che i presenti smettessero di ridere e riprese: «Come ha detto il tenente Brady, conosco alcuni di voi da oltre quindici anni, durante i quali ho avuto modo di familiarizzare con l'SFPD e contribuire a mandare in galera un certo numero di delinquenti. Adesso il mio compito è un altro. Il sindaco mi ha chiesto di rilanciare il distaccamento sud. La maggior parte di voi ha vissuto in prima persona il declino della nostra reputazione. La divisione Antirapina e la Narcotici sono sotto organico. Mi attiverò per assumere nuovo personale. Sono un perfezionista, mi piace fare le cose come si deve. È così che ho salvato dal baratro la Scientifica ed è per questo che adesso mi è stato affidato questo incarico. Che cosa significa 'come si deve'? Significa che d'ora in avanti esigerò rigoroso rispetto delle regole e disciplina. Ognuno al proprio posto, senza uscire dal seminato. Tenete sempre i verbali aggiornati, telefoni e radio accesi, e occhi e orecchie aperti. Non interrompete mai i contatti con la centrale e con il vostro diretto superiore. Con tutto il bene che vi voglio, a partire da questo momento sarò inflessibile. Il mio ruolo è far rispettare le regole».

7

Verso la fine della festa, andai a cercare il tenente Tom Murry, responsabile della sezione Persone Scomparse.

Con la voce rauca e la faccia stanca mi comunicò che, essendo passate più di ventiquattr'ore da quando Tara Burke e la sua bambina erano state viste per l'ultima volta, aveva allargato il raggio delle ricerche.

« Non le abbiamo ancora trovate. Stiamo seguendo tutte le piste, anche le più improbabili. L'unica cosa che i cani hanno fiutato è stato un gatto morto. Stiamo controllando le targhe di tutti i veicoli nei pressi della casa e Lucas Burke collabora, ha suggerito altri posti dove cercare. Lavoreremo tutta la notte. »

Gli espressi la mia solidarietà e chiesi se aveva bisogno di una mano.

« Sì, grazie. »

Chiamai Joe per ricordargli che quella sera avrei cenato con le mie amiche, poi cominciai a cercare informazioni su Lucas Burke su internet e nei nostri archivi. Scoprii qualche notizia in più sulla sua vita da un discorso che aveva postato online.

La madre e la sorella erano morte quando Lucas frequentava il corso di specializzazione post laurea. Il padre, Evan Burke, era ancora vivo e non si era risposato. Lucas insegnava alla Sunset Park Preparatory School, una scuola superiore privata, esclusivamente femminile, nel Sunset District. Tre anni prima aveva divorziato dalla moglie, dopo dieci anni di matrimonio, e aveva sposato Tara Wyatt. Lorrie era la sua unica figlia.

Evidenziai nomi e luoghi, salvai tutto in un file e andai a cercare Brady.

Non era in ufficio. Salii al quinto piano. Dissi alla segretaria della squadra Omicidi, Brenda Fregosi, di avvertire Rich che sarei tornata entro breve.

Trovai Clapper alla scrivania nel suo nuovo ufficio. C'ero stata tante di quelle volte che conoscevo a memoria persino i mucchietti di polvere sotto il divano.

« Hai un minuto, capo? » dissi.

Clapper mi fece segno di entrare.

La scrivania era coperta di pile di fogli e sotto la finestra erano accatastati faldoni e scatole piene di documenti con la data scritta a pennarello e il coperchio chiuso con lo scotch.

Una montagna di pratiche ancora da archiviare.

E in effetti Charlie aveva l'aria stressata, anziché la sua solita espressione serena. Era comprensibile: era un uomo ordinato e organizzato, perfetto per lavorare alla Scientifica.

Brady, invece, oltre a essere oberato di problemi per via del doppio incarico che ricopriva fino a poco prima, era disorganizzatissimo.

Ci sarebbero voluti giorni prima che Clapper riuscisse a sgomberare il piano della scrivania e a riordinare e classificare tutte quelle scartoffie.

Presi una sedia e mi accomodai.

Lo aggiornai brevemente sul caso di cui mi stavo occupando, ci scambiammo qualche parola di reciproca commiserazione, poi dissi: «Capo, ieri una donna si è presentata in redazione da Cindy e le ha raccontato di non avere più notizie di sua figlia e sua nipote. Sospetta che le abbia uccise il genero. Dice che è un violento».

«E Cindy ha pensato bene di chiamare te?»

«Sì. Me l'ha passata, l'ho ascoltata e poi ho parlato con il tenente Tom Murry della sezione Persone Scomparse, che non ha ancora scoperto niente. Le stanno cercando con i cani e con i droni, hanno perlustrato il quartiere e la scuola dove lavora il marito. Sono passate più di ventiquattro ore.»

Clapper si appoggiò allo schienale. «Sono al corrente, Boxer. E conosco il tenente Murry: è molto scrupoloso. Che cosa mi stai chiedendo?»

«Vorrei interrogare il marito per vedere se mente, e magari fargli...»

Clapper mi interruppe.

«Correggimi se sbaglio, ma non è un caso di tua competenza.»

«No.»

«Murry ha già interrogato il marito.»

«Sì, ma non è riuscito a cavargli niente.»

«Boxer, il responsabile delle indagini è Murry, e se ne sta occupando. Che cosa ho detto oggi a pranzo?»

«Tante cose.»

«Fra cui che ognuno deve stare al proprio posto. Se hai l'agenda vuota, vedrai che si riempirà presto. E non chiamarmi direttamente, Boxer. Fammi chiamare da Brady. Rispetta le gerarchie.»

Arrossii, offesa e mortificata, mi alzai e andai verso la

porta. Clapper non mi degnò di uno sguardo. Non disse nemmeno grazie o arrivederci.

Tornai nello stanzone della Omicidi e Brenda mi segnalò che aveva qualcosa da dirmi. Sottovoce, cominciò: «Ti ha cercato una donna. È laggiù, alla tua scrivania. Si chiama...»

Senza neppure voltarmi a guardare, dissi: «Kathleen Wyatt».

«Come hai fatto a indovinare?» replicò Brenda e si toccò la tempia con un dito, come a voler indicare che si trattava di una pazza.

Strinsi i pugni e andai verso la mia postazione di lavoro.

8

Kathleen Wyatt aveva indosso gli stessi vestiti del giorno prima.

Doveva aver girato in macchina per tutta la notte in cerca della figlia e della nipote. Mi parve fuori di sé, ma lo attribuii allo stress e alla stanchezza.

La portai nel cucinino, le offrii un caffè e una ciambella, poi la aspettai davanti alla porta del bagno.

Considerata la nuova politica di rigoroso rispetto delle regole inaugurata da Clapper, le dissi che il tenente Murry stava lavorando al caso con il massimo impegno. Le citai la sua stessa denuncia, ricordandole che alle undici e dieci di lunedì mattina Lucas aveva telefonato dal cellulare alla moglie, la quale aveva risposto. La chiamata era durata quasi tre minuti. La rassicurai dicendole che molto probabilmente Tara non voleva ancora farsi trovare, ma che presto si sarebbe fatta viva spontaneamente. Un attimo dopo, non so come, mi sorpresi a prometterle che sarei andata alla Sunset Park Prep a parlare di persona con Lucas Burke per accertarmi che non avesse fatto del male a nessuno.

Kathleen Wyatt mi lanciò un'occhiata scettica.

« Kathleen, si fida di me, sì o no? »

« Okay, mi fido. »

« Bene. Vada a casa e cerchi di dormire. »

La accompagnai fino alla macchina, una vecchissima Fiat. Poi attraversai Bryant Street per andare a prendere la mia auto nel parcheggio, meditando su cosa fare. In realtà, però, avevo già deciso. In quella vicenda c'era qualcosa che mi attirava. Non saprei spiegare il perché, ma mi sentivo coinvolta e pensavo di essere in grado di riportare a casa sane e salve Tara e Lorrie Burke.

Erano le due e mezzo. Nelle scuole le lezioni non erano ancora finite.

Chiamai in centrale per comunicare che prendevo mezza giornata di permesso, poi lasciai un messaggio a Rich dicendo che meno sapeva meglio era e che ci saremmo sentiti più tardi. Per ultima chiamai Cindy.

« Ti voglio dire una cosa in via talmente confidenziale che fai conto che ti stia chiamando da un altro fuso orario » le dissi.

« E cioè? »

« Sto per fare un atto sconsiderato. Vado a parlare con il marito. Non dire niente a Richie, mi raccomando. Sto disubbidendo al nuovo capo. »

« Sei un tesoro, Lindsay. »

La Sunset Park Prep, dove Lucas insegnava inglese alle studentesse degli ultimi due anni, era all'angolo tra Thirty-Seventh Avenue e Rivera Street. Si diceva fosse un'ottima scuola.

Parcheggiai in Sunset Boulevard, agganciai il badge alla tasca interna della giacca e mi infilai la pistola nella cintura dei pantaloni, dietro la schiena.

Controllai di nuovo l'orario di Lucas Burke e vidi che dalle tre alle quattro non aveva lezione, ma era a disposizione nell'Academic Building.

Non avrei potuto scegliere momento migliore, neanche a farlo apposta.

Misi il cellulare nel taschino e scesi dall'auto.

Preparati, Lucas Burke, sto arrivando.

9

Stavo contravvenendo a un ordine preciso, ma mi sentivo giustificata.

In tre casi su quattro di omicidi in ambito famigliare, l'assassino era il marito. Me ne erano capitati decine: mogli ammazzate di botte, figli soffocati con un cuscino, cadaveri sotterrati o triturati in una cippatrice, intere famiglie uccise a colpi di arma da fuoco, e lui che piangeva disperato chiedendo giustizia oppure fuggiva all'estero. Spesso questi uomini si risposavano entro un anno.

Non volevo abbandonare Tara e Lorrie Burke al loro destino dopo meno di un giorno e mezzo. Anche se le probabilità di trovarle vive diminuivano con il passare delle ore, ufficialmente si trattava ancora di un caso di scomparsa. Dovevo capire che tipo era Lucas Burke, l'uomo al centro della vicenda.

Avevo lasciato la macchina nel parcheggio della scuola, che aveva un campus di circa mezzo ettaro con prati verdi che parevano di velluto. L'edificio principale era un imponente palazzo in pietra bianca dei primi del Novecento. Dietro c'erano campi sportivi e palazzine più piccole.

Avevo appena mostrato il badge all'ingresso riservato ai visitatori quando suonò la campanella e dalle aule uscirono chiacchierando frotte di studentesse dirette alla lezione successiva.

Ne fermai un gruppetto e chiesi dov'era lo studio del professor Burke.

« L'ha appena superato » disse una delle ragazze.

Feci dietrofront, vidi una targhetta con la scritta « Prof. Burke », bussai e sentii rispondere « Avanti ».

Entrai e Lucas Burke alzò la testa.

Era un quarantenne belloccio, seduto dietro una scrivania ordinata. Aveva folti capelli mossi, castano chiaro con riflessi ramati, occhiali con la montatura di tartaruga, blazer, camicia azzurra, cravatta regimental e la fede al dito.

Gli mostrai il tesserino agganciato alla tasca interna della giacca e mi presentai. Ci stringemmo la mano, mi invitò ad accomodarmi, io mi sedetti e cominciai a parlare.

« Lei sa che Kathleen Wyatt ha sporto denuncia contro di lei » dissi in tono neutro. Non volevo spaventarlo né farlo arrabbiare, volevo passare per una poliziotta di quartiere che si informava sulla faccenda.

Burke si tolse gli occhiali, si passò una mano sulla faccia e sospirò. « Sergente, ha visto Kathleen? »

« Sì. È sconvolta. Profondamente sconvolta. »

« Ne ho già parlato con un suo collega della sezione Persone Scomparse, il tenente Tom Murry. Chieda a lui » disse Burke. « Comunque, già che è qui, lo posso ripetere anche a lei: Kathleen Wyatt è... Come dire? Eccentrica? Paranoica? Fuori come un balcone? Mi telefona continuamente, e io non oso spegnere il cellulare, caso mai Tara provasse a chiamarmi. »

« Non si è ancora fatta viva? »

« No, dopo la telefonata di ieri mattina non ci siamo più sentiti, ma non mi faccio prendere dal panico. Tara, come sua madre, è ipersensibile. Abbiamo litigato, non ricordo nemmeno più per che cosa.»

«Davvero?»

«Okay, se proprio lo vuole sapere, Tara ha superato il limite della carta di credito. Le ho comprato una Volvo, quando è nata la bambina, ma non le è bastato. Spende un sacco di soldi in biancheria intima, cosmetici, stupidi gadget antistress. Ha ordinato una poltrona in Inghilterra che è costata quattromila dollari più la spedizione! Mentre io sgobbo dalla mattina alla sera, lei si diverte a fare shopping online. Così le ho preso la carta di credito e l'ho distrutta nel tritadocumenti.»

Burke era arrabbiato. Molto arrabbiato. Lo potevo capire. Nello stesso tempo, con quei discorsi stava dimostrando di avere un movente. Poteva essere innocente, ma poteva anche essere un assassino. L'istinto non mi aiutava a decidere.

Burke continuò: «Mi dispiace, sergente, non so altro. L'ultima volta che ho visto Tara è stato ieri mattina alle sette e mezzo, quando abbiamo litigato. Ce ne siamo dette di tutti i colori, ma è finita lì. Alle otto ero puntuale a scuola. Dopo circa un'ora Kathleen ha cominciato a tempestarmi di telefonate».

Seduta di fronte a lui, mentre parlava lo osservavo in cerca di indizi: non sudava e non evitava il mio sguardo. Sulla scrivania c'era una foto in cornice. La girai per guardarla: Tara e Lorrie il giorno del primo compleanno della bambina, circa quattro mesi prima. Sul polso Tara aveva un piccolo tatuaggio: un cuore con la scritta «LuLu».

«Mi dica, sergente. Le serve sapere altro sulla mia vita privata?» continuò Burke.

«A me non interessa lei, professore. Ma per sua figlia è stato diramato un Amber Alert in tutta la California. Ci dia una mano. Non ha idea di dove potrebbero essere Tara e Lorrie?»

Burke minimizzò con un gesto della mano. «Tara non chiude mai a chiave la porta di casa, sa? E non è la prima volta che sparisce. Questa volta ha preso tutti i soldi che c'erano nella cassaforte, ma con poche decine di dollari non andrà lontano. Si è portata via la borsa con i pannolini della bambina. Sa cosa mi viene voglia di fare? Di denunciarla per sottrazione di minore. Che ne dice?»

«Mi sembra un'ottima idea. La accompagno in centrale, così potrà fare una deposizione e sporgere denuncia» dissi. «E noi potremo continuare il discorso. Professor Burke, ci aiuti a ritrovare Tara e Lorrie.»

Burke sbuffò, poi rise e disse: «Tara ce l'ha soltanto con me. È una madre amorevole. A Lorrie non succederà niente di male».

Una studentessa con una lunga treccia bionda e le unghie laccate dello stesso azzurro della divisa si affacciò sulla soglia.

«Professor Burke, quando posso parlarle?»

«Fra dieci minuti, Misty.»

La ragazza annuì e se ne andò.

«Ancora una cosa, sergente» riprese Burke. «Deve sapere che qualche tempo fa il medico ha prescritto a Tara degli antidepressivi. Be', la boccetta è nell'armadietto dei medicinali ed è praticamente piena.»

«Ha smesso di prenderli?»

«Sì. E secondo me è per questo che racconta bugie agli

amici, fa spese pazze, scappa di casa... Sa che cosa mi preoccupa?»

Burke parlava con foga, a ruota libera. Non avevo intenzione di fermarlo e lo trovavo anche piuttosto credibile. Mi dispiaceva soltanto non avere un registratore.

«Che cosa?» dissi.

«Mi preoccupa il fatto che Tara è squilibrata come sua madre e, se è una cosa genetica, ho paura che anche Lorrie lo diventi. Mi lasci il biglietto da visita e appena mia moglie si fa viva la avverto.»

10

Cinque minuti dopo ero di nuovo in macchina, preoccupata ancor più di prima per Tara e Lorrie Burke.

Kathleen Wyatt mi aveva influenzato e a quel punto ero convinta anch'io che fossero in pericolo. Nonostante gli ordini espliciti di Clapper, non potevo disinteressarmene.

Lucas Burke non mi aveva fatto una cattiva impressione e non pensavo che avesse ucciso Tara e Lorrie. D'altra parte, non mi era neppure sembrato particolarmente in ansia. Dove potevano essere? Tara era scappata di casa, come sosteneva il marito, o era successo qualcosa di terribile sia a lei sia alla bambina, come temeva Kathleen?

Più pensavo a Tara e Lorrie, più mi sembrava di sentirle invocare il mio aiuto. Decisi che, se non fossero tornate a casa entro l'indomani mattina, avrei cercato di farmi assegnare il caso. Avrei chiesto un mandato di perquisizione e sarei andata a parlare con i colleghi, le studentesse, i vicini di casa e gli amici di Lucas Burke.

La tensione si faceva sentire anche a livello fisico: avevo collo e spalle contratti. Mi sentivo oppressa dai paletti posti da Clapper.

Rientrai in ufficio poco dopo le cinque e trovai un biglietto di Conklin sulla scrivania, sotto la cucitrice.

Sono uscito con la squadra ricerche. A dopo. R.

Mandai giù una compressa di paracetamolo senz'acqua e composi il suo numero.

Rich rispose subito.

« Dove sei? » mi chiese.

« Seduta alla scrivania. Come procedono le ricerche? »

« Ho la stessa sensazione di quando ti dimentichi dove hai lasciato una cosa e non la trovi, ma sai che è in casa, non può essere sparita. »

Parlammo ancora un po' e gli raccontai che ero stata da Burke, preparandomi mentalmente a una ramanzina di Clapper. Gli promisi di riferirgli l'esito e salii al quinto piano per andare nell'ufficio con vista su Bryant Street.

Bussai. Poi, stupidamente, girai la maniglia. E se Clapper l'avesse presa male e mi avesse detto: « Chi ti ha dato il permesso di entrare, Boxer? » La porta era chiusa a chiave.

Verso le 18.00 andai in macchina verso il Financial District, parcheggiai in Jackson Street e proseguii a piedi fino al Susie's Café, dove avevo appuntamento con le mie migliori amiche, le altre tre donne di quello che Cindy aveva soprannominato il « Club Omicidi ».

Il Susie's Café era il nostro ritrovo abituale. Cindy, Claire, Yuki e io ci sentivamo a casa in quel locale dall'atmosfera *dont' worry, be happy*, con la musica degli steel drums, le gare di limbo e l'ottima cucina caraibica, dove tutti ci conoscevano e ci davano del tu.

Cercavamo di incontrarci un paio di volte al mese per farci quattro risate, scambiarci confidenze e anche per ragionare insieme sui casi più difficili.

Quella sera ci eravamo date appuntamento perché erano già tre settimane che non vedevamo Claire.

Nella strada vuota soffiava un vento tagliente. Mi abbottonai la giacca, ma avevo freddo lo stesso.

Poi vidi le luci del locale: se c'era una cosa che poteva scaldarmi il cuore era una serata con le mie amiche al Susie's Café.

E chissà che a una delle quattro non venisse un'idea brillante.

11

Arrivai davanti al Susie's Café mentre usciva un gruppetto di persone. Un uomo mi tenne aperta la porta ed entrai, accolta come sempre da un allegro vociare e dal profumo di curry.

Mi fermai un momento per decidere il percorso migliore, poi mi insinuai tra la ressa di persone in piedi al bar e i clienti in attesa di un tavolo. Salutai Susie e proseguii verso il corridoio in fondo alla sala. Era un passaggio piuttosto stretto che, superata la cucina, conduceva nella saletta sul retro, più tranquilla e raccolta. Lì non c'erano né musica dal vivo né bar, solo murales giamaicani e una decina di tavoli e séparé, fra cui quello che noi donne del Club Omicidi consideravamo nostro.

Claire era seduta in fondo alla panca, vicino alla finestra, di fronte a Yuki. Entrambe mi accolsero con un gran sorriso. Mi sedetti accanto a Claire e battei il cinque con Yuki, che annunciò: «Cindy sta arrivando».

Presi la mano a Claire.

Era reduce da un intervento chirurgico nel quale le avevano tolto mezzo polmone dopo una diagnosi di carcinoma e, sebbene l'operazione fosse riuscita, i medici non si erano pronunciati riguardo alla prognosi a lungo termine. Questo spaventava moltissimo non solo me, ma anche tutti quelli che la conoscevano e le volevano bene.

Claire non era ancora tornata al suo lavoro di direttrice dell'Istituto di medicina legale e doveva sottoporsi a controlli ogni tre mesi.

Mi resi conto che era dimagrita davvero tanto. Era un suo obiettivo da anni, ma di certo non pensava di riuscire a raggiungerlo grazie a un cancro.

Yuki, arrivata direttamente dalla procura distrettuale, sfoggiava un tailleur pantalone nero. Capelli lunghi fin sotto il mento con una ciocca bionda davanti, stava bene, ma aveva l'aria stanca.

Si sporse in avanti e disse: «Il dottor Terk ha trovato Claire meglio del previsto. Le ha detto che sta benissimo e può tornare a lavorare».

Claire sorrise. «Sì, ma ho dovuto giurare sulla testa del coniglietto di Rosie di non fare più le ore piccole.» Scoppiammo a ridere. Il coniglietto di Rosie, la figlia di Claire, era un batuffolo di pelo morbidissimo con grandi occhi e lunghe orecchie pendule che dormiva sul cuscino accanto alla bambina. Poi Claire chiese notizie del distaccamento sud e del suo nuovo capo e le risate si spensero subito.

«Clapper è l'uomo giusto, no?»

«Mmm» fece Yuki, che era sposata con Brady.

«Non mi sembri entusiasta, Yuki-san. Come mai?»

«Be', Brady è di pessimo umore. Ieri notte non ha chiuso occhio, cosa che per lui è veramente insolita. Clapper gli è molto simpatico, ma è un po' come se, pur avendo deciso autonomamente che non voleva essere promosso capo del distaccamento, gli scocciasse che sia stato il sindaco a prendere la decisione per lui. Lo vive come un affronto, come un segno di sfiducia.»

Prima che cominciassi a raccontare che mi ero già beccata una ramanzina da Clapper, arrivò Lorraine, la nostra cameriera preferita, con i capelli rossi raccolti e penna e bloc-notes in mano.

«Aspettate Cindy?» chiese.

«Dovrebbe arrivare da un momento all'altro» rispose Yuki.

Quasi l'avessimo evocata, Cindy comparve.

Era vestita di jeans dalla testa ai piedi e aveva i capelli più ricci che mai per via del vento umido. Ci guardò con gli occhioni azzurri e, appena si fu seduta accanto a Yuki, disse: «Scusate se vi ho fatto aspettare. Sono rimasta bloccata dietro un'autocisterna».

Lorraine la salutò e recitò l'elenco dei piatti del giorno.

Claire ordinò bistecca con contorno di fagioli neri e riso, Yuki un'insalata di granchio e Cindy frittelle di strombo.

«Lo strombo è finito» disse Lorraine.

«Allora vorrei le zampe di gallina passate nella farina speziata.»

«Intendi il dentice rosso con patatine fritte?»

«Esatto!» esclamò Cindy. «E un'insalata, per favore.»

«Anche per me» dissi.

«Yuki, vuoi un margarita?»

«No, solo una birra» rispose la nostra cara amica, che non regge la tequila.

«Birra per tutte, quindi» concluse Lorraine.

«E birra sia!» commentai.

Arrivarono le birre. Alzammo i boccali imperlati di goccioline e dicemmo in coro: «A Claire».

«A noi» replicò Claire.

Brindammo.

Lorraine portò i piatti tenendoli in equilibrio sugli avambracci e, prima di allontanarsi, chiese se desideravamo altro. Rispondemmo tutte che andava bene così. Dopo alcune lunghe sorsate di birra, Cindy si sporse in avanti e annunciò in tono melodrammatico: «Amiche, ho grandi notizie da darvi».

12

«E vorrei sottolineare con un rullo di tamburi che si tratta di notizie che riguardano Burke» continuò Cindy. «Ma prima lasciatemi mangiare qualcosa.»

Protestammo a gran voce e fischiammo. «Questa ce la pagherai» sentenziò Claire.

Cindy rise. «Sul serio, sto morendo di fame» protestò.

Mentre versava sulle patatine una dose generosa di salsa piccante, dissi: «Be', anch'io ho qualcosa da raccontarvi a proposito di Lucas Burke. Oggi sono andata a parlargli alla Sunset Park Prep».

«Stai cercando di soffiarmi lo scoop, Lindsay?» esclamò Cindy.

«Volevo farmi un'idea, capire che tipo è» spiegai. «La tua amica Kathleen mi ha messo ansia, non riesco a non pensarci.» Raccontai alle mie amiche che mi ero presentata da Burke senza alcun preavviso e lui mi aveva detto che il lunedì mattina aveva litigato con Tara e lei per ripicca se n'era andata con la bambina.

«Ah, e mi ha detto anche che Tara è in cura con gli psicofarmaci, ma ha smesso di prenderli. Voleva addirittura venire in centrale a denunciarla per sottrazione di minore ma, quando mi sono offerta di accompagnarlo, ha subito cambiato idea, sostenendo che Tara tornerà nel giro di poco. Le ha distrutto la carta di credito.»

«Non potevi arrestarlo per sospetto duplice omicidio?» chiese Claire.

«Non ho elementi a suo carico. E molto probabilmente Clapper mi sospenderebbe. La vicenda è di competenza della sezione Persone Scomparse. Allora, queste erano le mie novità. Adesso tocca a te, Cindy.»

Cindy posò la forchetta, si pulì le labbra con il tovagliolo e fece un sorrisetto compiaciuto.

«In via del tutto confidenziale, okay?»

Siccome di solito eravamo noi a farle promettere segretezza, scoppiammo a ridere, alzammo la mano destra e giurammo solennemente di mantenere il segreto. Poi Cindy, in perfetto stile giornalistico, ci raccontò quello che aveva scoperto.

«Misty Lee Fogarty è una studentessa dell'ultimo anno alla Sunset Park Prep» disse. «Ha diciotto anni, Lucas Burke è il suo prof di letteratura inglese e se la porta a letto. Le ha detto di voler lasciare la moglie per lei.»

«Be', a diciotto anni, ancora ci credi» commentò Claire.

«Chi ti ha raccontato questa storia del lasciare la moglie?» domandò Yuki.

«Un'amica di Misty. Poi ho parlato anche con Misty in persona. In via non confidenziale.»

«È una bionda con una lunga treccia?» chiesi pensando alla ragazza che si era affacciata sulla porta mentre parlavo con Burke.

«Esatto» rispose Cindy. «Sostiene che Lucas glielo ha addirittura messo per iscritto.»

«Tu cosa pensi?» chiesi.

Cindy prese la borsa, tirò fuori un cartoncino rosa scritto a mano in stampatello e ce lo mostrò velocemente.

Poi lesse ad alta voce: « 'Cara Misty, ti amo. Ti prometto che entro la fine dell'anno scolastico sarò un uomo libero e potremo sposarci. Con amore, Luke' ».

« C'è la data? » chiesi.

« *Nein.* »

« Fai una foto, per favore, e mandamela. In via confidenziale » dissi a Cindy strizzando l'occhio. « Voglio confrontarla con la firma nel database della Motorizzazione. »

Cindy digrignò scherzosamente i denti, scattò la foto e me la mandò. Mi chiesi se più tardi l'avrebbe mostrata anche a Rich e se il mio compagno di squadra si sarebbe sentito tagliato fuori.

Poi chiesi alla nostra girl reporter: « Quindi che cosa pensi, Cindy? Che Lucas Burke abbia fatto fuori la moglie per stare con Misty? »

« Secondo te? » ribatté Cindy.

« Secondo me è un porco, ma non necessariamente un criminale » intervenne Yuki con grande convinzione. « Però, se Tara lo fosse venuto a sapere, potrebbe essersi scatenato l'inferno. A meno che Lucas non glielo abbia detto chiaro e tondo. Sempre che... Tara ha solo vent'anni. »

« Al posto di Tara » intervenni « io lo considererei motivo sufficiente per svuotare la cassaforte, prendere la bambina e andarmene. »

« Senza dirlo alla madre? » intervenne Cindy. « Volete sapere che cosa penso? Penso che Lucas Burke avrebbe bisogno di un bel terzo grado con la luce sparata in faccia e qualche pugno ben assestato. »

« Guardi troppi polizieschi all'antica, Cindy » commentò Claire.

« Sì, sì. Okay. Sentite il mio piano. Le foto di Tara e

Lorrie usciranno sul giornale di domani, e online già da stasera. Tyler offre una ricompensa di venticinquemila dollari a chi fornirà informazioni che permettano di ritrovarle. Te lo dico, Lindsay, perché domani potreste ricevere un sacco di telefonate.»

«Va bene» risposi. «Faremo il necessario.»

«Puoi fare qualcosa per sbloccare la situazione?»

Sospirai e scossi la testa ripensando a Clapper che mi diceva di non impicciarmi.

Poi pensai al rapporto che dovevo scrivere. «Mi manderesti le foto?»

Mentre Cindy prendeva il telefono, al nostro tavolo scese un tale silenzio che di colpo riuscimmo a sentire tutto quello che veniva detto nella sala. Nel séparé dietro il nostro era in corso un incontro d'affari, in quello davanti c'era una coppia al primo appuntamento, mentre dal tavolo a sinistra provenivano risate di ubriachi.

Siccome ho una figlia piccola, e Claire anche, chiedemmo il conto e senza tanti complimenti ci salutammo.

Tornando a casa in macchina, pensai tutto il tempo alla famiglia Burke.

13

Joe era sulla sua poltrona preferita con Julie in braccio e la nostra vecchia border collie, Martha, accoccolata ai piedi.

«Non scomodatevi» dissi.

Martha, dolcissima, si alzò lo stesso, poi anche Julie mi venne incontro e io abbracciai entrambe prima di arrivare da mio marito. Mi chinai, gli diedi un bacio e lui mi fece sedere sulle sue ginocchia.

«C'è qualcosa che non va. Cosa?»

«Niente. Te lo racconto dopo.»

Julie mi mostrò un biglietto con un arcobaleno e un cane che assomigliava molto a un border collie, disegnati a mano.

«Mamma! Guarda!»

«Fa' vedere.»

«Lo ha mandato Franny!»

«Wow, tesoro. Che bello!»

Franny è Francesca, la figlia ormai adulta che Joe ha avuto dalla prima moglie. Vive a Roma e recentemente, dopo la morte della madre, è venuta a trovare Joe e a conoscere la sorellastra Julie. Una grossa sorpresa per tutti, ma piacevole.

Julie mi porse la busta con il suo nome e l'indirizzo scritti in blu, in stampatello. Guardando meglio il biglietto, vidi che fra le strisce dell'arcobaleno erano scritte alcune parole in italiano.

«Mi leggi cosa c'è scritto, mamma?»

«Sì. Dice... 'Ciao, bella'.»

Julie ripeté «Ciao, bella» insieme a me e ridemmo.

Per cena Julie e Joe avevano mangiato spaghetti con le polpettine di carne, uno dei piatti unici preferiti in casa Molinari. A quel punto, il papà doveva lavorare un po' al computer. Dopo aver fatto la doccia ed essermi messa il pigiama, mi sedetti sul divano con la mia bambina a guardare una sitcom alla tv con un bicchiere di Chardonnay e una vaschetta di gelato pralinato.

Ogni tanto guardavo di sottecchi Julie, che rideva ingenua e divertita, e cercavo di ricordarmi se fossi anch'io così, a quattro anni. Non avevo memoria di quel periodo. Alla prima interruzione pubblicitaria Julie abbassò le palpebre. «È ora di fare la nanna, Julie» le mormorai.

Lei sbadigliò e mi gettò le braccia al collo. La portai a letto. Mi chiese dell'acqua, ma quando tornai con il bicchiere la trovai profondamente addormentata sotto la giostrina con stelle e luna che avevamo appeso sopra il suo letto «da bambina grande».

Raggiunsi Joe, che era in cucina a lavare i piatti. Presi uno strofinaccio.

Lui mi guardò con aria preoccupata e disse: «Sputa il rospo, Biondina».

«Grrr. Devo proprio?»

«Non fa bene tenersi tutto dentro, lo sai.»

«Okay. Benché Clapper mi avesse detto di non impicciarmi del caso, ho deciso di andare a parlare di persona con Lucas Burke. Senza dirlo a Rich, il che dimostra chiaramente che sapevo di essere in torto.»

Joe mi porse un piatto da asciugare. «E com'è andata?»

«Non ho cavato un ragno dal buco. Burke ha sostenuto in maniera del tutto plausibile di non aver niente a che fare con la scomparsa della moglie e della figlia.»

«Ha un alibi?»

«Ha detto che il giorno in cui sono scomparse è arrivato a scuola puntuale. Sarà anche vero, ma resta il fatto che non ha alibi per la notte precedente. Dice che al mattino hanno litigato per questioni di soldi e lui le ha distrutto la carta di credito. A quanto afferma, Tara ha aspettato che fosse uscito per andare a scuola, ha svuotato la cassaforte e se n'è andata con la bambina. Per ripicca. Secondo lui, tornerà quando avrà finito i soldi.»

«Ti è sembrato preoccupato per la bambina?»

«Non particolarmente. Cindy dice che ha un'altra.»

«Per certi uomini è motivo più che sufficiente per far fuori la moglie.»

«Già. Mi piacerebbe seguire il caso e andare a parlare con l'amante. Ma Clapper mi ha fatto notare, in tono insolitamente severo, che il caso non è di mia competenza.»

«Che cosa pensi di fare?» mi chiese Joe.

«Tu che cosa faresti?»

«Ho chiesto prima io.»

Sospirai finendo di asciugare l'ultimo piatto, lo misi via e poi dissi: «Scriverò per bene gli appunti sul colloquio con Burke, confesserò a Clapper che cosa ho fatto, gli chiederò scusa e proverò a convincerlo a non trattarmi come una novellina. Voglio dire, poco tempo fa dirigevo la Omicidi, ho risolto più casi io di... di chiunque altro».

«Lo so, Biondina. Spero che Clapper, per quanto nuovo in questo ruolo, sia abbastanza sicuro di sé da lasciarti mano libera.»

«Cindy pubblicherà le foto di Tara e Lorrie Burke online stasera e nell'edizione cartacea di domani mattina...»

«Alla tv ci sono già» disse Joe. «Ho dovuto cambiare canale perché non le vedesse Julie.»

«Be', magari le vedrà anche Tara Burke e si farà viva. Sarebbe la conclusione migliore, e risolverebbe i miei problemi con Clapper. Come vorrei che Tara telefonasse! O che qualcun altro ci aiutasse a ritrovarle, anche solo dicendo di averle viste, confermando che sono ancora vive.»

«In ogni caso, secondo me, tu sei a posto» disse Joe.

Non ne ero così sicura. Mi versai lo Chardonnay che restava e lo bevvi tutto.

14

Ero alla scrivania alle 07.30 del mattino per la terza volta quella settimana, ed era solo mercoledì.

La spia dei messaggi sul telefono fisso lampeggiava implacabile. Cindy mi aveva avvertito che l'articolo sulla scomparsa delle Burke, con la parola ricompensa nel titolo, avrebbe fatto esplodere il centralino, ma avevo la sensazione che il messaggio che mi aspettava non rientrasse in quella categoria.

Sollevai il ricevitore e premetti il pulsante rosso. Come avevo immaginato, il messaggio era di Charlie Clapper, capo della polizia.

« Boxer, sono Clapper. Chiamami appena senti questo messaggio. »

Avrei preferito non aver indovinato.

Conklin non era ancora arrivato perché, a differenza di me e di tutti coloro che hanno figli piccoli, riusciva ancora a dormire sette ore per notte. Mi guardai intorno. Le luci nella stanza di Brady erano spente. Vidi arrivare Paul Chi, che appese la giacca allo schienale della sedia e mi salutò con la mano andando verso il cucinino.

Lo seguii e stetti a guardare mentre riempiva la caffettiera.

« Come va la vita, Boxer? » mi chiese.

« Su una scala da uno a dieci, direi cinque. »

«A volte mi accontenterei di un cinque» replicò. «Mi sta venendo l'artrosi alla spalla destra.»

«Mi dispiace, Paul.»

«Non ti preoccupare. Basta che prenda un ibuprofene, e lo prenderò subito, con il caffè. Cosa ti ci vorrebbe per passare da cinque a sette?»

«Hai visto il telegiornale?»

«Sì. Se Tara Burke è scappata con la bambina, spero che a quest'ora sia in Canada.»

Qualcuno del turno di notte aveva lasciato il giornale del mattino sopra il forno a microonde. Lo presi e lessi il titolo in prima pagina. «Madre e figlia scomparse. LAUTA RICOMPENSA.»

Il sottotitolo era: *25mila dollari a chi fornirà informazioni utili a ritrovare Tara Wyatt Burke e la sua bambina.*

Guardai di nuovo la foto, ma non persi tempo a leggere l'articolo. Conoscevo a memoria entrambi i lati della vicenda. Mi versai una tazza di caffè caldo, me lo portai alla scrivania e chiamai Clapper.

«Capo, sono Boxer.»

Senza nemmeno darmi il buongiorno, disse: «Ho appena finito di parlare con Tom Murry. Dice che hai interrogato Lucas Burke, ma non vedo il tuo rapporto. Come me lo spieghi?»

«Murry mi ha chiesto di aiutarlo.»

«Sì, ma nel senso di dargli una mano, non di metterti a indagare al posto suo.»

Rimasi malissimo. Ero sempre stata in ottimi rapporti con Clapper, sin da quando ero entrata nella squadra Omicidi. Lo conoscevo, lo stimavo e lo ammiravo. Più che un amico, a volte lo consideravo addirittura uno di famiglia.

« Charlie, non dovevo farlo, lo so, e ti chiedo scusa. Ma è scomparsa una bambina, una bambina piccola. »

« Ti fermo subito, Boxer. Hai le prove del coinvolgimento di Burke? »

« No » ammisi. « Charlie, cioè, capo, perché hai da ridire su... »

« Stiamo tenendo d'occhio Burke. Spero che tu non lo abbia spinto a fare una mossa che rimpiangeremo. »

E buttò giù il telefono. Conklin scostò la sua sedia dalla scrivania e mi si sedette di fronte. « Con chi parlavi? »

« Con Clapper, che mi ha fatto una ramanzina. È la prima volta che mi trovo a dire una cosa simile, Rich, ma non so se riuscirò a lavorare in questo modo. Non credo di farcela. »

15

Feci per prendere la tazza, ma senza volere la urtai e il caffè si rovesciò formando una chiazza nera che dalla mia scrivania tracimò anche su quella di Rich.

Paul Chi mi porse un rotolo di carta assorbente con cui riuscimmo a contenere l'allagamento. Avevamo quasi finito quando mi sentii chiamare.

Era Brady, ed era in piedi accanto a me.

Aveva una faccia tremenda, fronte aggrottata e bocca all'ingiù, come se avesse mal di denti, ma capii al volo che Clapper doveva avergli parlato e che mi aspettava un'altra lavata di capo. Ero pronta.

« Non so come ho fatto a... » cominciai.

« A Baker Beach è stato rinvenuto il corpo di una bambina dai capelli rossi che potrebbe essere Lorrie Burke » disse Brady.

Rimasi sconvolta. Credevo di essere preparata, invece la notizia era arrivata troppo presto ed era troppo tragica.

Brady continuò: « Gli agenti intervenuti sul posto dicono che il corpo sembra essere stato in acqua parecchio tempo, ma attendiamo conferma. L'Istituto di medicina legale è già stato avvertito ».

Quando lasciai cadere nel cestino la carta inzuppata di caffè, mi accorsi che mi tremavano le mani.

«Quindi potrebbe essere morta da un giorno o due?» chiesi.

«Non ne abbiamo la certezza, ma è probabile.»

«Tracce di Tara?» domandò Conklin.

«Per ora no.»

«Clapper lo sa?» chiesi io.

«L'ho appena informato.»

«Ho parlato con Lucas Burke ieri, nel suo ufficio. Ho preso degli appunti e stavo per scrivere il rapporto» dissi.

«Che impressione ti ha fatto?»

«Sembrava arrabbiato con Tara, ma né troppo preoccupato, né troppo tranquillo.»

Brady annuì. «Abbiamo agenti in borghese che lo sorvegliano, nel caso si desse alla fuga. Ci vediamo a Baker Beach» disse.

Ricevette una telefonata e, voltandosi, cominciò ad allontanarsi. Stava entrando nel suo ufficio quando Conklin mi disse: «Andiamo, Lindsay».

Annuii, guardai le scrivanie sporche di caffè e presi la giacca. Feci un rapido inventario per accertarmi di non aver dimenticato badge, telefono o arma di servizio.

Conklin mi osservava serissimo. Per una volta non disse: «Andrà tutto bene».

Mi posò una mano sulla schiena e mi condusse verso la porta.

«Guido io» disse.

Non feci obiezioni.

16

Mezz'ora dopo aver parlato con Brady, Conklin e io arrivammo a Baker Beach, la grande spiaggia sabbiosa che si affaccia sul Pacifico. Il Golden Gate Bridge, a est, si stagliava contro il sole che saliva nel cielo.

I colleghi del turno di notte avevano teso un nastro tutto intorno al parcheggio per impedire l'accesso ai mezzi che non fossero delle forze dell'ordine. Mostrai il badge all'agente di guardia al varco. Rich parcheggiò. Io spensi la radio e scesi lentamente dall'auto.

Di solito ai veicoli è vietato scendere in spiaggia, ma in questo caso Claire e i suoi collaboratori si erano spinti fino al semicerchio delimitato da un nastro giallo che comprendeva il tratto di riva in cui si trovava la vittima.

Riconobbi da lontano la figura curva di Gene Hallows, il direttore del laboratorio forense che Clapper aveva messo a capo della Scientifica. Era all'esterno del perimetro circoscritto dal nastro e guardava i suoi collaboratori che scattavano foto e disegnavano schizzi della scena del crimine; non c'era molto altro da esaminare, né impronte di piedi o di pneumatici né altri cadaveri spiaggiati.

Quattro ispettori del distaccamento nord stavano interrogando il gruppo di surfisti, cercatori di conchiglie e nudisti mattinieri con un asciugamano intorno alla vita che si erano radunati nel parcheggio. Immaginai che i colleghi stessero chiedendo ai frequentatori abituali della spiaggia se avessero notato qualcosa o qualcuno diverso dal solito.

La vedevo difficile.

La bambina poteva essere stata gettata in mare ovunque lungo la South Bay.

Il tenente Tom Murry mi venne incontro per il passaggio ufficioso del testimone dalla sezione Persone Scomparse alla squadra Omicidi.

«Cristo, che tragedia» disse. «Ho mandato il rapporto preliminare al capo, mettendo in copia Brady. Continueremo le ricerche della madre.»

«Una storia spaventosa. Teniamoci in contatto» borbottai. In quel momento Brady entrò nel parcheggio e si fermò accanto a un'auto senza contrassegni. Probabilmente era quella di Clapper. Lo vidi scendere sulla spiaggia e dirigersi verso Hallows e i tecnici della Scientifica.

Conklin e io ci incamminammo nel piazzale asfaltato e poi lungo il sentiero che portava alla scena del crimine.

Claire era accovacciata vicino alla bambina e la osservava senza toccarla. I suoi tecnici erano accanto al furgone, chi con un telo in mano, chi con il sacco mortuario; due reggevano una barella.

Per poter trasferire il cadavere all'obitorio, Claire doveva aspettare che noi lo esaminassimo in situ.

Conklin si avvicinò al nastro. Io rimasi a guardare i capelli rossi della bambina che ondeggiavano nell'acqua, mossi dalle onde.

Claire si alzò. Di tanti casi che le sarebbero potuti capitare nel primo giorno di lavoro dopo l'intervento, proprio quello di una bambina... Le lessi in faccia la stessa tristezza che provavo anch'io.

Tesi le braccia verso Claire e ci abbracciammo.

Per quella bambina ormai non potevamo fare più nulla. Ma potevamo tentare di scoprire come, perché e chi aveva posto fine alla sua vita.

17

Mi fermai con Conklin e Hallows al di qua del nastro che delimitava la scena del crimine, a pochi metri dalla riva dove la bambina rischiava di essere trascinata di nuovo via dalla marea.

I tecnici dell'Istituto di medicina legale avevano steso un telo bianco pulito a una decina di metri dal bagnasciuga. Clapper si staccò dal gruppo, entrò in acqua e ripescò il cadavere.

Lo portò a terra e lo adagiò delicatamente sul telo. Se mi fosse rimasto qualche dubbio sull'identità della bambina, a quel punto svanì: era proprio Lorrie Burke della foto che ci aveva mostrato Kathleen Wyatt.

Clapper si fece da parte per permettere ai tecnici della Scientifica di fotografare il corpo.

Mi guardò e disse: « Sei riuscita nel tuo intento, Boxer, il caso è tuo ».

Siccome rimasi zitta, aggiunse: « Brady è qui, sta arrivando ».

Alzai lo sguardo e vidi Brady che scendeva lungo il sentiero. A pochi metri da dove mi trovavo, Bunny Ellis, l'assistente di Claire, stava avvolgendo il corpo nel telo, sollevandone prima il lembo sinistro e poi il destro, per poi ripiegarlo sui piedi e sulla testa.

Hallows aprì il piccolo sacco mortuario e lo stese accanto al telo. Claire sollevò il fagotto e lo adagiò dentro il sacco. Hallows richiuse la cerniera e portò la bambina verso il portellone aperto del furgone in attesa.

Il momento era solenne. Nessuno parlava. Anche la gente che guardava dal parcheggio taceva. Poi un grido ruppe il silenzio, una voce di donna che strillava: «Loooorrieeee!»

Alzai lo sguardo verso il parcheggio e la riconobbi subito fra i curiosi.

Kathleen Wyatt aveva una felpa azzurra, un berretto nero e un paio di leggings. Anche da un centinaio di metri di distanza vidi che era in preda all'angoscia. Partii di corsa verso il sentiero che portava al parcheggio e lei mi venne incontro. Eravamo a pochi metri l'una dall'altra. La chiamai. Volevo consolarla, dirle che appena possibile le avrei riferito tutto quello che avremmo scoperto. Ma non ne ebbi il tempo. Il furgone dell'Istituto di medicina legale si era messo in moto e si dirigeva verso la strada di servizio riservata ai mezzi dell'ente parco.

Kathleen deviò di colpo per buttarsi davanti al furgone, che fu costretto a fermarsi. Corse sul retro e cominciò a battere i pugni sul portellone invocando il nome della nipote.

La raggiunsi e la afferrai per le spalle. Essendo molto più forte di lei, riuscii a trattenerla e feci segno all'autista di ripartire.

«Non la posso abbandonare così!» piangeva Kathleen. «Devo starle vicino!»

«Kathleen, Kathleen» dissi voltandola verso di me perché mi guardasse in faccia. Era talmente sconvolta che forse non mi vedeva nemmeno.

« Kathleen, l'anatomopatologa è una delle mie migliori amiche. Si chiama Claire Washburn ed è una donna molto in gamba. Ha tre figli, fra cui una bambina piccola. Lorrie è in ottime mani. Per scoprire chi è stato a toglierle la vita, dobbiamo capire come è morta. »

La parola « morta » fu troppo per lei. Mi resi conto che non era ancora in grado di accettare la verità.

« Kathleen, sono la responsabile delle indagini su Lorrie. Scoprirò che cosa le è successo e spero di riuscire a trovare Tara viva » le dissi.

Mentre le dicevo queste cose, lei singhiozzava e io mi chiedevo dove diavolo potesse essersi cacciata Tara Burke. Sapevo poco di lei. Stando al marito, aveva smesso di prendere gli antidepressivi, era fuori di sé e non era la prima volta che scappava di casa portandosi via la bambina. Stando alla madre, aveva sposato l'uomo sbagliato, che le metteva le corna e picchiava sia lei che la bambina. E tutti concordavano sul fatto che Lucas Burke aveva una giovanissima amante e un brutto carattere, dimostrato da occasionali scoppi d'ira con estranei. Era stata Tara a uccidere la figlia? O l'assassino era Lucas? Che avesse ucciso anche la moglie?

Stavo per congedare Kathleen, ma il rombo di un motore mi indusse a non farlo. Alzai lo sguardo e vidi una Audi grigio metallizzato che si fermava con grande stridore di freni sul ciglio della strada. Dal posto di guida scese un uomo che cominciò a gesticolare protestando con l'agente che gli aveva intimato l'alt.

Non capivo che cosa diceva, ma sapevo chi era.

Lucas Burke.

18

La vista del corpicino di Lorrie Burke sul bagnasciuga mi aveva mandato su tutte le furie.

Qualcuno aveva ucciso intenzionalmente una povera bambina indifesa e la cosa mi riempiva di sacro furore, ma cercavo di non lasciarlo trapelare. Quando vidi Lucas Burke, il nostro principale nonché unico sospettato, discutere con un agente nel parcheggio, mi venne voglia di atterrarlo e dichiararlo in arresto.

Ma non potevo farlo, e non lo feci.

Continuando a tenere per un braccio Kathleen, mi guardai intorno in cerca di Conklin. Lo vidi in fondo alla spiaggia intento a parlare con Clapper e Hallows. Erano tutti e tre rivolti verso il mare e Clapper faceva dei gesti circolari con le mani, probabilmente per descrivere l'andamento della marea.

Lucas Burke mi vide e mi chiamò dal parcheggio.

Senza lasciar andare il braccio di Kathleen, mi voltai verso di lui. Con le mani ai lati della bocca, gridava: « Sergente! È Lorrie? Nessuno mi vuol dire niente! È assurdo! »

« Resti dov'è! Sto arrivando » gridai a mia volta.

Sul sentiero c'eravamo soltanto Kathleen e io. Siccome non volevo portarla vicino al genero e scatenare un alterco, mi voltai e, guardandola negli occhi, le dissi: « Kathleen, mi aspetti qui. Torno subito ».

Avevo un piano: mandare due agenti ad accompagnare lei a casa e altri due a portare Lucas Burke alla Corte e trattenerlo lì finché Conklin e io non fossimo tornati per chiuderlo nella saletta degli interrogatori con una tazza di caffè e torchiarlo fino a fargli confessare tutto.

Era un buon piano, ma naufragò all'istante.

Kathleen si liberò con uno strattone e partì a razzo su per il sentiero diretta al parcheggio. Correva veloce, nonostante la forte pendenza e il fondo sabbioso. Si chinò per passare sotto il nastro senza smettere di urlare insulti e accuse contro il genero e lo raggiunse prima che io riuscissi a fermarla.

I curiosi ancora nel parcheggio indietreggiarono nel vedere Kathleen che avanzava come una furia maledicendo Lucas per averle ucciso la nipote. Non c'era alcuna prova che fosse stato lui, ma questo per lei era irrilevante: il dolore alimentava la sua convinzione.

Anche Lucas urlava. Le disse che era pazza, che lui non c'entrava niente in quella tragedia, e che non si azzardasse ad avvicinarsi perché se ne sarebbe pentita.

Li avevo quasi raggiunti, ma Kathleen gli diede una ginocchiata nelle parti basse.

Lucas lanciò un urlo e si piegò in due, con le mani sull'inguine, ma Kathleen, non contenta, prese lo slancio e gli sferrò un pugno in faccia.

Nel parcheggio c'era rumore – gente che parlava, urla, sirene – e non sentii l'impatto del pugno, ma lo vidi.

Burke si nascose la faccia tra le mani e gridò: «Va' via! Sei una povera pazza!»

Kathleen si stava preparando a colpirlo nuovamente, ma io mi misi in mezzo per separarli.

«Ehi, ehi!» gridai. Nel frattempo erano arrivati due agenti robusti che afferrarono Kathleen, e questa volta per riuscire a trattenerla ci volle la forza di due uomini.

«Accompagnate la signora Wyatt a casa e sorvegliatela fino a nuovo ordine» dissi.

19

Gli agenti spinsero Kathleen Wyatt verso l'auto e cercarono di farla salire dietro, ma la donna opponeva resistenza, si dibatteva e addirittura cercava di morderli, tanto che il più grosso dei due le disse in tono fermo: «Signora Wyatt, la pianti di fare tante storie, altrimenti siamo costretti ad ammanettarla».

L'effetto fu immediato. Kathleen si arrese e si lasciò spingere sul sedile posteriore.

Lucas Burke, la «parte lesa» in quello scontro, camminava avanti e indietro a testa bassa soffiandosi il naso, mentre lacrime e sangue gli gocciolavano sulla camicia. Gli posai una mano sulla spalla perché mi guardasse.

«Signor Burke» dissi. «Mi duole comunicarle che la vittima è una bambina e corrisponde alla descrizione di Lorrie.»

Burke gemette e si nascose la faccia tra le mani.

«Non è possibile!» esclamò e, tra i singhiozzi, disse che non ci credeva, che Tara non avrebbe mai permesso che succedesse qualcosa a Lorrie.

«Restare qui non serve a niente, Lucas. Venga con me, così io le dirò quello che so e lei potrà darci una mano.» Lo osservai. «Ha il naso rotto? Vuole andare al pronto soccorso?»

«No. No.»

Gli proposi di guidare io la sua Audi per andare insieme alla Corte di Giustizia.

Ma anche questa volta il mio piano geniale fallì.

Lo show era finito. I curiosi stavano risalendo in macchina e un poliziotto dirigeva il traffico all'uscita del parcheggio in modo da mandarli in Bowley Street, ma sia nel piazzale che fuori si era formata una coda per via delle auto che rallentavano per vedere cos'era successo.

L'ingorgo era dovuto in parte al furgone di una stazione radio, WKOR. Non erano passate nemmeno due ore da quando avevamo ricevuto la segnalazione. Da dove mi trovavo vedevo frotte di giornalisti che scendevano da auto e furgoni parcheggiati in doppia fila per correre verso la scena del crimine, incuranti di intralciare il traffico.

Ne riconobbi alcuni, quelli che erano sempre i primi ad arrivare. E fra loro naturalmente c'era Cindy Thomas con il registratore in mano, che puntava dritto verso Lucas Burke.

Stava a me impedire ai giornalisti di avvicinarsi a Lucas, e decisi di non muovere un dito.

Lucas Burke abboccò.

Si avvicinò al nastro che separava il parcheggio dalla strada, si rivolse alla stampa e dichiarò: « Non l'ho vista, ma mi hanno detto che mia figlia è morta. Fatelo sapere a mia moglie. Così forse tornerà a casa ».

Sopraffatto dall'emozione, si girò a cercarmi con lo sguardo e insieme ci facemmo largo fino ad arrivare alla strada.

« Le chiavi? »

Me le porse e salì dal lato passeggero. Se era innocente, se davvero fino a pochi minuti prima era stato convinto che Lorrie stesse bene e che l'avrebbe rivista presto insieme a Tara, doveva essere scioccato, inorridito, ossessionato da immagini insopportabilmente dolorose.

E se invece era stato lui a ucciderla, significava che era un grande attore. Non sarebbe stata la prima volta che incontravo un assassino capace di mentire in maniera assolutamente credibile. Per capire a quale categoria apparteneva Burke, avevo bisogno di tempo per mettere alla prova la sua versione dei fatti e stabilire una volta per tutte la cronologia degli eventi. Avevo bisogno di Conklin, in modo che se lo facesse amico e lo inducesse a parlare nel caso io mi fossi arrabbiata troppo.

Ero al telefono con Rich, ancora in piedi accanto all'Audi di Burke, quando il tenente Brady si avvicinò al nastro e si rivolse alla stampa.

« Stamattina alle sei e un quarto è stato trovato in mare il cadavere di una bambina. Questo lo sapete già. Non possiamo dire nulla sulle indagini attualmente in corso. Il capo della polizia Clapper indirà una conferenza stampa non appena avrà qualcosa da dichiarare. Vi chiediamo cortesemente di collaborare sgombrando la strada. Per il momento è tutto. Grazie. »

Passò sotto il nastro e fece allontanare i mezzi della stampa mentre noi partivamo in direzione della Corte.

In auto, senza la radio della polizia a distrarmi dai singhiozzi di Lucas Burke, provai una gran pena per lui.

20

Due ore dopo essere rientrati da Baker Beach, Cindy e l'art director Jonathan Samuels erano nell'ufficio del direttore del giornale, Henry Tyler.

Samuels era un ottimo videomaker. Aveva girato e montato le immagini della ressa nel parcheggio della spiaggia e di Cindy che intervistava Lucas Burke, ricavandone un video di quasi tre minuti che i media avrebbero potuto ritrasmettere con il logo del *Chronicle.*

Tyler era alla scrivania e guardava lo schermo del computer mentre Samuels, in piedi alle sue spalle, si sporgeva per aumentare la luminosità o zoomare su Burke o Cindy secondo le indicazioni del direttore.

Presto il video sarebbe andato in onda e, chissà, magari sarebbe successo un miracolo: Tara Burke lo avrebbe visto e si sarebbe fatta viva.

Cindy era seduta con i gomiti appoggiati sulla scrivania di Tyler e le mani sotto il mento. Era estremamente addolorata per la bambina, ma contenta di essere riuscita a portare a casa lo scoop e di aver battuto sul tempo la concorrenza. Non aveva bisogno di rivedere il lavoro di Samuels: lo sapeva a memoria.

Il video si apriva con le immagini del loro arrivo a Baker Beach.

La telecamera inquadrava una ventina di giornalisti

che attraversavano la strada di corsa diretti verso il parcheggio soprastante la scena del crimine.

Cindy, camminando veloce accanto a Samuels, commentava: «Abbiamo appena saputo che il corpo senza vita di una bambina è stato restituito dal mare a Baker Beach. Secondo le nostre fonti, si teme che si tratti di Lorrie Burke, la bimba di un anno e quattro mesi, figlia della ventenne Tara Burke, di cui non si avevano più notizie da quarantotto ore. Se non erro, l'uomo con la giacca spigata che vediamo al di là del nastro teso dalla polizia è Lucas Burke, il padre di Lorrie».

Nella ressa dei giornalisti Samuels veniva urtato e la videocamera traballava. Quando le immagini tornavano nitide, Cindy, inquadrata di profilo, si rivolgeva a Lucas Burke, visibilmente ferito. Aveva il naso rotto?

«Signor Burke, sono Cindy Thomas, del *Chronicle*. L'identità della bambina è...?»

«Non l'ho vista» rispondeva Burke.

Samuels zoomava su di lui e lo si vedeva in primo piano, naso sanguinante e guance rigate di lacrime. Si sentivano anche i rumori di fondo: la polizia che ordinava alla gente di stare indietro, le auto che strombazzavano, gli uccelli marini che strillavano protestando per l'intrusione nel loro territorio. Annunciati dalle sirene, arrivavano altri mezzi della polizia che frenavano davanti all'ingresso del parcheggio e subito venivano lasciati passare oltre il nastro.

Si sentiva Howard Bronfman dell'*Examiner* che gridava: «Chi ha trovato la bambina?»

«Una persona che passeggiava lungo la spiaggia» rispondeva Burke. «Non so altro.»

I rumori di fondo continuavano ed entrava in scena il tenente Brady, coordinatore dell'intervento di polizia. Aveva l'aria corrucciata e autoritaria, ma il lieve accento del Sud ammorbidiva l'effetto del prevedibile «No comment» seguito dall'invito a sgombrare la strada.

Samuels disse a Tyler: «Stavo per spegnere la videocamera, ma Cindy ha visto il sergente Boxer accompagnare Burke alla macchina. Qui» aggiunse indicando le due figure nella parte alta dello schermo. «E così ho filmato l'ultima inquadratura.»

Nel video Burke saliva su una Audi ultimo modello dal lato passeggero. Lindsay faceva il giro per andare a mettersi al volante, ma si fermava un momento a parlare al telefono, con la testa bassa. La alzava per salutare Cindy, poi saliva a bordo e l'auto partiva in direzione nord sulla Beach Road.

«Bello» commentò Tyler.

Guardò l'ultima parte del video, in cui Cindy, inquadrata in un angolo tranquillo con il Golden Gate Bridge e l'oceano alle spalle, ricordava al pubblico le fasi salienti della vicenda: «Di Tara Burke non si hanno notizie da lunedì mattina, quando il marito è uscito per recarsi al lavoro. Chiunque l'avesse vista o avesse sue notizie è pregato di contattare il *Chronicle* e il numero verde dell'SFPD. Le segnalazioni saranno trattate con la massima riservatezza».

I numeri da chiamare apparvero su uno sfondo nero, poi sfumarono gradualmente.

Tyler si rivolse a Cindy e Samuels. «Ottimo lavoro, bravi. Cindy, scrivi l'articolo e lo mettiamo in prima pagina. Samuels, fammi avere due o tre immagini significative, così ne scelgo una con cui accompagnare l'articolo. Carica il video sul nostro canale YouTube e fallo mandare alle consociate.»

«Sarà fatto. Datemi dieci minuti» rispose Samuels, e uscì a passo svelto.

«Allora, come sono andate le cose, secondo te?» domandò Henry Tyler a Cindy. «È stata la madre? O il padre? O l'ha uccisa un pazzo qualsiasi che non li conosceva nemmeno?»

Cindy aveva la sensazione che, a prescindere dall'identità dell'assassino, la morte di Lorrie Burke fosse una notizia destinata a rimanere impressa a lungo nella memoria collettiva. Le vennero in mente altri atroci delitti dello stesso genere, bambini uccisi da un genitore in un momento di rabbia o, peggio ancora, con premeditazione. Sapeva di genitori squilibrati e fanatici che avevano deciso di immolare i figli per affidarli alle mani di Dio, affinché fossero al sicuro dai mali di questo mondo, e di altri che li avevano soppressi perché non reggevano le responsabilità che il ruolo di genitore comporta.

«Dio voglia che il colpevole venga arrestato, processato e rinchiuso a vita in una cella grande come un guscio di noce» rispose a Tyler.

21

Dalla mia scrivania vedevo bene tutto l'open space della Omicidi, compreso l'ufficio di Brady e, di fronte, l'ingresso principale.

Brady e Clapper erano nel corridoio, appena fuori dalla porta, e parlavano a voce bassa.

Non sentivo cosa dicevano, ma doveva essere successo qualcosa. Ne ero sicura.

Sentii Clapper dire: « Te ne occupi tu? »

Brady annuì e il capo si avviò verso il piano di sopra, in quello che nella mia mente continuava a essere l'ufficio di Jacobi. Brady attraversò l'open space, si fermò alla postazione di Brenda a prendere i messaggi e la posta di quel mercoledì mattina e poi venne verso di me.

« Hai un minuto? » mi chiese.

Feci di sì con la testa e gli indicai il televisore appeso al muro. « Sei in tv. »

Brady si sedette al posto di Conklin, girò la sedia e la inclinò all'indietro per vedere il televisore in alto sopra le nostre teste. Alzò il volume e vide se stesso a Baker Beach annunciare alla torma di giornalisti che non poteva rivelare nulla su un'indagine in corso.

« Faccio pietà » commentò.

Era vero. Aveva aloni di sudore sotto le ascelle, gli occhi pesti e i capelli sporchi, anziché lucidi e setosi come al solito. Ma, più che altro, aveva l'aria sconfortata. Prese il telecomando, azzerò il volume e mi chiese dov'era Conklin.

«È andato a cercare una T-shirt per Burke, che aveva bisogno di cambiarsi.»

Brady alzò il telefono di Conklin per chiamare Brenda.

«Appena vedi Conklin, avvisami» le disse.

Poi si rivolse a me. «Vieni nel mio ufficio di rappresentanza» disse.

«Certo.»

Lo seguii fino al bugigattolo con le pareti di vetro nell'angolo in fondo, con squallida vista sulla sopraelevata, che per un periodo era stato anche il mio ufficio. Vi avevo rinùnciato volentieri, insieme a tutte le responsabilità che comportava, ed era una decisione di cui non mi ero mai pentita.

Brady aprì un cassetto e mise via la pila di blocchi per appunti che ingombrava la scrivania, poi inserì una chiavetta USB nel computer – sicuramente foto della scena del crimine – e incrociò le braccia.

Che cos'avevo fatto di male? Noi stavamo per interrogare Burke, Claire stava esaminando la salma, Parisi stava predisponendo i mandati di perquisizione per la casa e l'auto di Burke e, già che c'eravamo, il sequestro del computer. Avevo già cominciato a redigere il rapporto e avevo parlato con il tenente Murry, che aveva allargato il raggio delle ricerche per ritrovare Tara Burke, viva o morta.

Insomma, eravamo stati molto efficienti, fino a quel momento.

«C'è qualcosa che non va?» chiesi.

«Ne vuoi?» replicò lui porgendomi una scatola di biscotti assortiti. Ne presi uno con la gelatina al centro.

Brady scelse quello con i confettini colorati.

Se lo ficcò in bocca tutto intero, masticò, bevve un sorso di caffè freddo e, quando ebbe buttato giù pure quello, disse: «Sto per istituire una task force per ritrovare Tara Burke. Io e te faremo squadra insieme, almeno su questo caso. E forse anche in seguito».

«Cosa? Cioè, come vuoi tu, Brady, ma... Conklin?»

Mi fidavo di Brady. Eravamo già stati in squadra insieme per un breve periodo qualche anno prima. A quell'epoca ero io ad avere più anzianità, ma questa volta lui era il mio superiore e avrebbe avuto l'ultima parola. Io rispondevo a lui e dovevo adeguarmi. Prova ne era il fatto che non stesse chiedendo il mio parere, ma mi avesse messo di fronte al fatto compiuto. E a me quel cambiamento non piaceva. Mi venne un brutto pensiero.

Era un'idea di Clapper per tenermi sotto controllo?

«Sta per arrivare una persona in più alla Omicidi. Si chiama Sonia Alvarez e viene dal dipartimento di Las Vegas. Clapper la conosce, la stima molto e l'ha presentata a Conklin in videoconferenza, spiegando che lavoreranno in squadra assieme» disse Brady.

«Ah...»

«Staremo a vedere come si trovano» disse Brady. «Ma torniamo a quello che ti stavo dicendo, la task force. Io e te, Conklin e Alvarez, e i colleghi delle Persone Scomparse. Se la squadra di Murry non ritrova Tara Burke entro breve, tu e io prenderemo in mano la situazione. Domande?»

«Conklin lo sa?»

«Glielo sto per dire. Interrogheremo Burke noi due.

Conklin assisterà da fuori. Appena arriva Alvarez, la inseriremo.»

Avevo l'impressione che Brady si aspettasse più entusiasmo da parte mia.

Mantenni la calma e tornai al mio posto ad aspettare Conklin. Avevo pochi minuti per digerire la brutta notizia e rimettermi al lavoro.

Di Tara Burke continuavamo a non avere notizie, ma il sospettato numero uno era in attesa di essere interrogato.

22

Claire posò la mano sulla fronte della bambina.

«Mi dispiace» disse. «Mi dispiace che ti sia successo questo, piccola.»

Scattò un'altra foto del viso e lo ricoprì con il telo. Poi si tolse camice, cuffia e mascherina e li lasciò cadere nel cesto della biancheria; si sfilò i guanti e li gettò nella pattumiera.

La temperatura nella sala autopsie era costantemente sui dieci gradi e Claire aveva freddo dentro e fuori. Le morti premature la facevano stare male. Nonostante gli anni di studi di medicina e poi di lavoro al Metro Hospital, nonostante tutti i morti che aveva sottoposto ad autopsia da quando dirigeva l'Istituto di medicina legale, non aveva mai fatto il callo alla morte dei bambini. In quel momento, se fosse stata sola, avrebbe pianto.

Bunny Ellis, la sua assistente, stava sistemando gli strumenti nell'autoclave.

«Dottoressa, posso riporre il corpo?»

«Vuoi convincermi a scriverti un encomio e offrirti il pranzo?»

«L'encomio volentieri, grazie. Il pranzo magari un altro giorno.»

«D'accordo» replicò Claire. «Grazie, Bunny. Per qualsiasi cosa, mi trovi in ufficio.»

Claire spinse le porte a vento della sala autopsie e, quando fu nel corridoio, si appoggiò un momento al muro per riprendersi. Poi andò nel suo ufficio, si sedette sulla poltroncina girevole e chiamò Lindsay al cellulare.

« Claire, posso richiamarti? È un brutto momento » rispose Lindsay.

« Sarò brevissima. Mi bastano trenta secondi. »

« Okay. »

« Lorrie Annette Burke era una bambina caucasica, di circa un anno e mezzo di età, dieci chili di peso. Le modalità del decesso non sono ancora chiare. Quello che sto per dirti deve restare tra noi, Lindsay. La presenza di ecchimosi intorno alla bocca ed emorragie petecchiali agli occhi fa pensare a un omicidio per soffocamento. Probabilmente le hanno tappato bocca e naso con una mano, impedendole di respirare, Lindsay. Ci sono impronte di dita sul braccio destro, come se l'avessero scrollata o strattonata. » Dopo un attimo riprese. « Nei polmoni non c'era acqua, a indicare che quando è finita in mare era già morta. Stabilire con esattezza l'ora del decesso è impossibile per via della temperatura dell'acqua e della tumefazione, ma direi che è morta da almeno trenta ore ed è stata in acqua abbastanza tempo perché i pesci le mangiassero le dita. Ho appena mandato in laboratorio un campione di sangue. Assomiglia alla bambina nella foto, ma forse per identificarla vi serve il DNA. Quanti secondi ci ho messo? »

« Quelli che occorrevano. In base a ciò che hai detto, Lorrie sarebbe rimasta in vita circa un giorno da quando è scomparsa. Grazie, Butterfly. »

Chiusa la chiamata, Claire andò in bagno a lavarsi la faccia.

Avvertiva un leggero dolore al petto, com'era prevedibile dato che era stata operata di recente. Il chirurgo, il marito, le amiche e il figlio maggiore le avevano raccomandato di non affaticarsi, ed ecco che ancora prima di mezzogiorno era esausta. Aveva bisogno di riposare.

Tornata alla scrivania, aprì la cartella dei casi in arrivo e vide che ce n'erano tre. Nessun minore, per fortuna.

Se avesse fatto ancora un'autopsia e avesse lasciato le altre all'assistente, nel giro di quattro ore avrebbe potuto essere nel suo letto. Salvo imprevisti.

Già. Ma quando mai andava tutto liscio?

23

Brady e io eravamo nella saletta interrogatori numero 1, seduti di fronte a Lucas Burke.

Era una stanza di tre metri per quattro, pareti di cemento dipinto di grigio, una telecamera in un angolo in alto, un tavolo di metallo grigio con due sedie per parte e uno specchio unidirezionale inserito in una delle pareti, con una mensola sotto. Dietro lo specchio spia c'era la cabina da cui ci osservava Rich Conklin.

Andavo d'accordo con Brady, mi fidavo di lui, avevamo già condotto molti interrogatori insieme e nutrivo la massima stima nei suoi confronti, ma mi dispiaceva per Conklin. Quando Brady gli aveva spiegato di aver istituito una task force e gli aveva detto che avrebbe lavorato in coppia con una nuova collega, Conklin non aveva fatto una piega, ma ero certa che l'avesse vissuta come una retrocessione.

Sospettavo che dietro quel rivoluzionamento dei ruoli ci fosse lo zampino di Clapper, ma dovevo concentrarmi sull'interrogatorio. Burke attraversava un momento critico ed era particolarmente vulnerabile: difficilmente sarebbe riuscito a mentire senza che ce ne accorgessimo.

Un metodo collaudato negli interrogatori di polizia consiste nel manipolare l'indagato mettendolo a proprio agio, fingendosi amici e facendogli intravedere una via di uscita in modo che dica la verità prima di finire davanti al giudice.

C'erano anche metodi più bruschi e intimidatori, ma nel caso specifico « siamo dalla tua parte, di noi ti puoi fidare » sembrava l'approccio più adatto.

Chiesi a Burke se aveva bisogno di generi di conforto. « Caffè, tè? »

« Non posso rimanere qui » fu la risposta. « Chiamatemi quando avrete scoperto qualcosa. »

« Signor Burke, mi rendo conto che preferirebbe essere ovunque piuttosto che qui, ma deve capire che le prime ore sono cruciali, quelle in cui abbiamo maggiori probabilità di ritrovare Tara viva e forse anche di catturare l'assassino di Lorrie. Perciò, cerchiamo di impegnarci, okay? » disse Brady.

Burke fece un gran sospiro. « Sono sconvolto, ma sì, va bene. Chiedetemi quello che vi serve, diamoci una mossa » disse.

« Mi dispiace, ma devo mostrarle una fotografia. »

« Di Lorrie? »

Brady mi guardò e annuì.

Avevo sul telefono una foto che Claire aveva scattato in sala autopsie. Tirai fuori il cellulare dalla tasca della giacca, lo posai sul tavolo e lo spinsi verso Burke, che lo prese, guardò la foto che avevo visualizzato e indietreggiò sulla sedia esclamando « Noooo! » Sbatté il telefono a faccia in giù sul tavolo e disse fra le lacrime: « È lei. Lasciatemi tornare a casa ».

« È libero di andarsene, signor Burke, ma ha capito quello che le ho detto? Rispondendo alle nostre domande potrebbe dare un contributo prezioso alla cattura del colpevole. Abbiamo bisogno del suo aiuto» replicò Brady.

A turno, Brady e io cominciammo a fargli domande, dapprima relativamente innocue.

Tara aveva degli amici? Come si chiamavano i suoi parenti? Avevate una donna delle pulizie? Una baby-sitter? Può dirci dove si trovava e che cosa ha fatto domenica sera, signor Burke? Quali sono stati i suoi movimenti lunedì, dopo il litigio con Tara?

Poi Brady cambiò registro e iniziò a inasprire i toni. *C'è qualcuno che può confermare dove è stato domenica? E lunedì?*

Le risulta che Tara avesse dei nemici? Secondo lei chi può essere stato a uccidere la bambina?

Ammesso che sia ancora viva, dove potrebbe essere Tara?

È vero che ha un'altra e la vuole sposare?

«Signor Burke» disse Brady alzandosi in piedi e incombendo minaccioso su Lucas Burke. «È vero che lei avrebbe voluto la separazione, ma Tara si opponeva?»

«Andate al diavolo» rispose Burke. Spinse indietro la sedia, si alzò e si diresse verso la porta.

24

A quel punto doveva intervenire il poliziotto buono, cioè io.

Corsi a frappormi fra Burke e la porta e dissi: «Non si arrabbi, Lucas. Siamo dalla sua parte. Anche noi siamo frustrati. Non vorrà andarsene senza lasciarci nemmeno un indizio su chi possa essere l'assassino di Lorrie... Coraggio, si sieda. Guardi, ho ancora le chiavi della sua macchina». Tirai fuori dalla tasca dei pantaloni le chiavi della Audi, mi spostai dalla porta e andai a posarle sul tavolo.

Burke guardò torvo prima me, poi Brady, poi le chiavi, e tornò a sedersi.

Rispondeva alle nostre domande in tono rabbioso.

«Non ho la più pallida idea di chi possa essere stato a uccidere Lorrie. Se lo sapessi, lo farei fuori con le mie stesse mani e andrei in prigione contento. L'ultima volta che è scappata di casa, Tara è andata all'outlet di Livermore. Ma a quest'ora sarà rimasta senza soldi, quindi non ho idea di dove possa essere. Volete sapere che cosa penso? Penso che Tara sia stata rapita da uno psicopatico qualsiasi, che ha ammazzato la mia bambina.»

«Ha ricevuto telefonate o messaggi con una richiesta di riscatto?» domandai.

«No, ma non vuol dire nulla. Tara è civettuola, le piace mettersi in mostra» rispose cupo. «Non mi stupirei che avesse attirato l'attenzione di un maniaco. Magari è per lui che comprava tutta quella biancheria intima e quei cosmetici. È ingenua, fiduciosa. Magari ha un amante. Magari Lorrie non la smetteva di piangere. Oddio, non ci posso pensare. Era questo che volevate sapere?»

I discorsi sconclusionati di Lucas Burke non avevano senso, se non quello di rivelarci i pensieri contraddittori che gli passavano per la testa.

«Torniamo a lei, Lucas» dissi. «Ci hanno detto che ha una relazione con una delle sue studentesse.»

Nella galleria del telefono avevo la foto del biglietto che le aveva scritto. La cercai, gliela mostrai e lessi ad alta voce.

«Cara Misty, ti amo. Ti prometto che entro la fine dell'anno scolastico sarò un uomo libero e potremo sposarci. Con amore, Luke.»

«È un gioco, credetemi. Misty segue il mio corso di scrittura creativa. Le piacciono i drammi e giocavamo agli amanti clandestini che pianificano la fuga. Sono stato un idiota a scrivere quel biglietto, ma giuro su Dio che non avevo nessuna intenzione di lasciare Tara. Misty sa che scherzavamo. Se lo faccia dire da lei.»

«È quello che ho intenzione di fare» dissi.

«Tara è una rompiscatole, ma la amo lo stesso» continuò Burke.

«So cosa vuol dire essere sposati con la donna sbagliata e la capisco, signor Burke, ma ci dica la verità. Forse una discussione fra lei e Tara è degenerata e Tara l'ha aggredita? L'ha minacciata con un oggetto pesante? Con una pistola? Si è trovato costretto a difendersi? È così che è successo? Sappia che, se le cose sono andate così, possiamo darle una mano, signor Burke» disse Brady.

«No. No, no, no.»

Brady cambiò argomento. «Sua suocera l'ha denunciata per maltrattamenti e abusi nei confronti di Tara. C'è del vero?»

«Assolutamente no. Le denunce sono state ritirate. Tara non mi ha mai accusato di nulla, solo quella pazza di sua madre. Lunedì mattina abbiamo litigato per via dei soldi, e basta. Abbiamo alzato la voce e sbattuto qualche porta, ma niente di più. L'ho lasciata in cucina che piangeva. Da lì in poi non so più nulla.»

Brady era ancora in piedi.

Sganciò dalla cintura un paio di manette e disse a Burke di alzarsi e mettere le mani dietro la schiena.

«La tratteniamo in quanto persona informata sui fatti, finché non avremo verificato le sue dichiarazioni.»

«Non capisco. Avevate detto che ero libero di andarmene quando volevo» obiettò Burke, rimanendo seduto.

«Ho cambiato idea. Può chiedere l'assistenza di un legale» ribatté Brady e gli lesse i suoi diritti. «Tutto chiaro?» chiese alla fine.

«Non sono accusato di niente, ma mi trattenete lo stesso?»

«Sì, in quanto persona informata sui fatti. Lei è l'ultimo ad aver visto sua moglie e sua figlia, e dobbiamo verificare le sue dichiarazioni per stabilire se convalidare il fermo o lasciarla andare. Mani dietro la schiena.»

Burke alzò gli occhi e ci guardò. Era un uomo di corporatura media, mentre Brady aveva braccia possenti e io ero alta poco meno di uno e ottanta. E la porta era chiusa a chiave. Burke non aveva chance. Rassegnato, si alzò e mise le mani dietro la schiena. Brady lo ammanettò e andò a chiamare le guardie perché lo portassero in una delle celle al sesto piano.

«È per il suo bene, signor Burke» dissi quando rimanemmo soli. «Se non troveremo prove di un suo coinvolgimento nell'omicidio e nel sequestro di persona, la lasceremo andare. Nel frattempo, avrà una cella tutta per sé. Le consiglio di cercare di dormire. Ha un avvocato di fiducia?»

«Un divorzista. Non ne conosco altri.»

Interessante. «Vuole chiamarlo o vuole che...»

«Harold Tish. Il numero è nella rubrica del mio cellulare.»

Selezionai il numero memorizzato nel telefono di Burke e chiamai Tish. Mi rispose una segretaria. Dissi che chiamavo per conto di Lucas Burke e, quando mi passò l'avvocato, misi il vivavoce e avvicinai il telefono a Burke in modo che potesse parlargli direttamente. Appena ebbero preso gli accordi del caso, Burke venne accompagnato in cella.

Che cosa avevamo ottenuto?

Nessun elemento a suo carico. Ma perlomeno, adesso, avevamo lui. Era già qualcosa.

25

Rich Conklin e la sua nuova compagna di squadra, l'ispettore Sonia Alvarez, erano seduti nell'ufficio di vetro ad aspettare Brady. Poco prima Conklin le era andato incontro all'ascensore e le aveva fatto strada fra le postazioni di lavoro dell'open space. Mentre aspettavano in un silenzio imbarazzato, la osservava.

Alvarez era sui trentacinque anni, alta circa un metro e settanta, corporatura media. Taglio di capelli pratico, occhi bellissimi che non avevano bisogno di trucco, pantaloni Dockers, camicia di taglio maschile e scarpe da cross-training. Portava al collo una catenina con un ciondolo portafortuna a forma di ferro di cavallo, ma non indossava né orecchini, né braccialetti o altri gioielli. L'impressione era di una bella ragazza che faceva un lavoro serio e non voleva attirare l'attenzione.

«Quindi lavoravi alla Buoncostume, giusto, Alvarez?» disse Conklin. «È stata una decisione improvvisa, o ci pensavi da un po'?»

«Improvvisa, sì. Lunedì Clapper mi ha chiamato e mi ha proposto di venire a lavorare qui. Ci ho riflettuto un giorno o due e poi ho deciso che era tempo di cambiare un po' aria: ho passato quasi tutta la vita a Las Vegas. Sono ospite di cugini. Ti trovi bene qui?»

«Intendi a San Francisco? O all'SFPD?»

«Tutti e due.»

«Sì, bene. Tutti e due.»

«Hai qualche dritta da darmi?» chiese Alvarez.

«Be', si lavora tutto il giorno e ultimamente eravamo sotto organico, ma l'ambiente è buono.»

Cristo. Che cosa doveva dire? Non sapeva che cosa si aspettassero da lui Clapper e Brady. Il responsabile della Omicidi arrivò proprio in quel momento. Attraversò lo stanzone ed entrò nel suo ufficio.

«Vedo che avete già fatto conoscenza. Bene.»

Chiuse la porta, si presentò ad Alvarez con una stretta di mano e le annunciò che le avrebbe fatto un «corso introduttivo» di cinque minuti e poi Conklin le avrebbe spiegato tutto il resto.

Alvarez, seduta con la schiena dritta, ascoltò Brady che le illustrava concisamente la squadra Omicidi, il nuovo organigramma e il caso Burke, al quale avrebbe lavorato nell'ambito della task force appena istituita.

«Conklin ti aggiornerà sulle indagini in corso.»

Brady prese un blocco e disegnò con la matita rossa una serie di riquadri collegati fra loro da linee, poi girò il foglio verso Alvarez.

Conklin notò che nell'organigramma il riquadro con il nome di Alvarez era tratteggiato. Le lanciò un'occhiata, che Alvarez ricambiò.

Brady se ne accorse e rispose alla domanda implicita in quegli sguardi.

«Quando arrivai qui dal dipartimento di Miami, lavorai a turno con tutti: Conklin, il sergente Boxer e persino l'allora tenente Warren Jacobi. Insomma, non c'è nulla di definitivo, Alvarez. Cercheremo la tua collocazione ideale. Per adesso, però, la priorità è trovare Tara Burke.»

Conklin era convinto che la sua compagna di squadra ideale fosse Lindsay. Si capivano al volo, sia a parole che a sguardi, sapevano quando farsi avanti, quando tenersi in disparte, quando ricorrere alle armi.

Quel cambiamento improvviso lo aveva spiazzato.

Brady intanto gli stava dicendo di mostrare ad Alvarez la sua scrivania e farle una sintesi della scomparsa di madre e figlia, del ritrovamento del cadavere di Lorrie Burke e dell'interrogatorio a Lucas Burke, ancora in stato di fermo in una delle celle al sesto piano.

«Grazie della fiducia, tenente» disse Alvarez.

Il telefono sulla scrivania squillò e Brady rispose. «Okay, Brenda. Riferisco subito.»

Riattaccò e disse: «C'è una certa Johanna Weber che vuole parlare con noi. Dice di essere la migliore amica di Tara Burke. Benvenuta nella squadra Omicidi, Alvarez».

26

«Che cosa sappiamo sul conto di Tara Burke?» chiese Alvarez prima di entrare nella saletta interrogatori numero 2 con Conklin.

«Ben poco, ma non ti preoccupare, comincio io e vediamo come va.»

«Okay, ma mi riservo di intervenire in qualsiasi momento.»

Lo disse con un gran sorriso, ma lo sguardo era serio.

«Nessun problema» replicò lui.

Conklin aprì la porta e vide Johanna Weber, la sedicente migliore amica di Tara Burke, seduta al tavolo. Jeans, T-shirt e ciocche azzurre fra i capelli, aveva il cellulare in mano e digitava velocissima.

Alzò gli occhi e Conklin fece le presentazioni. Si sedette, aspettò che anche Alvarez fosse pronta ed esordì: «Signorina Weber, che cosa ci sa dire a proposito di Tara Burke?»

«Be', spero di aiutarvi a ritrovarla» rispose la ragazza. «Era come una sorella per me, non avevamo segreti l'una per l'altra.»

«Posso farle qualche domanda, allora?» disse Conklin.

«Certo. Mi chieda pure tutto quello che vuole.»

«Sa dov'è Tara?»

«Purtroppo no. E sono molto, molto preoccupata.

Non la sento dallo scorso fine settimana e la sua casella di posta è piena.»

«Possiamo darci del tu, Johanna?» chiese Alvarez.

La ragazza annuì.

«Parlaci di Tara.»

«Siamo amiche da quando avevamo undici anni. Amiche vere. Abbiamo continuato a frequentarci anche quando ci siamo fidanzate, sono stata la sua testimone di nozze...»

«Come sono i rapporti fra Tara e il marito, Johanna?» chiese Alvarez. «Vanno d'accordo?»

«Non tanto. Hanno dei problemi. Nel senso, Lucas ha vent'anni più di noi, capito? La mia impressione è che Tara abbia un altro, ma non mi ha mai voluto dire niente. Mi diceva 'Ooooooh, ho uno spasimante', ma poi non mi voleva dire chi. Ma allora perché me ne parlava? Non so, non capisco.»

Conklin osservò Johanna che si scostava i capelli dal viso, li attorcigliava intorno a un dito e riprendeva a parlare. «Penso che Lucas la ami veramente e che lei lo faccia soffrire. È più furba di lui, più smaliziata, e se ne approfitta. Ma secondo lei pure Lucas ha un'altra. Un bel casino, insomma.»

«Siccome ho appena incominciato a occuparmi del caso, vorrei che mi aiutassi a capire meglio la situazione. Tu come spieghi il fatto che Tara abbia una storia con un altro, Johanna? Si sono sposati da poco... Tre anni, giusto?» disse Alvarez.

«Tre anni e due mesi. Forse vuole far ingelosire Lucas. È possibile. È dispettosa. Per esempio, non chiude mai a chiave la porta di casa. Una volta mi ha fatto vedere che aveva un livido su un polso, io le ho chiesto se era stato Lucas, ma lei non me l'ha voluto dire. Comunque, Tara è bellissima. Avete visto le foto? Cioè, è normale che avesse sempre qualcuno che le ronzava intorno.»

Intervenne Conklin. «Secondo te, Lucas potrebbe averle fatto del male?»

La ragazza scosse energicamente la testa e rispose: «Non credo. Caso mai, la amava troppo».

«Tu sai che Lorrie è stata ritrovata? Stamattina. Purtroppo è morta.»

A Johanna si riempirono gli occhi di lacrime e la bocca cominciò a tremarle. Mentre Alvarez cercava di consolarla, Conklin andò a prendere un pacchetto di fazzoletti di carta dalla mensola sotto lo specchio.

«Secondo te, Tara può aver fatto del male alla bambina, magari in un momento di rabbia, o senza volere?» disse poi Alvarez.

«No. Lo escludo nella maniera più assoluta. Tara adora LuLu. Appena le succedeva qualcosa, la portava immediatamente all'ospedale.» Johanna si asciugò gli occhi e domandò, rivolta a Conklin: «Anche Tara è morta, vero? Morta ammazzata».

«La stiamo cercando. Tutti i poliziotti di San Francisco la stanno cercando» rispose Conklin.

Johanna lo ringraziò, Conklin ringraziò lei, le porse un biglietto da visita e le disse di chiamarlo se avesse visto o sentito qualcosa, qualsiasi cosa. Poi si offrì di riaccompagnarla fuori e disse ad Alvarez: «Torno subito».

Quando tornò, Conklin aveva con sé il portatile. Scaricò il video dell'interrogatorio di Burke da parte di Brady e Lindsay per guardarlo insieme ad Alvarez.

«Voglio sentire cosa dice e osservarlo per bene» spiegò.

Digitò alcuni comandi e fece partire il video. Brady e Lindsay cominciavano con la mano leggera, poi alzavano progressivamente il tiro. Il video si concludeva con Burke in manette che usciva per essere trasferito in cella.

«Cosa ne pensi?» chiese Conklin.

«A me sembra credibile. Se mente, è un attore straordinario» rispose Alvarez.

«Già. Da Oscar. O almeno un Golden Globe.»

«E adesso che facciamo, collega?»

«Chiediamo istruzioni a Brady.»

27

Ero con Brady su una Chevy senza contrassegni ferma davanti a casa Burke in Dublin Street.

Era una villetta che sarebbe stata bene in una favola: azzurra, con abbaini e bovindi, circondata da uno steccato bianco. In una casa così non si uccidevano nemmeno i topi.

Eravamo riusciti a ottenere da Lucas Burke tutto quel che era possibile ricavare da lui in quanto « persona informata sui fatti » e il suo avvocato l'aveva fatto uscire dopo meno di ventiquattr'ore. A voce Burke ci aveva dato il permesso di perquisire la casa e ci aveva addirittura consegnato le chiavi, ma se avessimo trovato elementi a suo carico l'avvocato ne avrebbe sicuramente richiesto l'inammissibilità in quanto acquisiti durante una perquisizione illegittima. Mi sembrava già di sentirlo: *Il mio assistito aveva appena saputo che la figlia era stata trovata morta, era sconvolto e, quando la polizia gli ha chiesto: « Le dispiace se le perquisiamo la casa? Per vedere se Tara ha lasciato un biglietto, o qualcosa del genere. Per chiarire alcuni interrogativi », ha detto di sì. Invece avrebbe dovuto rispondere: « Rivolgetevi al giudice e fatevi rilasciare un mandato ». Non era in stato di arresto. Perché è innocente e perché la polizia non aveva alcuna motivazione plausibile per arrestarlo.*

«Non abbiamo scelta. Brady, tenetelo d'occhio giorno e notte. Facciamo il possibile» disse Clapper.

Nel frattempo erano passati tre giorni da quando Tara se n'era andata di casa con Lorrie e continuavamo a non avere sue notizie. In circostanze come quelle la maggior parte dei giudici avrebbe autorizzato la perquisizione.

Eravamo appostati da ore.

Se avessi fumato, sarei scesa dall'auto e mi sarei accesa una sigaretta. Ma non fumavo, e né io né Brady amiamo chiacchierare. Così ascoltavamo le chiamate alla radio e guardavamo al di là della strada il McLaren Park, oltre cento ettari di dolci declivi e verdi prati che sembravano un paradiso (a chi ignorava che per decine di anni in quel parco erano stati sepolti numerosi cadaveri).

Pensai alla bambina assassinata e alla sua giovane madre scomparsa e mi augurai di riuscire a raccogliere abbastanza elementi per arrestare Lucas Burke prima di sera per l'omicidio della figlia, e forse anche della moglie.

Il telefono che avevo posato sul cruscotto vibrò. Lo presi.

«Fra dieci minuti sono lì» disse Yuki.

«Dio ti ringrazio!»

«Prego, non c'è di che» rispose lei ridendo.

Riferii a Brady, che rispose con un grugnito e guardò l'ora. In quel momento arrivò il furgone dell'Istituto di medicina legale, sfanalò ai giornalisti che intralciavano il passaggio e accostò al marciapiede sul lato del parco. Mentre il responsabile della Scientifica Hallows e il tecnico Culver scendevano dal furgone, la Toyota del sostituto procuratore Yuki Castellano si fermò dietro di noi.

«Un tempo da record» commentai con Brady.

Yuki passò il documento al mio diretto superiore, nonché suo legittimo sposo, dal finestrino. Brady aprì il mandato.

« Il giudice Hoffman ha firmato qui, qui e qui » disse Yuki, poi ci riassunse il contenuto del mandato. Avevamo ventiquattro ore per perquisire la casa di Burke ed eravamo autorizzati ad aprire armadi, cassetti e porte e a confiscare dispositivi elettronici e armi. Insomma, la Scientifica poteva repertare e analizzare qualsiasi cosa potesse costituire una prova, a patto di non abbattere muri o provocare danni.

Scendemmo dall'auto. Brady abbracciò Yuki, la strinse a sé e le diede un bacio sulla testa, poi attraversò la strada per andare a parlare con Hallows. Yuki e io ci appoggiammo alla Chevy e telefonai a Conklin, che era in cima alla salita, fuori dal perimetro della scena del crimine.

Lo vidi passare sotto il nastro e tenerlo sollevato per l'ispettore Sonia Alvarez. Appena ci raggiunsero, Conklin presentò Alvarez a Yuki e io la osservai. A giudicare dall'andatura, dal modo di parlare e in generale di comportarsi, decisi che la nuova compagna di squadra di Conklin era una tipa come si deve. Tosta.

Brady ci raggiunse e disse: « Hallows e Culver sono pronti ». Rivolto ad Alvarez, aggiunse: « Domande? »

« No, tenente. Non è la prima volta. »

Brady mandò Conklin e Alvarez a coprire la porta di servizio sul retro della villetta. Io sbirciai da una finestra sul davanti e non vidi segni di vita, ma per sicurezza Brady estrasse la pistola.

« Ci sentiamo fortunati? » mi chiese.

« Molto. »

Mi avvicinai alla porta dipinta di blu, con un batacchio a forma di mano stretta a pugno, bussai e mi annunciai. Nessuna risposta. Riprovai e, questa volta, sentii dei passi e il tintinnio di una catenella che veniva sganciata. La porta si spalancò e ci trovammo davanti Lucas Burke.

«Cosa volete?»

«Abbiamo un mandato di perquisizione, signor Burke. Potrebbe volerci parecchio tempo, forse tutta la notte. Ha un posto dove stare? Altrimenti posso farla accompagnare in albergo da un agente» disse Brady.

«Neanche per sogno! Io non mi muovo da qui. Mia figlia è morta, sono in lutto... Devo organizzare il funerale. E poi l'avete vista tutta questa gente qui fuori? Maledetti giornalisti... I vicini curiosano. Mi state rovinando!»

«Ci dispiace molto, ma dobbiamo perquisire la casa. E, sia per lei che per noi, è meglio se lei non è presente» replicò Brady.

Burke ci sbatté la porta in faccia, ma poi, un attimo prima che Brady la sfondasse con un calcio, la riaprì e uscì furibondo passandoci accanto per dirigersi verso la macchina. Mise in moto, strombazzò e, appena nella ressa dei giornalisti si fu aperto un varco, premette l'acceleratore e partì a razzo.

28

Brady ripose la pistola nella fondina e distribuì i compiti: Conklin, Alvarez e Hallows si sarebbero occupati del piano di sopra mentre lui, Culver della Scientifica e io avremmo perquisito il perimetro e il piano terra.

Il salotto era piccolo e ordinato, ma non in maniera ossessiva. Al centro c'era un girello per bambini e contro una parete un divano a tre posti in velluto a coste blu ardesia come le poltrone. Di fronte c'erano il caminetto e, sopra, un televisore appeso alla parete. Sulla mensola c'erano foto di famiglia in cornice: a sinistra Lorrie con un orsacchiotto di peluche e a destra Lucas e Tara il giorno delle nozze.

Smisi di osservare le foto per cercare eventuali segni di violenza, ma non ne vidi. Non c'erano buchi nei muri, né schizzi di sangue sul soffitto, macchie sospette sulla moquette o sul bordo del tavolino basso davanti al divano. Al set di attrezzi per il camino non mancava nulla e non c'erano porticine segrete dietro le librerie.

Presi appunti. Culver fotografò il salotto con la sua Nikon, poi si fermò sulla soglia del soggiorno mentre Brady e io entravamo.

« Che tristezza » disse Brady.

« In che senso? »

« Mi sembra di vedere i fantasmi di Burke che si veste

per andare a scuola e di Tara che prepara la colazione in un silenzio carico di tensione. »

« E Lorrie? »

« Lorrie la vedo solo morta sulla spiaggia. »

Anche per me era così.

Partimmo dai due lati opposti della stanza e cercammo armi o messaggi incriminanti, magari un biglietto in cui l'amante di Lucas Burke gli intimava « O adesso o mai più », o Tara gli scriveva « È finita, stronzo. Devi morire ». Purtroppo, però, non trovammo assolutamente nulla. Nei cassetti della scrivania e nello schedario c'erano compiti corretti, garanzie di vari elettrodomestici, polizze di assicurazioni. Ne trovai una sulla vita: sia Tara che Lucas Burke erano assicurati per duecentocinquantamila dollari ciascuno. Nessuna polizza per la bambina. In caso di morte di Tara, Burke avrebbe incassato una bella sommetta. Sempre che non l'avesse uccisa lui. Confiscai tutte le polizze.

« Non vedo il portatile » disse Brady. « Dove l'avrà nascosto? A scuola? In macchina? »

« Lo avrà con sé. Andiamo a vedere in cucina » dissi. « È lì che si tengono i coltelli. »

Mentre andavo verso la cucina, mi fermai a parlare con Culver, che era accucciato nell'ingresso con la testa dentro un armadio.

« Devo farti vedere una cosa » disse sorridendo soddisfatto. « Abbiamo delle immagini. »

« Fa' vedere. »

Mi mostrò un oggetto che mi parve il videoregistratore di un vecchio impianto antifurto.

« Una sola telecamera sopra la porta di casa. Poco tecnologica, con sensore di movimento, ma era in funzione» disse Culver.

«Ottima scoperta.»

Culver fece tornare indietro il video per mostrarmi quel che lui aveva già visionato e commentò le immagini.

«Questo è Burke che esce di casa, solo, alle sette e quaranta di lunedì mattina. Data la posizione della videocamera, non lo vediamo in faccia, ma è chiaro che va di fretta. Ha una borsa da computer e le chiavi della macchina in mano.»

Mentre Culver parlava, vidi scorrere le immagini di Burke, solo, che usciva di casa senza chiudere a chiave la porta. Saliva sulla sua Audi metallizzata con la borsa da computer e si allontanava uscendo velocemente dall'inquadratura.

«E adesso vediamo Tara» disse Culver.

Mandò avanti il video. Alle 08.12 compariva Tara con un vestito di jeans e scarpe basse, la bambina in braccio appoggiata sul fianco destro, la borsa nella mano sinistra. Come aveva detto la sua amica Johanna, la giovane mamma era molto carina. La sua Volvo rossa era parcheggiata davanti alla casa.

Tara posava la borsa per terra, sistemava la bambina nel seggiolino rivolto all'indietro, rientrava un momento in casa e poco dopo ricompariva con una borsa fasciatoio e una piccola valigia, che metteva nel portabagagli.

Si sedeva al volante, controllava la bambina, poi faceva retromarcia e si immetteva prudentemente in Dublin Street, allontanandosi nella direzione opposta a quella presa dal marito.

Come per Lucas, la faccia non si vedeva, ma il linguaggio corporeo era chiaro.

Tara Burke non era agitata, non era nel panico, e la valigia dimostrava che aveva intenzione di stare via per un po'.

Magari non per sempre, ma sicuramente almeno per una notte.

29

Conklin ci gridò dal piano di sopra: « Venite a vedere! »

Brady e io salimmo le scale e lo trovammo davanti al ripostiglio di fronte al bagno, che era pieno di biancheria, detersivi e prodotti per la pulizia della casa. Conklin ci indicò una copertina da culla, rosa, con dei coniglietti, ammucchiata sul pavimento.

« Tara deve averla lasciata qui quando è andata via con Lorrie lunedì mattina. Voglio vedere che cosa c'è sotto. »

Culver scattò alcune foto della copertina appallottolata, poi Rich la sollevò e la svolse piano piano con le mani protette dai guanti. Al centro, come la sorpresa in un biscotto della fortuna, c'era un mucchietto di cacca.

Kathleen Wyatt sosteneva che Tara e Lorrie subissero maltrattamenti e che Lorrie, quando piangeva troppo, a volte venisse chiusa nel ripostiglio. La copertina sporca poteva suffragare questa ipotesi, ma poteva anche non voler dire nulla.

« Magari la bambina si è sporcata nel lettino e Tara ha tolto la copertina e l'ha buttata lì per poi lavarla » dissi, ma presi nota nel mio taccuino.

La graziosa villetta non aveva né cantina né soffitta e il sottotetto era rivestito di cartongesso. Così, finito di controllare le stanze senza aver trovato cadaveri né loro tracce, noi della Omicidi lasciammo campo libero ai colleghi della Scientifica e tornammo alle macchine per fare un brainstorming e scambiarci teorie e ipotesi.

Dov'era andata Tara? Aveva lasciato il marito? Come mai si era separata da Lorrie? Lei e Lucas si erano sentiti, da lunedì mattina?

Erano riflessioni più che legittime, ma non mi portarono da nessuna parte.

Dal parco giungevano un lieve stormire di fronde e un concerto di cinguettii. In una giornata così, e in un posto così, sembrava impossibile che potesse succedere qualcosa di brutto.

In quel momento suonò il cellulare di Brady.

« Pronto? »

Lo vidi irrigidirsi. « Capito, capito. Un momento, ripetimi le coordinate » disse. Si toccò il taschino della camicia, andò alla macchina, aprì il vano portaoggetti e stava per cominciare a frugarci dentro quando gli porsi una penna e il mio bloc-notes. Brady scrisse quel che gli veniva dettato e concluse: « Grazie. A dopo ».

Chiuse la chiamata e rimase assorto a pensare.

« Brady? Cosa c'è? » gli chiesi.

« Era Teller. »

« Teller? »

« Un tecnico della Scientifica. Hanno trovato un cadavere nella parte est del parco. Una donna. »

« È Tara? »

« Non lo so. Una signora che portava a passeggio il cane ha trovato il corpo di una ragazza coperto da un sottile strato di terra. Sgozzata. Ho chiamato rinforzi. »

Cos'era successo?

Burke aveva ucciso Tara e l'aveva seppellita nel parco?

E dov'era adesso il bastardo? Cercavo di assimilare quella notizia e di farmene una ragione, ma non ci riuscivo.

Dovevo vedere il corpo.

Seguimmo Hallows lungo un sentiero che si snodava fra i prati e, dopo cinque o sei minuti di cammino, incontrammo un gruppetto di tecnici della Scientifica che avevano delimitato con un nastro l'area intorno al cadavere.

Io avevo il batticuore, ma Brady, impassibile, parlò con loro a bassa voce. Il succo del discorso doveva essere: « D'ora in avanti comandiamo noi ».

Mi avvicinai alla vittima quanto bastava per vedere che era nuda. Nonostante fosse in parte coperta di foglie e terra, mi accorsi che era stata sgozzata e sul petto aveva dei tagli fatti apparentemente a casaccio. Da dove mi trovavo, la vedevo soltanto di profilo.

Alzai lo sguardo nel sentire il frastuono di un elicottero sopra le nostre teste. Poi arrivò Clapper con l'auto di servizio e i lampeggianti accesi.

Il macabro ritrovamento stava per diventare di pubblico dominio.

30

Clapper diede un'occhiata al corpo martoriato e parzialmente esposto e annunciò a tutti i presenti: « Statemi bene a sentire. Conoscete le regole: fingere di essere sordi e non parlare né con i giornalisti né con nessun altro. Rilascerò una dichiarazione dopo che avremo identificato la vittima e avvertito i parenti ».

Convinta di sapere già di chi si trattava, mi offrii volontaria: « Posso informare io la madre. La conosco personalmente ».

Era un compito ingrato. Kathleen sarebbe impazzita dal dolore, ma mi sembrava meglio che a darle la tragica notizia fossi io e non un estraneo. Proprio in quel momento uno dei tecnici forensi si avvicinò a Clapper. « Capo, abbiamo trovato qualcosa » disse.

« Sentiamo. Che cosa? »

« Indumenti femminili piegati ordinatamente e una borsetta con la patente dentro. » Il tecnico gli porse il documento con le mani protette dai guanti, Clapper lo prese con la punta delle dita, lo guardò e fece una lievissima smorfia di sorpresa.

« La patente è intestata a una certa Wendy Franks » annunciò Clapper. « C'è una certa somiglianza con Tara Burke, ma il naso e la larghezza della fronte... » Clapper si chinò e accostò al viso della vittima la patente, che aveva tutti gli ologrammi regolamentari e lo stemma della California.

«A meno che le impronte digitali non dicano qualcosa di diverso, la vittima è Wendy Franks.»

Seguì un momento di confusione generale in cui tutti si misero a parlare contemporaneamente, esprimendo pareri e confrontando la foto sulla patente e il volto della vittima. Allungai il collo per leggere il documento in mano a Clapper. «Wendy Franks aveva gli occhi castani ed era alta uno e settantacinque. A quanto ci risulta, Tara Burke ha gli occhi azzurri ed è alta uno e sessantasette» osservai.

«Vuol dire che ha ucciso la persona sbagliata? O questo omicidio non ha nulla a che fare con la scomparsa di Tara Burke?» chiese Alvarez.

«Ho fotografato i vestiti» disse il tecnico della Scientifica.

Mi mostrò l'immagine sullo smartphone: abito a righe bianche e verdi, sandali, una borsa a tracolla marrone. Nelle riprese del lunedì mattina Tara era vestita in maniera diversa.

Ulteriore conferma.

La vittima non era Tara Burke. Punto.

Claire ci raggiunse con il suo team. Salutò i presenti e cominciò a fotografare il cadavere, insieme ai tecnici di Hallows.

Mi allontanai un po' e rimasi in disparte, guardando l'orologio ogni pochi minuti. Conklin e Alvarez parlavano sotto un albero. Brady era con Clapper e Culver. Passarono tre quarti d'ora.

Dopo aver documentato la scena del crimine da tutte

le angolazioni, Claire sollevò con cura il corpo con l'aiuto di uno dei suoi collaboratori e lo adagiò su un telo.

Mi chinai accanto a lei.

« Mi daresti un'idea dell'ora del decesso, in via del tutto ufficiosa? »

« Se mi giuri che resterà fra noi, Lindsay. Non sono ancora pronta per andare in pensione. »

« Giuro » dissi.

« Essendo già uscita dal rigor mortis, direi che è deceduta ventiquattr'ore fa. Non occorre che ti dica qual è stata la causa del decesso. Appena arriviamo in Istituto, procedo a un esame preliminare. »

Brady ci raggiunse.

« Fate un tampone orale a Burke. Magari mentre l'ammazzava lei lo ha graffiato e le troveremo il DNA sotto le unghie. O magari invece scopriremo che lui non c'entra niente » disse Claire.

Lasciai Brady sulla scena del crimine e mi feci dare un passaggio da Conklin e Alvarez. Mentre tornavamo alla Corte, seduta dietro, non feci altro che rimuginare. Avevamo lasciato andare Lucas Burke più di ventiquattro ore prima. I tempi c'erano, anche se risicati.

Ma era stato davvero Lucas Burke a uccidere Wendy Franks?

E, se sì, per quale motivo?

Che la poveretta avesse visto qualcosa che non avrebbe dovuto vedere?

31

Cindy era in redazione, concentratissima sul lavoro, quando dallo scanner della polizia arrivò una forte scarica elettrostatica.

Il segnale si affievolì, poi tornò più nitido e Cindy riuscì a distinguere alcune parole. Mettendo insieme pezzi di frasi, capì che nel McLaren Park era stato trovato il cadavere di una donna. Restò in ascolto sperando di cogliere altre informazioni. Una voce disse, fra i rumori di fondo: «Tara Burke».

Cindy per poco non cadde dalla sedia.

Raddrizzò lo schienale, si girò verso lo scanner radio posato sul davanzale ed effettuò una scansione in cerca di un segnale più pulito, ma non lo trovò. Uscì di corsa dall'ufficio per andare a cercare Jonathan Samuels. Era alla sua scrivania e, appena Cindy gli raccontò quello che aveva sentito, aprì un cassetto, tirò fuori la macchina fotografica ed esclamò: «Sono pronto».

Presero lo scanner portatile, uscirono dalla sede del *Chronicle* e scesero direttamente nel parcheggio sotterraneo sull'altro lato della strada. Quando furono in macchina con le cinture allacciate, negli scambi via radio Tara Burke non veniva più nominata.

«Rettifichiamo... vittima... non identificata.»

«Che casino! Come hanno fatto a sbagliare?» commentò Cindy.

«Impulsività» sentenziò Samuels. «E bias di conferma. Ti dispiacerebbe rallentare un po'?»

Cindy decelerò. A quel punto l'urgenza era minore, ma gli ingredienti di una notizia – chi, cosa, dove, quando e perché – c'erano ancora tutti. A giudicare dagli scambi via radio della polizia, molto probabilmente si trattava dell'ennesima vittima di omicidio seppellita nel McLaren Park.

Il traffico era scorrevole e ben presto arrivarono nei pressi della villetta dei Burke.

«Laggiù» disse Samuels.

«Bravo» replicò Cindy e abbassò il volume dello scanner. Alcune auto della polizia, ferme lungo il parco due isolati più avanti, partirono dirette verso il centro e un attimo dopo passarono accanto a loro.

«Il materiale del nostro articolo è là che ci aspetta» disse Cindy. «Andiamo.»

Cindy parcheggiò lungo la strada, di fronte a tre mezzi con la scritta CSI sulla fiancata, un furgone dell'Unità cinofila K9 e alcune volanti.

Samuels si appese al collo il pass della stampa, Cindy se lo appuntò sulla giacca e insieme attraversarono la strada per raggiungere le forze dell'ordine. Cindy individuò il più giovane degli agenti, che era in piedi in disparte e scriveva un messaggio sullo smartphone.

«Salve» gli disse. «Sono Cindy Thomas del *San Francisco Chronicle.*»

«Cosa posso fare per lei?» replicò il giovane.

«Mi può dire che cosa è successo esattamente?»

«Non sono autorizzato a parlare con i giornalisti.»

«Certo, capisco. Ma se non mi dice come si chiama e io non la cito...»

«Non ci provi nemmeno.»

«Okay, mi arrendo. Possiamo fare un giretto nel parco, però?»

«Sì, ma non sulla scena del crimine. Quella è off limits finché la Scientifica non avrà finito il sopralluogo.»

In quel momento Cindy notò una donna che curiosava dalla veranda di una casa di legno sull'altro lato della strada.

«Grazie comunque» disse all'agente e insieme a Samuels riattraversò per andare verso la casa con la veranda e il giardinetto.

«Buongiorno, signora» disse quando fu a portata di voce. «Siamo del *Chronicle*. Possiamo parlarle un momento?»

«Venite. Il cancello è aperto, accomodatevi. Ho tutto il tempo» rispose la donna.

Fecero le presentazioni e venne fuori che Milissa Goeden, assistente sociale in pensione, sapeva chi era Cindy, leggeva i suoi articoli ed era una sua fan.

«Sono stata io a trovarla» disse. «O meglio, è stato Sparky.» Accarezzò la testa al cocker spaniel accoccolato ai suoi piedi. «Povera ragazza.»

Con il dito Milissa Goeden mimò il gesto di una lama che taglia la gola.

«Spaventoso! Per caso sa come si chiamava?» disse Samuels.

«Ero lì, quando hanno trovato la patente. Il cognome è Franks. Candy, forse. No, no. Wendy. Wendy Franks.

Subito dopo mi hanno congedato. 'Grazie tante per aver fatto il suo dovere civico, signora, ma adesso si tolga dai piedi.'»

«Abbiamo presente. Grazie di cuore. Ci è stata molto utile. Speriamo di poter contribuire a trovare l'assassino di Wendy» disse Cindy.

«Sia prudente. Mi raccomando» rispose la signora Goeden.

32

Mi avevano dato una scrivania fuori dall'ufficio di Brady.

Lavoravamo uno di fronte all'altra, ma con una parete di vetro in mezzo e una porta che lui poteva chiudere tutte le volte che aveva bisogno di privacy. Alla mia scrivania all'altro capo dello stanzone della Omicidi era seduta Sonia Alvarez, che parlava animatamente con Rich Conklin.

A voler vedere il bicchiere mezzo pieno, se non altro il mio computer era ancora in mano mia.

Aprii due foto sul desktop: una di Tara Burke e, accanto, il primo piano di Wendy Franks sul tavolo della sala autoptica. Le confrontai, le esaminai con grande attenzione ed ebbi la conferma di quello che già sapevo. Non c'era nessuna somiglianza significativa. Ma allora chi era Wendy Franks? Ero agitata. Quel mistero mi ossessionava. Perché era stata uccisa? E perché l'assassino si era disfatto del cadavere nel McLaren Park? Purtroppo succedeva fin troppo spesso che nel parco venissero trovati cadaveri, ma la coincidenza del ritrovamento di una donna sgozzata così vicino alla casa di Burke mi tormentava.

A parte rivelarci che Wendy Franks aveva cambiato residenza due anni prima, trasferendosi da Santa Barbara all'indirizzo di Sausalito indicato sulla patente di guida, le nostre ricerche in tre database diversi non diedero risultati. Wendy non aveva precedenti, nemmeno una multa per divieto di sosta. Si era laureata alla UCLA, era single e dipingeva paesaggi marini, come attestato dalla recensione di una sua mostra personale apparsa su un giornale locale. Siccome Sausalito è nella contea di Marin, Clapper aveva demandato il caso al dipartimento di polizia locale.

E, sinceramente, aveva fatto bene. La nostra task force era ancora impegnata nelle indagini sull'omicidio di Lorrie Burke e sulla scomparsa della madre, oltre a tutti gli altri casi di omicidio dei distretti nord e sud, che facevano comunque capo alla nostra squadra Omicidi.

Sentii una voce tonante, alzai gli occhi e vidi il procuratore Leonard Parisi, detto « Cane Rosso », che avanzava a grandi passi nel corridoio al centro dell'open space facendo tremare il pavimento sotto il suo peso. Mi passò davanti ed entrò nell'ufficio di Brady.

Benché la porta fosse chiusa, lo sentii ugualmente urlare: « Dimmi che ho capito male. Dimmi che non è vero che ci siamo lasciati scappare Burke ».

Non osavo guardare, ma sentii quasi tutto quel che si dissero. Da quando era andato via indignato per la perquisizione, Burke non era più rientrato a casa. Lo avevamo trattenuto per meno di ventiquattr'ore e adesso era irreperibile. Questo era più che sufficiente per mettere in allarme la procura.

« Lo stiamo cercando, Len. Non avevamo gli estremi per trattenerlo. Quante volte te lo devo dire? » disse Brady.

La porta dell'ufficio di Brady si aprì e Parisi uscì dicendo: « Ne parliamo con Clapper ».

Mi vide, mi salutò con un laconico « Boxer » e tirò dritto verso l'uscita.

«Clapper ci ha convocato. Tu rispondi alle chiamate del numero verde, nel frattempo. Non dobbiamo trascurare nessuna pista» mi disse Brady.

«Dieci-quattro, capo.»

C'erano altri quattro colleghi alla scrivania a prendere le telefonate. Premetti il pulsante per rispondere alla prima chiamata.

«Sergente Boxer, squadra Omicidi.»

«Ho visto Tara Burke» disse una voce maschile. «E le ho fatto una foto. Prima di postarla su Instagram, però...»

«Bravo» lo interruppi. «La mandi a me. Può dirmi il suo nome, per favore?»

L'uomo non volle dirmi come si chiamava, ma restò in linea in attesa che ricevessi il suo messaggio con la foto di una donna in mezzo a una folla di notte.

«È sicuro che sia proprio Tara?» gli chiesi. «La faccia non si vede bene.»

«Sicuro al cento per cento no, ma nel caso che...» rispose.

«Dove è stata scattata la foto?»

«A Fresno. Ieri sera.»

Ringraziai il volenteroso anonimo e stampai la foto. Era difficile dire se si trattasse di Tara o di un'altra bella ragazza della sua età.

«Ieri sera? Le ha parlato?»

L'uomo buttò giù senza rispondere. Raccolsi altre telefonate ed entro breve arrivai a distinguere dopo pochi secondi quelli che chiamavano per farsi due risate alle nostre spalle da quelli che erano sinceramente convinti di sapere dove fosse Tara Burke. Ma nessuno, fra i tanti che ascoltai nella mezz'ora successiva, fu in grado di dirmi qualcosa che mi desse la speranza di ritrovare Tara.

Di ritorno dalla riunione con Clapper, Brady si fermò alla mia scrivania e disse: « In casa di Burke, Hallows non ha trovato nulla che faccia pensare a una morte violenta, al tentativo di nascondere prove di qualche crimine, o anche soltanto all'intenzione di commetterne uno. C'è da dire però che il soffocamento di una bambina piccola può non lasciare tracce. Quindi siamo di nuovo al punto di partenza. E questo significa che si lavora anche weekend e festivi ».

Detesto ritrovarmi al punto di partenza. Detesto anche stare al mio posto e rispettare rigorosamente le regole.

Rischiando l'ira di Clapper, feci il numero di Claire.

33

Claire rispose al telefono. «Washburn. Cosa c'è?»

Dal tono brusco capii che non aveva tempo da perdere in convenevoli.

«Vorrei vederti per parlare di Wendy Franks.»

«Impossibile, Lindsay. Stanno per arrivare i genitori per il riconoscimento. Saranno qui da un momento all'altro.»

«Ah. Allora dimmi quello che puoi al telefono. Mi bastano le informazioni principali.»

«Be', prima di tutto, mi dispiace per lei.»

«Concordo. A parte questo?»

«Okay. In via del tutto ufficiosa. Femmina caucasica, sana, deceduta in seguito a una profonda coltellata alla gola inferta con un comune coltello da caccia circa ventiquattro ore prima del ritrovamento. E con questo ti ho detto causa, orario e modalità del decesso. Sembra che l'assassino l'abbia aggredita alle spalle e abbia tagliato da sinistra a destra.»

«Per esempio, lei era seduta e lui le ha messo una mano su una spalla e con l'altra ha dato la coltellata?» commentai.

«È possibile. La coltellata è stata inferta con una forza considerevole e la poveretta è morta dissanguata prima che lo stronzo si sbarazzasse del cadavere.»

«Quindi secondo te è stata uccisa altrove e portata nel parco in un secondo tempo. La fossa potrebbe essere stata scavata in precedenza. Il che vorrebbe dire che l'omicidio era premeditato.»

«Questo lo stabilirete voi e la procura. Allora, il tocco finale sono i tagli sul seno, che io definirei scarabocchi da serial killer. Sono stati praticati quando era ancora viva, ma probabilmente priva di sensi. Non ci sono lesioni da difesa sulle braccia, né lividi, e neanche sangue o tessuti sotto le unghie. Wendy è stata presa completamente alla sprovvista.»

«Che orrore!» commentai. «Un feticista?»

In quel momento passò Cappy e sentì quello che stavo dicendo. Mi guardò e mi diede una pacca sulla spalla. Io risposi con un cenno della testa, poi riabbassai lo sguardo.

«Può darsi, ma non credo che si tratti di un omicidio a sfondo sessuale» disse Claire.

«Perché?»

«Perché era nuda, ma non è stata violentata» rispose Claire. «Sto facendo una serie di tamponi a collo, spalle e viso, per vedere se l'assassino le ha lasciato addosso tracce di DNA. I campioni di sangue sono già in laboratorio per le analisi. A chi devo mandare i risultati e il referto dell'autopsia?»

«Mandali al capitano Brevoort, dipartimento di polizia della contea di Marin.»

La ringraziai e la lasciai tornare al suo lavoro. Erano solo le tre del pomeriggio. Andai in bagno, mi lavai la faccia con l'acqua fredda e mi guardai allo specchio. Avevo un aspetto orribile. Del resto, mi sentivo malissimo. Avrei voluto indagare sull'omicidio di Wendy Franks, scoprire chi era l'assassino e mandarlo in galera perché non potesse più fare del male a nessuno. Non avevo le prove, ma ero convinta che ci fosse un nesso tra Wendy Franks e Lucas Burke.

Sapevo che cosa bisognava fare.

Bisognava parlare con Misty Fogarty, la studentessa dalla lunga treccia e dalle unghie laccate di azzurro che si era affacciata sulla porta dello studio di Burke quando ero andata a parlargli a scuola il martedì pomeriggio.

Chiamai Cindy e le chiesi gentilmente il numero di Misty.

« Perché me lo chiedi? »

« Se te lo dicessi, poi dovresti riferirlo a Richie. Quindi dammelo e basta, okay, girl reporter? Se tutto va come spero, ti assicuro che... »

« Se, se, se... Quante volte me lo hai detto? Devo volerti veramente bene. »

Mi diede il numero e mi mandò un bacio. La salutai e feci immediatamente il numero della ragazza.

Misty Fogarty rispose in tono allegro.

Per mia fortuna, le ultime notizie non avevano minimamente scalfito la sua voglia di chiacchierare. Misty mi parlò di sé per un po' e poi mi propose di incontrarci in un diner che si chiamava Comfy Corner alle quattro.

Ovvero dopo un'ora.

Chiamai Joe, ci aggiornammo sulle rispettive novità, poi lasciai un messaggio a Brady: « Vado a verificare una segnalazione ». Presi la giacca, salutai con la mano i colleghi e Brenda e uscii.

34

Misty Fogarty mi aspettava a un tavolo vicino all'ingresso del diner.

«Salve, sergente Boxer» esclamò allegra.

Mi sedetti di fronte a lei. Diciott'anni, molto carina, bionda naturale, indossava la divisa bianca e azzurra della scuola, come quando l'avevo vista alla Sunset Park Prep tre giorni prima. Aveva posato il telefono sul tavolo con il display verso l'alto.

«Misty, grazie di esserti scomodata. Spero che tu mi possa aiutare. Sto cercando Tara Burke.»

«Oh. Pensavo che mi volesse dire come sta Luke. Sono due giorni che non viene a scuola.»

«Lo abbiamo trattenuto in quanto testimone chiave, ma...»

«In che senso 'testimone chiave'?»

«Nel senso che potrebbe essere a conoscenza diretta di fatti relativi alla morte di Lorrie e alla scomparsa di Tara.»

«Vuol dire che è indagato?»

«No, no. Diciamo che è stato l'ultima persona a vederle, quindi volevamo che non corresse rischi e speravamo che avesse qualche suggerimento da darci» risposi per addolcire la pillola.

«Ma non è più in prigione, spero.»

«È stato rilasciato ieri all'ora di pranzo.»

« Oh » fece Misty, visibilmente scossa. « Sarà disorientato, dopo essere stato in prigione. È così sensibile... Ma immagino... immagino che lei se ne sia accorta. »

Arrivò il cameriere e Misty ordinò un tè verde. Io chiesi un caffè. E intanto pensai che dovevo cercare di farmela amica e lasciarla parlare.

« Vuoi molto bene a Luke, eh? » dissi.

La ragazza annuì e si asciugò una lacrima con un dito dall'unghia azzurra.

« È un uomo meraviglioso. »

« In che senso? »

« Il modo in cui mi guarda, in cui mi parla... »

Scosse la testa e intuii che stava per crollare.

« So che è sposato » disse. « So che quello che sto facendo non va bene, ma io lo amo. E adesso è solo e io non so come fare ad aiutarlo. »

« Tranquilla, Misty. Luke sta bene. »

« Sono preoccupatissima » ribatté. « Chi ha ucciso Lorrie e portato via Tara avrebbe potuto fare del male anche a lui. »

« Quando vi siete visti per l'ultima volta da... da soli? »

« Domenica sera. Abbiamo passato un paio d'ore insieme. »

« Dove? »

« Nella mia macchina. »

Il cameriere tornò con le ordinazioni e Misty si versò il tè.

« A quest'ora avrebbe dovuto chiamarmi » disse. « Guardi. » Misty prese il telefono e cominciò a scorrere le foto, trovò quella che cercava e me la mostrò.

Era un selfie di Misty e Lucas sorridenti, con le auto che passavano dietro le loro spalle.

« Posso vedere? » chiesi.

Mi porse il telefono e cercai l'ora della foto: era stata scattata domenica sera alle 20.13. Scorsi le immagini nella galleria, vidi foto di Misty con i suoi amici e altre con Burke, raggiante e innamorata.

Zuccherai il caffè, ne bevvi un sorso, espressi a Misty tutta la mia comprensione per quanto le mancava Lucas e poi feci cadere nel discorso qualche domanda su Tara. Le chiesi se la conosceva bene e se aveva delle teorie sulla sua scomparsa o sulla morte della bambina.

Le risposte furono lunghe, articolate e ponderate. Estremamente interessanti.

In sintesi, Tara aveva soltanto due o tre anni più di Misty e per un anno avevano frequentato la Sunset Park Prep contemporaneamente. Secondo Misty, Tara era immatura e non tanto intelligente, ma era sexy e piaceva molto agli uomini.

« Ho sentito che forse aveva un altro. Se fosse vero, potrebbe essere coinvolto » dissi.

« Se Tara avesse avuto un altro, alla Sunset Park Prep lo avrebbero saputo tutti » ribatté Misty con una risatina. « E Luke avrebbe avuto un motivo valido per chiedere il divorzio. »

Si sporse verso di me e, con un filo di voce, mi confidò che Luke si lamentava di Tara, diceva che era fredda e piena di pretese. Disse anche che non sarebbe rimasta sorpresa più di tanto se Tara avesse ucciso la bambina per far soffrire Lucas e poi non si fosse fatta più vedere.

Chiesi il conto, pagai, diedi a Misty il mio biglietto da visita e le raccomandai di chiamarmi a qualsiasi ora. « Puoi contare su di me » le dissi.

La ragazza si alzò e mi abbracciò.

« Non so che cosa fare. Lei cosa mi consiglia? »

Eravamo in piedi nel corridoio del diner e altri clienti ci stavano passando accanto.

« Secondo te, che cosa dovresti fare, Misty? »

« Dovrei lasciarlo, vero? »

« Se fossi una tua amica o una tua parente, ti direi di sì. »

Annuì, mi abbracciò di nuovo, forte, e io ricambiai stringendola a me.

Ero a una quindicina di minuti da casa e mentre guidavo pensai a Misty che si accontentava di vedere brevemente Lucas Burke di nascosto, in macchina, e per il resto del tempo rimaneva in disparte.

Stavo cominciando a elaborare una mia teoria.

35

Era il primo momento di calma della giornata.

Ero seduta al bancone della cucina mentre Joe caricava la lavastoviglie e mi aggiornava sulla placida routine di casa nostra.

Julie era dalla signora Rose, la vicina di casa, che le stava insegnando a fare i biscotti. Martha ronfava sul tappeto di camera nostra, uno dei suoi posti preferiti. Parlando, Joe mi servì un piatto di lasagne al forno e un bicchiere di Chianti, poi si sedette al mio fianco.

Cosa potevo desiderare di più dalla vita?

Mi tolsi le scarpe e chiesi al mio adorato marito di aiutarmi a fare un brainstorming su quell'atroce omicidio.

Avendo un'esperienza decennale nei servizi segreti, era la persona più adatta per quel genere di esercizio. Inoltre lo divertiva e non c'era bisogno di fargli giurare di non dire niente a nessuno.

Si versò un bicchiere di vino e brindammo dicendo «Salute» all'unisono, poi cominciai a parlare.

Gli raccontai che quando ci eravamo presentati con il mandato di perquisizione Lucas Burke si era infuriato e poi si era reso irreperibile, che il procuratore Parisi era furibondo e Clapper, dovendo far fronte ai media, stava mettendo inutilmente sotto pressione Brady.

Poi gli parlai del ritrovamento del cadavere di Wendy

Franks nel McLaren Park e di come, inizialmente, si era pensato che fosse Tara Burke.

«È possibile che l'omicidio di Wendy Franks non abbia nulla a che fare con il caso Burke, ma la mia sensazione di pancia è un'altra.»

«Mmm. Continua.»

Cominciai a mangiare le lasagne, calde e squisite. Joe faceva le lasagne al forno migliori del mondo, e glielo dissi.

«Grazie. Vai avanti, Biondina. Fra dieci minuti arriveranno Julie, la signora Rose e una teglia di biscotti.»

«Sto iniziando a mettere a fuoco la sequenza dei fatti.»

«Sentiamo.»

«Domenica sera, quando noi nemmeno sapevamo che esistesse, Lucas Burke esce di nascosto per incontrarsi con Misty sulla macchina di lei, come un adolescente. Torna a casa, dove Tara lo aspetta al varco e gliene dice di tutti i colori. La mattina dopo ricominciano a litigare.»

Joe annuì e io continuai.

«Alle sette e mezzo Burke esce di casa. Lo sappiamo perché abbiamo il video. Arriva alla Sunset Park Prep puntuale, e anche questo è stato verificato. Tara esce poco dopo di lui, con la bambina e una valigetta. Anche questo è documentato in video.»

«E dove va?»

«Non lo sappiamo. Sono sparite sia lei che la sua auto. La mia impressione è che esca di casa con un atteggiamento combattivo, di sfida. O vuole ribellarsi al marito fedifrago – della serie: 'Faccio quello che mi pare' – o forse sta andando dal presunto amante, la cui esistenza non è stata verificata. La terza ipotesi è che sia scappata di casa con la bambina. Magari sono vere tutte e tre. Si ribella al marito, prende la bambina e scappa con un altro. Comunque sia, da allora non si è più vista né sentita.»

«Tutto chiaro» disse Joe. «Fin qui ci siamo.»

«Okay. Allora, per continuare la cronologia dei fatti: quello stesso giorno la madre di Tara, Kathleen Wyatt, dà l'allarme. Posta accuse gravissime sul blog di Cindy, dice che Lucas Burke è un assassino e va da Cindy in redazione. Cindy mi coinvolge e il martedì pomeriggio vado a parlare con Burke della scomparsa della moglie. Lui mi dice che non è la prima volta che scappa, che le ha distrutto la carta di credito. 'Vedrà che torna appena finisce la benzina. Qui non c'è niente da vedere' mi fa.»

«E il mercoledì mattina la figlia viene trovata morta in mare» disse Joe.

«Esatto.»

Guardai l'orologio per essere sicura della data.

«Sì, questo è successo mercoledì. Claire ha calcolato che la bambina doveva essere morta da circa trenta ore. Soffocata. La notizia finisce su tutti i media e Tara continua a non farsi viva.»

«Allora, chi è stato a uccidere Lorrie?» domandò Joe.

Mandai giù un sorso di vino e spinsi da parte il piatto.

«Ho la netta sensazione che anche Tara sia morta. Non credo proprio che abbia ucciso la figlia e si sia data alla fuga. La mia teoria è che Lorrie e Tara siano state uccise insieme dal presunto amante. Oppure – dimmi che cosa ne pensi – lunedì, finite le lezioni, Lucas si incontra con Tara da qualche parte, non so come, le dice di Misty e lei reagisce malissimo, allora lui la uccide e soffoca la bambina tappandole la bocca con una mano. Perché non ne vuole più sapere della famiglia.»

Siccome Joe annuiva, continuai.

«Butta in mare la bambina, forse non immaginando che il corpo possa venire ritrovato e identificato così presto. Per sbarazzarsi della madre, invece, ci mette più tempo. Se, come penso, Tara verrà ritrovata senza vita, sono sicura che emergerà che è stata uccisa.»

«Come teoria mi sembra plausibile. Se ha ucciso la bambina, ha dovuto uccidere anche la madre, e viceversa. Se le avesse uccise in casa, avreste trovato qualche traccia e questo fa pensare che abbia attirato Tara da qualche altra parte, probabilmente in un luogo isolato...» disse Joe.

La maniglia della porta girò e Martha si alzò stancamente e trotterellò nell'ingresso.

«Il resto me lo racconti dopo» disse Joe e andò nell'ingresso. Julie entrò in casa con un gran sorriso, seguita da Gloria Rose che reggeva una teglia di biscotti dal profumo delizioso.

«Vedi che sono faccine?» disse Julie mostrandomi che con le gocce di cioccolato aveva disegnato su alcuni biscotti un sorriso e su altri una faccia truce. Risi, divertita. Presi Martha per il collare e dissi alla nostra cara vicina nonché baby-sitter: «Preparo un decaffeinato per tutti».

«Perfetto, grazie. Preferisco evitare la caffeina» rispose. «Ma non vedo l'ora di assaggiare i biscotti. Avete del latte?»

«Prego, si sieda» le disse Joe avvicinandole uno sgabello.

Poi insieme a Julie trasferì i biscotti su un piatto. Poco dopo mia figlia ci illustrò uno per uno i personaggi rappresentati dai biscotti: un commesso del supermercato, una signora con il gatto al guinzaglio, io, Joe, Gloria Rose e Martha.

«Questa sono io» disse poi. «E nessuno può mangiare questo biscotto, nemmeno io.»

Il biscotto era buffissimo, con una serie di gocce di cioccolato sul bordo superiore a rappresentare i capelli ricciuti e un sorriso che andava da un orecchio all'altro.

Trascorsi un'ora magica con la mia famiglia. Fu piacevolissimo e cercai di imprimerlo bene nella memoria. Sapevo che avrei avuto bisogno di attingere a quelle sensazioni positive nei giorni a venire, se il caso Burke fosse rimasto irrisolto.

36

Il sabato mattina alle otto entrai nello stanzone della Omicidi e andai direttamente nel cucinino.

Rich Conklin si alzò e mi raggiunse. Mi guardò pulire energicamente la macchina del caffè, riempire il serbatoio e il filtro e premere il pulsante con veemenza.

«Notizie di Burke?» gli chiesi. «Ti prego, dimmi che ieri sera è tornato a casa.»

«Purtroppo no» rispose il mio vecchio amico.

Rich e io abbiamo lavorato insieme per anni e con il tempo a entrambi sono spuntati i primi capelli grigi. Io me li strappavo, lui no. Qualche filo d'argento gli donava.

Rich prese la mia tazza dallo scaffale in alto e insieme rimanemmo a guardare il caffè che gocciolava nella caraffa. Uno spettacolo ipnotico, che mi rilassò.

Imitando Joey Tribbiani di *Friends*, Rich mi chiese: «Come stai?» Era il suo modo per dirmi «Siamo ancora amici».

«E tu come stai?» replicai.

«Te l'ho chiesto prima io.»

«Ho l'aria stravolta? Credo di aver fatto un sonno al cento per cento REM. Ho sognato di correre tutta la notte.»

«Correvi via da qualcosa o verso qualcosa?»

«Inseguivo qualcuno, ma non riuscivo a prenderlo.»

Portammo le rispettive tazze di caffè al tavolo del cucinino, che risaliva all'era Kennedy, scostammo le sedie e ci accomodammo.

« A proposito di inseguimenti, stamattina Cindy ha intervistato Clapper » disse Conklin.

« Brava. »

« Sì. È andata in onda su KRON. »

« Che cosa ha detto Clapper? »

Conklin stava rispondendo « Le solite stronz... » quando accanto a noi si materializzò Brady.

« Dov'è Alvarez? » chiese.

« Si è dimenticata il caricabatteria in macchina. Torna subito » rispose Conklin.

« Vi voglio tutti nel mio ufficio ASAP » disse Brady.

E chiarì che per ASAP intendeva entro cinque minuti.

Trovammo Brady alla scrivania, con le mani saldamente afferrate ai bordi. Alvarez, che nel frattempo aveva recuperato il caricabatteria, entrò nell'ufficio di vetro appena prima dell'appello: eravamo tutti presenti. Alvarez e io ci sedemmo di fronte a Brady, mentre Conklin rimase in piedi sulla porta, appoggiato allo stipite. Paul Chi si affacciò a guardare, percepì la tensione e fece retromarcia senza fiatare.

Conklin chiuse la porta.

« C'è stato un altro omicidio raccapricciante » annunciò Brady.

Pensai: *Tara*.

« Una teenager sgozzata a bordo della sua macchina nel parcheggio della scuola. »

« È stata identificata? » chiesi, con un brutto presentimento.

« Sì. Mi dispiace, Boxer, so che le avevi parlato. È Melissa Fogarty, detta Misty. »

Mi alzai di scatto e urlai: « Che gran figlio di puttana! »

Tutti gli agenti della Omicidi si voltarono a guardare.

« Siediti, Boxer » mi richiamò Brady.

« Misty voleva lasciarlo, me l'ha detto chiaramente. »

Brady continuò: « Tu vai all'Istituto di medicina legale e voi due, Conklin e Alvarez, andate sulla scena del crimine. L'auto sta per essere portata nel laboratorio della Scientifica. Assistete al sopralluogo, poi andate a Hunters Point e fatevi mostrare l'auto. L'assassino deve per forza aver lasciato qualche traccia dentro la macchina o sul corpo della vittima. Tenetemi aggiornato ».

Alvarez e Conklin si avviarono e Brady, puntando il dito verso di me, disse: « Mi raccomando, Lindsay. Cerchiamo di non fare passi falsi ».

Annuii, uscii dall'ufficio, scesi le scale di corsa, arrivata nell'atrio passai dalla porta sul retro per imboccare la passerella che collegava la Corte di Giustizia con l'Istituto di medicina legale.

Selezionai il tasto di chiamata rapida e lasciai un messaggio a Claire: « Sto arrivando ».

37

«Nel giro di una settimana è completamente cambiato. Te ne sei accorta?» disse Jonny Samuels.

Cindy aveva appena concluso l'intervista a Charles Clapper davanti alla Corte di Giustizia, un palazzo in granito grigio che alla luce del mattino era uno sfondo perfetto.

Il nuovo capo del distaccamento le aveva detto, guardando in macchina: «Le ricerche di Tara Burke sono tuttora in corso. Il *San Francisco Chronicle* ha pubblicato la foto della ragazza sul sito e nelle edizioni cartacee. Il numero verde è attivo. Chiunque abbia visto Tara o pensi di sapere dove si trova è pregato di segnalarcelo al più presto. Stiamo parlando di una ragazza di vent'anni che ha con sé pochi soldi, o forse non ne ha proprio più. Sua figlia è stata assassinata. Abbiamo bisogno della collaborazione di tutta la cittadinanza per ritrovarla. Cindy Thomas vi dirà quali sono i numeri da chiamare. Grazie».

Samuels si voltò per salire la scalinata esterna del palazzo.

Cindy stava rileggendo gli appunti per decidere come cominciare il servizio e Samuels visionava le immagini appena girate, quando Cindy alzò gli occhi ed esclamò: «Oh, mio Dio!»

Sei o sette volanti ferme davanti alla Corte si erano

messe improvvisamente in moto e stavano uscendo dal parcheggio in retromarcia per partire a sirene spiegate lungo Bryant Street.

«Sbrighiamoci! Ho visto che su una di quelle auto c'è Richie!» disse Cindy.

«Dammi le chiavi.»

Cindy porse le chiavi a Samuels e corsero verso la macchina che avevano lasciato in Bryant Street all'altezza di Sixth Street. Samuels aprì le portiere e si mise al volante, Cindy allacciò la cintura e si tenne saldamente al cruscotto mentre Samuels usciva dal parcheggio, si immetteva nel traffico in direzione nord e accelerava a tavoletta. Seguirono il corteo di auto della polizia finché poterono. Nel frattempo Cindy, fra le scariche elettrostatiche dello scanner, sentì le parole «Sunset Park Prep». La scuola dove Lucas Burke insegnava letteratura inglese. Sentì anche «dieci-dieci», il codice che significa «richiesto intervento medico legale», ma né «individuo armato in azione», né «richiesta ambulanza» o «agenti in difficoltà».

Quando arrivarono alla scuola, la polizia aveva chiuso l'accesso e indirizzava altrove il traffico di veicoli e pedoni. Samuels si fermò in un posteggio a pagamento esterno e prese la videocamera mentre Cindy pagava al parchimetro, poi si avviarono insieme verso il parcheggio della scuola.

Incrociarono una ragazza con la divisa della Sunset Park Prep che camminava a testa bassa parlando al telefono. «Non ci posso credere! Non è possibile!» stava dicendo.

Era visibilmente scossa. Dalla scuola intanto uscivano di corsa altre studentesse in lacrime.

Cindy allungò il braccio e mise una mano sulla spalla della ragazza.

«Scusa, mi sai dire che cosa è successo?»

La ragazza disse al telefono «Aspetta un momento», si fermò e rispose: «Hanno ammazzato una nostra compagna. L'hanno trovata sulla sua macchina in un lago di sangue».

Aveva gli occhi sbarrati.

«Sono Cindy Thomas. Come ti chiami?» le chiese Cindy.

«Tina. Tina Hosier.»

«Tina, lui è Jonathan Samuels. Siamo del *Chronicle*. Possiamo parlarti un attimo?»

«Mi dareste un passaggio fino a casa? La mia macchina è nel parcheggio.»

«Volentieri.»

Cindy avrebbe aiutato comunque un'adolescente in difficoltà, ma in quel momento valutò anche che da quella ragazza avrebbe probabilmente scoperto di più che dalle forze dell'ordine sulla scena del crimine.

«Nonna, ho trovato un passaggio. Fra dieci minuti sono da te. Anch'io ti voglio bene» disse Tina al telefono.

38

« Sono il sergente Boxer » dissi al receptionist dell'Istituto di medicina legale, che era stato assunto da poco e non mi conosceva. « Ho appuntamento con la dottoressa Washburn. »

« Un momento, per favore » replicò il giovane palestrato, e prese il telefono.

Lo guardai fisso e non gli staccai gli occhi di dosso finché non mi disse: « Vada pure ».

Lo ringraziai, aspettai che sbloccasse la porta, la aprii ed entrai nel corridoio che portava alla sala autoptica.

Bunny era lì che mi aspettava e mi sbarrò il passo con il suo fisico taglia XL.

« Venga qua, sergente. »

Mi porse un camice verde aperto, io infilai diligentemente le braccia nelle maniche, lei mi girò intorno e annodò i laccetti. Quindi mi porse calzari e cuffia e, quando fui vestita, disse: « Okay. Ora può passare ».

Tenne aperta un'anta della porta a vento per lasciarmi entrare nella sala gelida e piastrellata. Claire era in piedi accanto a un cadavere coperto da un telo, steso su un tavolo autoptico. « Non ho ancora cominciato. È appena arrivata » disse.

« Vorrei vederla. »

Bunny sollevò delicatamente il lenzuolo e lo ripiegò lasciando in vista il viso, il collo e la parte alta del busto. Gli occhi erano semiaperti, sulle labbra aveva ancora tracce di rossetto. Mi sfuggì un gemito. Misty Fogarty, la ragazza con cui avevo preso il tè in un diner alle quattro del pomeriggio precedente, era piena di energia ed emozioni. Vederla morta mi addolorava profondamente.

L'arma del delitto aveva aperto uno squarcio nel collo in cui si vedevano vasi sanguigni e muscoli recisi. Il sangue era schizzato ovunque e, oltre a impregnare tutto l'interno dell'auto, le aveva imbrattato capelli e petto.

Claire mi osservava per accertarsi che reggessi lo spettacolo.

«Mi dica tutto, dottoressa» dissi.

«Okay, sergente. Okay» rispose. «A prima vista, in via ufficiosa e a microfoni spenti, mi sembra opera dello stesso bastardo che ha ucciso Wendy Franks. Innanzitutto abbiamo il taglio alla gola, inferto da sinistra a destra e con una lama dello stesso tipo. Poi i tagli sul petto, scarabocchi da serial killer come quelli di Franks. O almeno così sembra, fino a prova contraria. Come nel caso precedente, la causa e la modalità del decesso sono queste. Quanto all'orario, direi che è morta ieri sera tra le venti e le ventidue. Secondo il preside della scuola, l'auto è rimasta nel parcheggio tutta la notte e il corpo di Misty è stato scoperto dagli addetti alla sicurezza stamattina.»

«Ieri pomeriggio sono stata con lei un'ora, dalle quattro alle cinque. Mi ha chiesto consigli su che cosa fare» dissi.

«A che proposito?»

«Lucas Burke. Ti ricordi che Cindy diceva che avevano una storia? Avrei voluto scuoterla, metterla in guardia, dirle 'Stai alla larga da quell'uomo, cambia scuola, distruggi il cellulare, non usare i social, cambia nome e indirizzo email. Renditi irreperibile finché Lucas Burke non sarà in galera'. Invece ho avuto il buon senso di chiederle: 'Secondo te, che cosa dovresti fare?' »

Mi si spezzò la voce. Bunny Ellis mi cinse la vita con un braccio e la mia migliore amica mi guardò con gli occhi pieni di tristezza. Il giorno prima Misty era viva, sorridente e piena di energia, e adesso era su un tavolo di acciaio con gli occhi appannati, la bocca aperta e i capelli impiastricciati di sangue.

Mi feci forza e ripresi a raccontare.

« Mi ha risposto 'Dovrei lasciarlo, vero?' e io le ho detto di sì. E lei che cosa ha fatto? Evidentemente gli ha dato appuntamento per parlargli. Mi sembra di sentirla che dice piangendo 'Dobbiamo lasciarci' e lui che fa 'Un attimo, amore. Ho una sorpresa per te sul sedile dietro'. »

« Sono solo supposizioni » commentò Claire.

Tirai su con il naso e mi asciugai gli occhi prima nella manica, poi con il fazzoletto di carta che mi porse Bunny. Claire aspettò che avessi finito e mi fossi messa in tasca il fazzoletto e disse: « Lindsay, non è colpa tua ».

« Non è vero. »

« Ricordati che era una potenziale testimone a carico di Burke. Hai fatto bene a mantenerti neutrale. Non è colpa tua se è stata ammazzata. Se le avessi detto 'Evita qualsiasi incontro con lui e trasferisciti altrove', ti avrebbe dato ascolto? Non era costretta a rivederlo. Avrebbe potuto telefonargli, o mandargli un messaggio, o andarsene senza dirgli nulla. Non sei responsabile. »

« C'è altro che devo sapere? »

«Non ho notato ecchimosi. Le abbiamo chiuso le mani in un sacchetto ed esaminerò con cura tutte le dita. Non ho ancora fatto l'esame esterno, e meno che mai interno. Hai cinque o sei ore di vantaggio su di me, amica mia. Hai altre domande prima che ti faccia uscire di nascosto dalla porta di servizio?»

Scossi la testa. «No, per ora no. Grazie» mormorai.

«Ti dirò ancora una cosa, gratis» disse Claire ricoprendo delicatamente il viso di Misty. «Ammesso che a uccidere le due ragazze sia stato lo stesso uomo, chiunque egli sia, quale che sia il movente, è un tipo organizzato. Calcolatore. Manipolatore. Uccide in maniera deliberata, con precisione, ed è subdolo. Non ammazza le donne per amore o per odio, ma solo perché ci gode.»

39

Uscita dall'Istituto di medicina legale, andai a fare una passeggiata sotto il cielo nuvoloso.

Presi alcuni profondi respiri, mi concentrai sulla sensazione della pianta dei piedi che si posava sull'asfalto e, usando il rumore del traffico in Bryant Street come sottofondo meditativo, riflettei su Misty. Provai a immedesimarmi in una diciottenne che si innamora di un uomo affascinante, molto più grande di lei, uno psicopatico specializzato in letteratura inglese e ragazzine.

Questo mi portò a pensare a Tara, che quando aveva sposato Burke era ancora più giovane di Misty. Le sue ricerche parevano giunte a un punto morto, il che rendeva sempre più tese e disperate le telefonate che ricevevo ogni giorno da Kathleen.

La Corte di Giustizia si trova all'angolo fra Bryant e Seventh Street. Salii la scalinata di granito, aprii il portone di vetro e acciaio e mi avviai verso i controlli di sicurezza. Depositai nel vassoio pistola e telefono e poi, superato il metal detector, mi concessi il lusso di prendere l'ascensore per salire al quarto piano.

Brenda mi porse alcuni messaggi.

«Brutte notizie?»

«Se fosse, non te lo direi» rispose. «Ambasciator non porta pena, ma preferisco non rischiare.»

«Ah ah» risi. «Non ti sparerei mica! Ti chiederei una barretta al cioccolato per consolarmi.»

Brenda aprì il cassetto e me ne porse una.

«Grazie.»

Mi avviai verso il fondo dell'open space sfogliando i messaggi arrivati al numero verde che Brenda aveva preso per me durante la mia assenza. Sbirciai nell'ufficio di Brady e lo vidi con i gomiti sulla scrivania e il telefono premuto all'orecchio. Posai la mano sulla vetrata, lui alzò lo sguardo e mi fece segno di entrare.

Al mio posto c'era ancora il caffè di quella mattina. Ormai era freddo, ma presi comunque la tazza e me la portai dietro. Mi sedetti di fronte a Brady e posai i piedi sul lato della scrivania. Scartai la barretta che mi aveva dato Brenda e sentii che Brady diceva: «Okay, Hallows, grazie».

Posò il telefono. «Era Hallows. Stanno esaminando l'auto. Hanno tutti gli effetti personali di Misty. Borsa, vestiti, telefono. E il video della telecamera di sorveglianza del parcheggio.»

«Misty mi ha detto che si era vista con Burke in macchina domenica sera. Sicuramente non era la prima volta.»

Gli descrissi lo stato del corpo di Misty, le ferite inferte dall'assassino, le considerazioni che aveva fatto Claire.

«È sicura che sia la stessa persona?»

«Non al cento per cento, ma secondo lei il modus operandi è lo stesso. Sia per Wendy Franks che per Misty Fogarty. Identico.»

«Merda. Quindi siamo di fronte a un serial killer.»

Arrivò una chiamata sul numero interno di Brady, che premette il tasto con il pollice.

« Cosa? Chi? » Si alzò per guardare verso l'altro lato dello stanzone, poi disse a Brenda: « Di' che arrivo subito ».

Si risedette e selezionò il primo dei numeri memorizzati per la composizione veloce.

« Capo, c'è qui Lucas Burke » disse. « Pare che abbia portato con sé il suo alibi. »

40

Lucas Burke si parò sulla porta dell'ufficio di Brady e, scuotendo il giornale che aveva in mano, gridò: «Cos'è questa roba? Un'esca per farmi venire qui? Vi avverto: se viene fuori che è una fake news, faccio causa all'intera città di San Francisco e ve ne pentirete amaramente. Chiaro?»

«Posso vedere?» chiesi.

Burke gettò il *Chronicle* di quel giorno sulla scrivania di Brady e lessi il titolo: «*Il tagliagole colpisce ancora*».

Al centro della prima pagina c'era la foto di Misty Fogarty. Il titolo fu un tale pugno nello stomaco per me che ebbi un leggero capogiro e dovetti tenermi alla scrivania.

Calmati, Lindsay.

Brady puntò il dito contro Burke e gli disse: «Non se ne vada». Poi sollevò il telefono.

«Brenda, c'è una saletta libera?»

Dopodiché si voltò verso di me. «Tu resta dove sei. Torno subito.»

Ubbidii e restai dov'ero, ma la mia mente intanto vagliava mille ipotesi.

Cindy aveva scritto quell'articolo senza aiuto da parte mia o di Richie, ma evidentemente era a conoscenza di dettagli sull'omicidio che rischiavano di attirare l'interesse di qualche emulatore e che molto probabilmente avrebbero influenzato una futura giuria. Ammesso e non concesso che il caso arrivasse in tribunale.

Mi pareva di sentire Cindy che protestava: «Sto semplicemente facendo il mio lavoro».

Qualcuno bussò sul vetro, riscuotendomi dal mio rimuginare. Era la donna che aveva accompagnato Burke alla Corte di Giustizia.

«La mia ex moglie, Alexandra Conroy» la presentò Burke. «Mi ha telefonato appena ha saputo di Lorrie. Avete dei sospetti su qualcuno, a parte me, sergente?»

«Mi dispiace molto» risposi, evitando la domanda.

Brady era al centro dell'open space e stava parlando con Cappy e Chi. Mi ripresi, mi alzai e mi presentai alla ex moglie di Burke. Ci stringemmo la mano e la invitai a sedersi davanti alla mia scrivania. «Faremo presto.»

Cominciai a raccogliere le prime impressioni.

Alexandra Conroy dimostrava una quarantina d'anni, più o meno la stessa età di Lucas Burke. Era ben vestita, con un completo di maglia beige chiaro. Capelli biondi con colpi di luce, punta del naso arrossata dal sole, niente fede al dito. Che cosa se ne poteva dedurre? Che aveva del tempo libero. Che curava il proprio look. E che, malgrado il divorzio, sembrava in buoni rapporti con l'ex marito.

Burke aveva pantaloni beige, una camicia bianca con le maniche corte e viso e braccia scottati e sul punto di squamarsi. Dall'ultima volta che l'avevo visto, doveva aver preso parecchio sole con zero protezione. Forse lui e la ex moglie erano stati al mare. Era quello l'alibi?

Guardai Burke riprendere in mano il giornale con rabbia e leggere di nuovo l'articolo di Cindy sulla morte violenta di Misty. Borbottava e si lamentava: «Oddio, oddio, perché? Perché proprio lei?»

«Lucas, conosceva Wendy Franks?» gli chiesi.

Mi guardò sbattendo gli occhi come se da una caverna buia fosse emerso improvvisamente alla luce. «Chi? No.»

Sentii Brady chiedere a Cappy e Chi di portare la signora Conroy nella saletta per interrogatori numero 1. «Prendete appunti. Non voglio aspettare la trascrizione.»

Tornò verso il suo ufficio, strinse la mano ad Alexandra Conroy e la presentò ai due ispettori.

«Venite, mettiamoci più comodi» disse poi a me e Burke.

«Esigo delle risposte» replicò Burke.

«Anch'io» disse Brady.

41

Ci dirigemmo verso la sala per interrogatori numero 2. Lucas Burke barcollava al punto da urtare le pareti del corridoio.

Gli posai una mano sulla schiena per sorreggerlo e lui mi scacciò. Mi trovai di nuovo combattuta: da una parte sospettavo che Burke fosse l'autore di quegli omicidi orrendi e dall'altra il suo dolore e la sua rabbia mi parevano assolutamente sinceri.

Se però era stato lui a uccidere le due ragazze – e la propria figlia – avrei indagato fino a dimostrarlo, a ogni costo. Ero contenta di interrogarlo insieme a Jackson Brady perché ero sicura che sarebbe riuscito a fargli sputare la verità.

La numero 2 era la più grande delle due sale per interrogatori ed era dotata di un distributore d'acqua e di un piccolo frigorifero, oltre a un tavolo di metallo ammaccato e quattro sedie coordinate. La telecamera nell'angolo del soffitto si accese appena entrammo. Ero sicura che Clapper fosse stato avvertito e si trovasse nella cabina di osservazione con Parisi o un sostituto procuratore.

Brady chiuse la porta e noi due ci sedemmo da una parte del tavolo, lasciando che Burke prendesse posto di fronte allo specchio.

Ero pronta. Eravamo tutti pronti.

«Chi è stato a uccidere Misty?»

«Ci dica dov'è stato e tutto quello che ha fatto dall'ultima volta che ci siamo visti, signor Burke. Da quando, due giorni fa, è partito a tutta velocità da Dublin Street in direzione nord. Non ometta nulla» disse Brady.

Presi appunti. Burke spiegò che era furibondo perché, come se non fossero bastati il dolore per la morte della figlia e l'affronto di essere stato trattenuto in cella, era anche dovuto andare via di casa per lasciare campo libero alla polizia durante la perquisizione.

«Avete trovato qualcosa di compromettente?» urlò. «Prove di qualche crimine?»

«Dov'è andato, signor Burke?» ripetei pacata.

«La mia ex moglie mi ha chiamato appena ha saputo di Lorrie. Siamo ancora amici.»

Ci raccontò che Alexandra Conroy abitava a Sacramento e che lui l'aveva raggiunta e aveva passato la notte là. Per cercare di distrarlo, lei gli aveva proposto di andare in un resort a Carmel-by-the-Sea, a poche ore di macchina.

Avevano preso una suite con terrazza affacciata sulla piscina. Avevano bevuto parecchio, avevano sonnecchiato sul bordo della piscina e Burke aveva controllato il cellulare giorno e notte sperando in una telefonata di Tara.

«Pensavo che mi chiamasse in lacrime» disse Burke. «Contavo di riuscire a farla ragionare e a farmi dire dov'era. L'avrei raggiunta e mi sarei fatto raccontare che cosa diavolo era successo a Lorrie.»

Si prese la faccia tra le mani. Piangeva, ma Brady non si lasciò commuovere e insistette, tempestandolo di domande e oscillando fra tono comprensivo e intimidatorio.

«Burke, le alternative sono due. Questa ragazza che è stata sgozzata, Misty Fogarty: avevate una relazione, giusto? Boxer, continua tu.»

«Lo sapevano tutti» dissi. «E Misty stessa mi aveva raccontato della vostra relazione: dove vi vedevate, che cosa le aveva promesso... Abbiamo un biglietto in cui lei promette di sposarla. Misty si aspettava che lei si facesse vivo il giorno in cui è stato rilasciato.»

«Non avevo intenzione di vederla.»

«Era disperata, delusa, preoccupata per lei. Voleva consolarla.»

«La smetta. Per piacere, la smetta. Questa è tortura psicologica!»

«Misty è morta in maniera atroce» ribattei.

«La amavo! C'è qualcuno che uccide le persone che amo! Non lo capite? Voglio morire anch'io!»

Brady non si lasciò intenerire. «Limitiamoci ai fatti, Burke. La madre di Tara chiama il sergente Boxer cinque o sei volte al giorno. Continua a non avere notizie della figlia. Dov'è? Mi scusi, Burke, ma lei è andato a Carmel dopo aver saputo che sua figlia è morta? Mentre di sua moglie non si hanno più notizie? Che razza di marito è? Voglio sapere a che ora avete fatto il check-in. C'è qualcuno al resort che si ricorda di voi? Dove avete mangiato? Voglio vedere le ricevute delle carte di credito. Tutte quante. E le faremo un tampone orale. Perché? Per escluderla dall'elenco degli indagati. Ma l'unico indagato attualmente è lei, Burke. Apra il portafoglio e tiri fuori tutte le ricevute o le conferme di prenotazione che ha» continuò Brady. «Qua il telefono, subito. Non mi dia motivi per arrestarla per omicidio.»

« L'hotel lo ha pagato Alexandra, io ho pagato la benzina, e per i pasti abbiamo fatto metà per uno » disse Burke.

Tirò fuori le carte di credito e il cellulare. Brady aprì la cartella delle immagini e tenne il telefono in modo che lo vedessi anch'io. Scorse le foto soffermandosi su quelle di Tara, Tara e Lorrie, e tutte e due insieme a Burke.

« Ha anche una cartella dove tiene nascoste le foto di Misty? » chiesi.

Burke ce la mostrò.

« Per il momento tengo tutto io » disse Brady. Gli porse un blocco e una penna e aggiunse: « Scriva i suoi movimenti da giovedì pomeriggio in poi. Si chiama deposizione testimoniale ».

Burke, incredulo, sbuffò.

« Non provi ad andarsene, Burke. Ci sono due agenti fuori che la aspettano e la accompagneranno giù per la formalizzazione dell'arresto. Boxer, vieni con me. »

Mi alzai e uscimmo insieme dalla saletta.

42

Il tenente Jackson Brady e io entrammo nella cabina di osservazione che si trova fra le due sale degli interrogatori.

C'erano Clapper, Yuki e gli ispettori Michaels e Wang, che stavano assistendo agli interrogatori di Burke e Conroy.

Mi avvicinai a Yuki. «Cosa ne pensi?» le chiesi.

«Conroy è molto tranquilla e sicura di sé» rispose. «Non ha battuto ciglio durante l'interrogatorio e le risposte che ha dato finora quadrano con quelle che ha dato Burke a te e Brady, con discrepanze minime.»

Annuii e insieme guardammo Alexandra Conroy che continuava a rispondere alle domande di Paul Chi in tono pacato, quasi mellifluo.

Paul Chi è dotato di una specie di radar penetrante ad altissima risoluzione e vede cose che a noialtri sfuggono, mentre Cappy è bravissimo a mimetizzarsi, come una volpe artica o una biscia d'acqua. Ha il dono di fare domande mirate che paiono innocue e inducono i soggetti a rispondere spontaneamente.

«Che numero aveva la suite?» domandò Paul Chi.

«Trecentodiciassette. No. Trecentodiciannove.» Come aveva detto Burke a noi.

«Chi ha pagato?»

«Io. Lucas aveva bisogno di distrarsi.»

Cappy le fece notare che non erano le circostanze migliori per andare in vacanza.

«No» convenne Conroy, e tirò fuori il cellulare per mostrare le foto che aveva scattato. Burke e lei alla spiaggia. Selfie a bordo piscina. Panorami con il mare. Burke non sorrideva mai. «Luke era disperato per LuLu.»

«LuLu?»

«È il soprannome di Lorrie.»

Ero accanto a Brady e lessi l'sms che mandò a Chi dicendogli di insistere e poi di passare la palla al sostituto procuratore Castellano.

«Che cosa le ha detto Lucas di Tara?» chiese Paul Chi ad Alexandra Conroy.

La donna rispose con una certa foga che Burke era ancora convinto che Tara fosse viva. «Secondo lui, o si è nascosta in preda ai sensi di colpa, o è con un altro.»

Io avevo smesso di credere che avremmo trovato Tara Wyatt Burke viva.

«Vado io» dissi a Brady.

Appena mi ebbe autorizzato con un cenno del capo, bussai alla porta e aprii.

«Chi, Cappy, signora Conroy, ho un paio di domande.»

Chi e Cappy mi invitarono a entrare.

Mi rivolsi a Conroy. «Sono domande piuttosto personali, ma non usciranno da questa stanza» le assicurai, mentendo.

«Certo. Che cosa vuol sapere?»

«Lucas è mai stato violento, quando eravate sposati?»

«Vuol sapere se mi ha mai picchiato?»

«Mi riferisco a qualsiasi comportamento violento.»

«Ah, ehm, dunque. Se devo essere sincera, era irascibile. Per questo ho voluto il divorzio tre anni fa. Ma giuro – avete una bibbia? Non importa, vi do la mia parola – che al massimo alzava la voce. Qualche volta mi ha preso per un braccio e me lo ha strizzato. Diceva cose cattivissime, mi faceva paura. Ci eravamo sposati giovanissimi. Io non capivo. Mio padre era un'anima gentile, mentre Luke sapeva essere brutale. Ma non mi ha mai rotto niente, né minacciato con una pistola, se è questo che intendeva chiedere. Veniva da un quartiere malfamato, dove c'erano spesso risse, ma adesso ha imparato a dire per piacere e grazie e a non alzare le mani quando si arrabbia. È maturato.»

La pensavo diversamente, ma dissi: «Lei conosce Tara?»

«No. Ma ho mandato un regalo quando si sono sposati e uno quando è nata la bambina. E no, non ho mai conosciuto nemmeno LuLu.»

«Che regalo ha fatto a Lorrie?»

«Una sdraietta. L'ho scelta dalla lista che avevano messo online.»

«E normalmente ogni quanto parla con il suo ex marito?»

«Ogni due o tre settimane, direi. Ci scriviamo un'e-mail se ci sono grosse novità: una bella notizia, o un problema particolare. Ma a parte questi ultimi due giorni, l'ultima volta che ci eravamo visti era stata al funerale di un comune amico due anni fa.»

Le chiesi i suoi recapiti, nel caso dovessimo contattarla, e lei rispose che li aveva dati al sergente Chi.

«Grazie» conclusi.

Cappy uscì dalla stanza insieme a me. «Prendilo per quello che vale» mi disse. «Sostiene che a Carmel fra loro non c'è stato niente. Burke ha parlato e parlato, bevendo e piangendo, e alla fine si è addormentato come un sasso.»

Brady e Yuki mi aspettavano nel corridoio.

«Allora, cosa ne pensate?» chiese Brady.

«È una comparsa innocente» risposi.

«Sono d'accordo con Lindsay» disse Yuki. «Farò controllare le ricevute e gli scontrini, ma non ci sono contraddizioni evidenti. Decideremo poi se arrestare Burke o lasciarlo andare.»

Continuavo a non sapere se credere o no a Burke.

Avevamo bisogno di una confessione. Un testimone. Una prova concreta.

Mi fermai a prendere un caffè e, quando tornai alla scrivania, vidi che nell'ufficio di Brady c'era Hallows, il responsabile della Scientifica. Parlavano fitto, ma quando Brady mi vide mi fece cenno di raggiungerli e disse: «Hallows ha le riprese dell'impianto di sorveglianza del parcheggio della Sunset Park Prep la sera dell'omicidio Fogarty. E pensa di aver scoperto qualcosa».

43

Verso metà pomeriggio la task force si riunì nell'ufficio che era stato del tenente Ted Swanson prima che finisse in prigione.

Brady e io attaccammo alla bacheca di sughero foto di Tara e Lucas Burke e dei cadaveri di Lorrie Burke, Wendy Franks e Melissa Fogarty.

Hallows piazzò il portatile sul tavolo e gli altri si sistemarono tutto intorno.

Brady, in piedi a un capo del tavolo, esordì: «Non so se Lucas Burke è l'assassino, se abbia assoldato un killer, se sia molto sfortunato o sia uno psicopatico così intelligente da riuscire a uccidere senza lasciare traccia. Sappiamo una cosa, però». Prese il telefono e continuò: «Cito testualmente un messaggio del capitano Geoffrey Brevoort del dipartimento di polizia di Marin: 'Abbiamo rovesciato come un calzino la vita di Wendy Franks. Faceva la pittrice. Solitaria. Due sole amiche e nessuna delle due ha mai sentito nominare Lucas Burke. Sempre secondo queste amiche, a Wendy piacevano le donne, si era lasciata da poco e non si era ancora ripresa. Usciva in mare con il Sea Ray da sola e vedeva raramente le amiche'».

«Anche Burke dice che non l'ha mai sentita nominare» commentai.

« Okay » disse Brady. « Mettiamo comunque una bandierina rossa. Conklin, tocca a te. »

Conklin consultò gli appunti. « Quando Alvarez e io siamo arrivati sul posto, il corpo di Fogarty era già sul furgone dell'Istituto di medicina legale, ma abbiamo avuto modo di esaminare il SUV. È morta dissanguata al posto di guida. Gli unici segni di colluttazione consistono nel fatto che lei non aveva più le scarpe e nella presenza di frammenti di smalto da unghie sul cruscotto. La borsa era sul fondo del veicolo, davanti al sedile del passeggero, con il portafoglio intatto. La chiave della macchina era inserita. »

Si alzò Sonia Alvarez. « Il cellulare era finito sotto il sedile lato guida, molto indietro. Ho controllato i messaggi inviati e ricevuti negli ultimi giorni, e soprattutto ieri. Ne risulta uno inviato a un telefono usa-e-getta intorno alle 19.00: 'Ho bisogno di vederti'. La risposta è: 'Ok, alle 8, sii puntuale'. Perché mandava messaggi a Burke su un telefono usa-e-getta? Per tenere segreti i loro incontri? Oppure era stata ingannata da qualcuno che non era Burke e che le ha teso una trappola? »

Alvarez si sedette.

Intervenni io. « Ho visto il cadavere di Fogarty prima dell'autopsia. Come ha detto la dottoressa Washburn, è stata sgozzata con un taglio che va da un orecchio all'altro. La cosa che mi lascia perplessa è che presenta numerosi tagli apparentemente privi di senso sul seno, come Wendy Franks. Sono ferite non letali di cui non si capisce il significato e che si potrebbero definire 'scarabocchi'. Un po' come se l'assassino si fosse divertito a disegnare con la lama, o avesse voluto prolungare il contatto con la vittima. »

Presi il puntatore laser e indicai le foto affisse nella bacheca, evidenziando i tagli sul seno: dieci per Franks e sette per Fogarty.

«Idee?»

«Sta cercando di depistarci» suggerì Cappy.

«Farò un'altra ricerca sul ViCAP.»

Yuki si alzò e disse: «Ho ottenuto il mandato per controllare la situazione finanziaria di Burke. È un lavoro che normalmente richiede almeno tre giorni, ma ho cooptato alcuni volontari che, in cambio di un invito a cena, mi hanno aiutato a verificare gli estratti conto di tutte le carte di credito di Burke negli ultimi tre mesi, comprese le tessere dei supermercati e della benzina.

Ha un conto alla SunTrust e uno alla Bank of America. Non risultano movimenti di grossa entità, solo le uscite per l'auto, le rate del mutuo e spese di ordinaria amministrazione. Non è escluso che abbia un conto anche altrove, o dei contanti, ma la situazione finanziaria personale sembra a posto».

Paul Chi si alzò, si aggiustò i polsini della camicia, mise in fila sul tavolo le schedine dove si era segnato i punti principali e ricapitolò l'interrogatorio di Alexandra Conroy.

«Gli spostamenti dichiarati da Conroy sono documentati da ricevute, video, selfie e dalle testimonianze di due impiegati del resort. Ho mandato le foto e mi hanno confermato che Conroy e Burke erano effettivamente arrivati e ripartiti come da loro stessi dichiarato. La versione data da Conroy regge. Dirò quello che penso: se è un serial killer, Burke è di una precisione straordinaria. Esagerata. E questo mi preoccupa da morire.»

In quel momento entrò Clapper. «Che cosa ti preoccupa?» chiese a Chi.

«Il fatto che o Burke è uno psicopatico geniale, oppure c'è un altro psicopatico, altrettanto geniale, che vuol far ricadere la colpa su di lui.»

«Tu per quale ipotesi propendi?»

«Ah, per me pari sono» rispose Chi.

Posai le mani sul tavolo e riflettei sull'impressione complessiva che mi aveva fatto Burke quel giorno, sul suo aspetto, il suo atteggiamento, la sua rabbia per la morte di Misty, la sua disponibilità a collaborare.

«Lui sostiene che qualcuno sta cercando di incastrarlo. Se recita, è di una bravura incredibile. Si indigna, piange, inveisce. Non abbiamo trovato sue impronte digitali, non abbiamo gli estremi per arrestarlo, ma Cane Rosso non molla l'osso...»

Yuki rise della mia battuta involontaria e la sua risata contagiò altri, ma un'occhiata gelida di Clapper ci zittì.

Ripresi il discorso.

«Supponiamo che sia stato Burke. Perché l'avrebbe fatto? Perché avrebbe dovuto uccidere la sua stessa figlia? E Wendy Franks? Per quale motivo avrebbe sepolto il cadavere così vicino a casa? Dov'è Tara? C'è lei dietro tutto questo? In che modo? E perché? Io propendo per la seconda ipotesi: qualcuno sta cercando di incastrarlo.»

«Concordo. Come diceva sempre mio padre, se posi le chiappe sul divano, non le puoi posare anche sulla sedia. Se era a Carmel, non può aver ucciso Fogarty. Ma scommetto che lo stronzo che l'ha sgozzata è nel video. Hallows, a te la parola» disse Clapper.

44

Brady spense la luce e abbassò le tapparelle.

Gene Hallows cominciò. «Allora, questo è il parcheggio della Sunset Park Prep ieri sera prima del fatto.» Come prevedibile, la qualità del video lasciava parecchio a desiderare: l'illuminazione era scarsa, le immagini erano sgranate e, data la distanza della telecamera, sfocate.

Si vedevano due auto ferme negli spazi delimitati dalle strisce gialle sull'asfalto. La targa era a malapena leggibile. Il piazzale era circondato da una recinzione in rete metallica. Oltre il parcheggio c'erano gli spogliatoi e sul lato est si vedeva la chioma di un grosso albero il cui tronco era fuori della recinzione. «Ho visionato in avanzamento veloce sette ore di riprese da quella telecamera, che è installata su un palo della luce a un'angolazione di novanta gradi per inquadrare il sentiero che porta dal lato sud del parcheggio agli spogliatoi. Le lezioni sono finite alle quattro del pomeriggio e a quell'ora nel parcheggio c'erano solo due auto, da cui non è salito né sceso nessuno. Ho ricavato una clip di un quarto d'ora a partire da poco prima dell'arrivo di Misty, alle 19.55, fino alle 20.10. Noterete che Misty, quando arriva, apre il cancello del parcheggio con un aggeggio elettronico. Purtroppo la telecamera puntata sul cancello è fuori uso da tempo. Le persone autorizzate a entrare con la macchina hanno una chiave elettronica per aprire e chiudere il cancello. Perlopiù si tratta di insegnanti, ma ci sono anche alcune alunne dell'ultimo anno. Quasi tutti cercano di parcheggiare il più vicino possibile all'entrata pedonale del campus, ma Misty Fogarty fa eccezione e lascia la macchina al margine dell'inquadratura, sul lato est, sotto questo albero.»

«Voleva un po' di privacy. Aveva intenzione di lasciare Burke» dissi.

«Ah, era quello il suo piano?» chiese Hallows. «Okay, eccola che arriva. Apre il cancello, entra e fa il giro del piazzale: prima va dritto verso gli spogliatoi, poi gira e in quel momento vediamo bene la targa. Si tratta senza ombra di dubbio della sua macchina e della sua targa.»

«Una Subaru Outback blu notte» disse Conklin. «La conosco come le mie tasche.»

«Okay» riprese Hallows. «Ecco Misty che si ferma sotto l'albero, spegne i fari e scende dall'auto. Cammina avanti e indietro, guarda l'iPhone e sappiamo che alle otto in punto invia un sms.»

«Quelli che stiamo per vedere sono i suoi ultimi minuti di vita. Mi sento male» dissi.

«Prendi dei bei respiri profondi» mi consigliò Brady.

«Mantenete la calma, il peggio deve ancora venire. Ecco, a questo punto Misty guarda verso il cancello. La persona che sta aspettando si avvicina a piedi da quella direzione. Non compare nessun veicolo» disse Hallows.

«Speravo in una Audi grigio metallizzato» commentò Cappy.

«Che abbia scavalcato la recinzione?» intervenne Alvarez.

« È alta. Non è impresa da tutti » replicò Hallows. Mise in pausa il video e indicò lo schermo.

« Non abbiamo il veicolo, ma abbiamo l'assassino. Eccolo: vestito completamente di nero, giacca sportiva su T-shirt nera, jeans neri, scarpe nere e un berretto di maglia calcato fino alle orecchie. Cammina lungo la recinzione, in vista, ma tiene sempre la testa bassa e così, per quanto abbia provato a elaborare le immagini, non sono riuscito a vedere la faccia. Evidentemente sapeva che lì c'è la telecamera. Data l'altezza della recinzione, ho calcolato che dev'essere alto circa uno e ottanta. È tutto quello che vi so dire. »

Hallows fece ripartire il video. « L'assassino e Misty parlano, sembra » continuò. « Ma non sembra che lei gli stia dicendo addio per sempre. »

« Sapete cosa penso? » disse Brady. « Che non sia l'uomo che Misty stava aspettando. Misty aspettava Burke. »

Ero d'accordo e battei sul tavolo con le nocche due volte per sottolinearlo.

« Io mi limito a quel che si vede nel video » disse Hallows.

« Giusto » disse Conklin.

Assieme a Clapper, Hallows era il criminologo migliore sulla piazza. Eravamo tutti ansiosi di sentire il suo parere.

« Ecco Misty che risale in macchina, accende i fari, innesta la retromarcia e fa manovra per uscire dal parcheggio. Peccato che i fari abbaglino la telecamera, ma vedete che, proprio quando sta per partire, la portiera posteriore si apre e sale qualcuno, si siede dietro a Misty e chiude la portiera. La aggredisce alle spalle, come attestano le prove materiali. Passano alcuni secondi. A questo punto lei gli avrà sicuramente gridato di scendere dall'auto. Nell'abitacolo si vedono ombre confuse. Lei sembra cercare di allontanarsi, ma non apre la portiera» disse.

Sonia Alvarez mi lanciò un'occhiata e io la guardai a mia volta. Avremmo preferito non vedere quella scena.

«Ora guardate. I fari si spengono. Secondo me l'uomo, dopo averla sgozzata, si è sporto in avanti per spegnere il motore» continuò Hallows.

«Sa quello che fa» commentò Brady.

«È certamente molto organizzato» disse Clapper. «E ha esperienza. È sicuro di sé. Non è la prima volta che uccide.»

«Pochi minuti dopo essere salito in auto, riapre la portiera posteriore» disse Alvarez.

«Sì» confermò Hallows. «Eccolo là, si allontana tenendosi all'ombra dell'albero e sparisce. In tutto il resto del video non succede assolutamente niente. Ho aumentato la velocità di riproduzione e l'ho guardato fino al momento in cui l'addetto alla sicurezza scopre il cadavere di Misty, all'alba, e arrivano i poliziotti. E poi i giornalisti. Tutto qui, non ho altro da mostrarvi.»

Rimanemmo un'altra mezz'ora intorno al tavolo a fare supposizioni e domande.

«Riassumendo» dissi, «Burke ha un alibi che lo colloca fuori città la sera del delitto e non assomiglia all'uomo del video. Quindi probabilmente non ha ucciso neanche Wendy Franks, che presentava ferite molto simili. Ciò significa che potremmo avere a che fare con un killer che potrebbe aver ucciso anche Tara.»

«Io e Wang andremo a interrogare il preside della

scuola e il custode che ha trovato il cadavere. Interrogheremo anche il maggior numero possibile di studentesse. Burton e Krebs, due colleghi del turno di notte del distaccamento nord, si sono offerti di collaborare con noi. Okay? » disse Michaels.

« Okay » disse Clapper. « Yuki, spiega a Cane Rosso che per ora non abbiamo abbastanza elementi a carico di Burke. La scuola lo ha temporaneamente sospeso dall'insegnamento. Possiamo soltanto metterlo sotto sorveglianza ventiquattr'ore su ventiquattro. »

« Riferirò » disse Yuki.

Poi Clapper si rivolse a Hallows: « Mi serve una bella inquadratura dell'assassino da diffondere. Grazie a tutti per i contributi e l'impegno. La task force lavorerà anche nel weekend. Ferie sospese fino a nuovo ordine ».

Ci guardò uno per uno, poi si voltò e uscì.

45

La bella idea di vederci tutte da Susie's fu di Claire.

Da quando, il mercoledì mattina, il corpo di Lorrie Burke era stato restituito dal mare a Baker Beach, ero sconvolta e addolorata, ma non ero la sola.

Anche le mie amiche erano rimaste scioccate: avevamo bisogno di parlarne.

Forse, insieme, saremmo riuscite a scoprire chi era stato a ucciderla.

Claire, Yuki e io arrivammo poco dopo le cinque e, siccome a quell'ora la maggior parte della gente è ancora al lavoro, il locale era semivuoto. I musicisti non erano ancora arrivati e Lorraine ci disse di sederci dove preferivamo. Telefonai a Joe per avvertirlo che ero fuori con le amiche e sarei tornata a casa per le otto.

All'unanimità decidemmo di andare come al solito nella saletta sul retro, in fondo al corridoio sul quale si affacciava la cucina, e ci sistemammo sulle panche del nostro séparé preferito. Prima di spegnere il telefono, come facevamo sempre da Susie's, chiamai Cindy.

«Sto arrivando» disse. «Ordinate anche per me. Il piatto del giorno, qualsiasi cosa sia.»

«Stinco di maiale e riso allo zafferano. Va bene?»

«Ottimo. Sono in macchina.»

«Sbrigati, ma sii prudente. Passo e chiudo» le dissi e spensi il telefono.

Claire ordinò birra per tutte e andò dritta al punto, senza convenevoli né battute. La prima settimana di lavoro dopo l'intervento chirurgico era stata pesante per lei, sia dal punto di vista fisico che psicologico.

«L'assassino maneggia la lama con estrema precisione. Nel taglio trasversale al collo non ci sono segni di esitazione o di incertezza. Poi, mentre il sangue esce a fiotti e la vittima muore dissanguata, le pratica incisioni sul seno.»

«Che senso hanno queste incisioni, secondo te? Dicci la tua impressione, senza ragionarci troppo» intervenne Yuki. «Ti fanno venire in mente qualcosa?»

Claire non rispose subito, perché nel frattempo era arrivata Lorraine a prendere le ordinazioni: due insalate della casa, un tacos di pesce con fagioli, lo stinco di maiale per Cindy e patatine fritte per tutte.

Appena Lorraine si fu allontanata, Claire disse: «Vuoi il mio parere? Le incisioni potrebbero essere una sorta di firma dell'assassino, anche se sul corpo di Lorrie non c'erano. Inoltre Wendy Franks era nuda, mentre Misty è morta con i vestiti addosso. L'assassino sa quello che fa, e il movente non è sessuale. Abbiamo a che fare con un killer esperto che si compiace della propria abilità, che si diverte a infierire sulle vittime».

Dal corridoio arrivò Cindy e si sedette nel posto libero accanto a me. Volevo farle il terzo grado – *Che cosa sai che io non so?* – ma non ce ne fu bisogno. Si mise comoda, salutò tutte mandando baci e battendo il pugno contro il pugno di ognuna, poi sollevò il boccale per farselo riempire da Claire.

Dopo un paio di sorsi, disse: «La morte di Misty mi ha sconvolto. Era così simpatica. Dopo l'articolo di stamattina sono arrivate tantissime mail, ma nessuno ha rivendicato l'omicidio, nessuno ha fatto nomi, nessuno ha parlato male della vittima. Scrivevano tutti per esprimere rabbia e paura».

«Mi inoltri le mail?» dissi.

«Certo, ma non farti illusioni» rispose Cindy. «Un centinaio sono postate sul mio blog. Ti mando le altre.»

«Grazie. E, per tua informazione, sappi che grazie al tuo articolo Burke ha deciso di venirci a trovare.»

«In che senso?»

«È tornato da Carmel sventolando il *Chronicle* ed è venuto direttamente alla Corte.»

«Si è costituito? Ha confessato?»

«No, è venuto a dircene di tutti i colori per aver diffuso una fake news. Sostiene di non essere stato lui a uccidere Misty e si è presentato con un alibi di ferro. Cindy, come hai fatto a scoprire tutti quei particolari sull'omicidio di Misty?»

«Mi dispiace, ma non posso rivelare le mie fonti.»

«Okay, ma adesso che la firma dell'assassino è di dominio pubblico, è possibile che uno psicopatico decida di emulare le sue gesta, o che il colpevole si sia messo sul chivalà e si dia alla fuga. Non va bene, Cindy. E per favore non mi dire 'Stavo semplicemente facendo il mio lavoro'.»

«L'articolo è circostanziato, valido. Burke si è fatto vivo. Non mi sembra un risultato da poco. E l'opinione pubblica è stata avvertita dell'esistenza di un pericoloso assassino a piede libero. Chissà che questo non salvi la vita a qualcuno. Magari d'ora in poi metteranno la sicura alle portiere. E io ho semplicemente fatto quello per cui mi pagano, e che so fare. Comunque, sappiamo che in queste discussioni con te non posso vincere, Lindsay, quindi diciamo che siamo pari, okay?»

Mandai giù mezzo boccale di birra tutto d'un fiato.

«Ho fatto anche un po' di ricerche su Wendy Franks» riprese Cindy.

Lorraine portò i piatti, fece i complimenti a Cindy per il nuovo taglio di capelli e chiese se desideravamo altro. Cindy chiese ancora un po' di pane.

«Cindy?» disse Yuki.

«Cosa?»

«Su, non farti pregare.»

«Va bene, amiche mie. Wendy aveva una barca, un Sea Ray. Il capitano del porto dice che lunedì sera è uscita in mare con un uomo. Purtroppo non lo ha visto in faccia.»

«Questa cosa non mi piace» commentò Yuki.

Finii la birra.

«Be', io la dico lo stesso. Wendy e questo sconosciuto, che forse era Burke, potrebbero essere usciti in mare per disfarsi del cadavere di Lorrie» continuò Cindy.

«Non vorrai pubblicare anche questo, vero?» le chiesi.

«No, per carità. Non ho nessun elemento per giustificare una simile affermazione. Però mi sembra plausibile.»

Mi sforzai di mangiare, ma continuavo a vedermi scorrere davanti agli occhi gli ultimi minuti della vita di Misty. Era come un film horror di infimo livello con attori scarsi e un finale insoddisfacente.

Lorraine tornò con un cestino di pane per Cindy e un telefono cordless che porse a Yuki.

«È tuo marito.»

Yuki la ringraziò e prese l'apparecchio.

«Ciao, amore» disse. «Oh. No. Sì, è qui con me.»

Mi passò il telefono. La voce roca di Brady, dal marcato accento del Sud, era forte e chiara.

«Brady, ho dovuto spegnere il telefono perché siamo a cena e...»

«Boxer, è stato ritrovato un altro cadavere nel McLaren Park, dalle parti di John F. Shelley Drive. Non l'abbiamo ancora identificato.»

Riferii la notizia alle mie amiche, evitando particolari su cui Cindy potesse ricamare. Pagammo il conto, ci salutammo e uscimmo per prendere ognuna una direzione diversa. Era stata la riunione più breve, più tesa e meno allegra della storia del Club Omicidi.

Telefonai a Joe per avvertirlo del cambiamento di programma e salii in macchina per raggiungere Brady.

46

Brady mi aspettava davanti alla Corte con aria spazientita, facendo dondolare nervosamente le chiavi della macchina.

Non avevo ancora finito di tirare il freno a mano che lui aveva già aperto la portiera per farmi salire sul suo Toyota Tacoma.

« È Tara? » chiesi.

« Aspetta un momento. Allacciati la cintura. »

Mi preparai al peggio. Brady premette l'acceleratore, accese la sirena e i lampeggianti e partì nell'ormai ben nota direzione del McLaren Park senza aprir bocca. Si fermò a circa un chilometro dalla villetta di Burke.

A quel punto finalmente disse: « Due che facevano jogging hanno notato una mano che spuntava da sotto terra. Non so altro ».

Era Tara, ne ero quasi certa. Non si era più messa in contatto con la madre, che mi telefonava tre volte al giorno, e nemmeno con la sua migliore amica. Non aveva chiesto soldi a Lucas, la sua macchina non era stata avvistata da nessuna parte, il suo smartphone non era più stato usato. Tara era scomparsa nel nulla.

Era prigioniera di qualcuno? Era fuggita? Era morta? L'istinto mi faceva propendere per la terza ipotesi. Brady parcheggiò vicino a un gruppo di mezzi della polizia lungo il parco e spense il motore. Prendemmo un profondo respiro, slacciammo le cinture e scendemmo. Brady andò a parlare con gli agenti e gli operatori della Scientifica che erano accanto ai loro mezzi lungo il marciapiede.

In quel punto la vegetazione era fitta, ma in lontananza vidi quattro potenti fari alogeni fra gli alberi.

Hallows ci venne incontro con le spalle curve e la faccia seria. «Questo è un pazzo, tenente. Dobbiamo piazzare pattuglie a cavallo e volanti in tutto il parco» disse a Brady.

«Chi è la vittima?» chiesi a Hallows, sforzandomi di mantenere sotto controllo l'ansia.

Hallows mi guardò, capì il mio stato d'animo e disse: «Mi dispiace, Boxer. Non è Tara».

Il sole era tramontato da un pezzo ed era ormai buio.

Hallows, con la sua grossa torcia tattica, ci fece strada lungo un sentiero e in una decina di minuti arrivammo sulla scena del crimine. La Scientifica aveva montato una tenda a tre o quattro metri di distanza da un cumulo di terra lungo e stretto e seminascosto da cespugli. Su un tavolo c'erano vari reperti pronti per essere fotografati, imbustati, etichettati e inviati al laboratorio. Vidi una collana di perle finte e un paio di sneaker di colore e marca indefinibile. Il resto degli indumenti era ancora indosso alla vittima, che sarebbe stata spogliata dal medico legale.

Dale Culver osservava i tecnici intenti a spalare la terra e ammucchiarla su un telo, in maniera da poterla setacciare ed esaminare in un secondo tempo.

«Dale, avete trovato i documenti?»

«No. Ma può darsi che scavando ancora venga fuori la borsa.»

Rimasi a guardare finché il cadavere non fu estratto dalla fossa, profonda poco più di mezzo metro, e adagiato con cura su un lenzuolo. I vestiti erano anonimi: jeans, maglione con lo scollo a V, una giacca a vento azzurra.

«È stata sgozzata?» chiesi a Culver.

«Non lo so e non voglio manomettere il cadavere. Il medico legale ci dirà...»

«Guardatele le unghie, mi raccomando» suggerii.

«Esamineremo tutto quel che esce da questa fossa.»

«Okay, Dale. Io vado.»

Trovai Brady sul ciglio della strada. «Io resto qui ancora un po'. Ci vediamo domani. Fatti dare un passaggio da uno degli agenti» mi disse.

Presi la mia roba dal pick-up di Brady e chiesi a un collega di riportarmi alla Corte. Stavo per allacciarmi la cintura quando sentii bussare sul vetro.

Era un agente. Abbassai il finestrino.

«Sergente, la vittima aveva una carta di credito nella tasca dei pantaloni. Abbiamo nome e cognome.»

47

Dalla macchina telefonai a Rich Conklin. Decidemmo di vederci in ufficio e quando arrivai, alle 19.15, lo trovai già alla scrivania.

Andai a prendere il portatile e mi sistemai a quella che fino a poco tempo prima era la mia scrivania. Regolai la posizione della lampada, spostai i fascicoli di Alvarez sulla scrivania di Conklin e ripresi possesso dei miei spazi.

Ero contentissima di mettere da parte il protocollo della task force e riprendere la routine abituale.

«Dobbiamo trovare che cosa lega questi omicidi. Potrebbero volerci dieci minuti come dieci ore» dissi.

«Va bene sia in un caso che nell'altro.»

Mostrai a Conklin le foto della vittima ripresa da varie angolazioni e quella della sua carta di credito, che avevo sul telefono.

«Susan Wenthauser» lesse Conklin. «Come vuoi procedere?»

«Cominciamo con il cercare indirizzo e numero di telefono sulle pagine bianche e nel database della Motorizzazione. A quel punto ci rivolgiamo alla sua banca per vedere se riusciamo a risalire all'ultimo acquisto che ha fatto.»

«Ricevuto.»

Digitai «Susan Wenthauser» nella stringa di ricerca del mio browser. La trovai immediatamente.

«Rich?»

«Sì?»

«Susan Wenthauser risulta scomparsa dal mese scorso, e più precisamente da quando non si è presentata all'imbarco del volo notturno che doveva riportarla a Boise, nell'Idaho. Aveva ventidue anni ed era venuta a trovare una cugina che abita qui. Le indagini si sono arenate quasi subito. Nessun avvistamento, nessun cadavere... E così è finita fra le tante persone scomparse e mai ritrovate.»

Anche Conklin digitò nome e cognome e cominciò a leggere ad alta voce: «Thelma Wenthauser, la madre della ventiduenne scomparsa, dichiara ai giornalisti: 'Susan era una ragazza d'oro. Non si era mai allontanata da Boise prima di questa visita alla cugina che abita a San Francisco. Lavorava come cameriera, aveva intenzione di sposarsi. Non è scappata di casa. Le è sicuramente successo qualcosa. La prego, pubblichi un appello. Se qualcuno sa qualcosa che ci può aiutare a ritrovare Susie, chiami il giornale o la polizia'».

«Ma nessuno ha chiamato» concluse Conklin.

L'articolo era accompagnato da una bella foto in cui Susan era ritratta insieme alla madre.

Poi trovai un articolo che citava il portavoce del dipartimento di polizia di Boise, il quale a sua volta citava la cugina: Susan era stata sua ospite, il giorno della partenza aveva chiamato un taxi per l'aeroporto, ma non si era mai imbarcata. La notizia della sua scomparsa era passata rapidamente in secondo piano per via di uno scandalo politico scoppiato nel frattempo e i giornali di San Francisco non avevano più parlato di Susan Wenthauser.

Presi il telefono e chiamai il secondo dei numeri memorizzati nel mio elenco delle chiamate rapide.

«Brady? La vittima, Susan Wenthauser, era venuta da Boise a San Francisco a trovare una cugina che vive qui. È stata vista per l'ultima volta a tre isolati da casa Burke, mentre aspettava il taxi che doveva portarla all'aeroporto. La corsa non è mai stata addebitata sulla carta di credito, quindi non c'è modo di rintracciare il tassista. Non vorrei che un maniaco si fosse offerto di farle fare un giro turistico per la città e poi invece le avesse tagliato la gola.»

48

Joe mi aprì e disse: «La bambina dorme».

Mi lasciai cadere fra le sue braccia.

Lui mi strinse a sé, mi accarezzò la schiena e camminando all'indietro mi portò in salotto, dove mi fece sedere sulla sua poltrona preferita. Azionò la leva per sollevare il poggiapiedi, poi mi tolse la pistola, la giacca, le scarpe e il cellulare, che posò sul tavolino lì accanto.

«La signora desidera?» disse. «Vino? Gelato? Una mascherina per gli occhi?»

«Mi dispiace aver fatto così tardi. È che purtroppo continuano a saltar fuori nuovi cadaveri.»

«Ho sentito.»

«Sì?»

«Ha chiamato Claire. Nessuna novità, ha detto. Vi sentite domani mattina.»

«Okay. Che ne dici di vino e gelato a letto?»

«Perché no?»

Mi buttai sotto la doccia e ci rimasi quasi mezz'ora. Martha si accomodò sul tappetino del bagno a guardare gli schizzi contro la tenda della doccia e ad ascoltare il mio resoconto dettagliato di tutto quel che era successo in quella giornata di merda. A un certo punto arrivò Joe, allungò un braccio per chiudere il rubinetto e mi porse un morbido accappatoio bianco.

«Stai consumando tutta l'acqua calda del palazzo.»

Risi. E mi stupii di essere ancora in grado di ridere.

Joe aveva i pantaloni del pigiama a righe bianche e celesti che gli avevo regalato per il compleanno. Mi tese la mano per aiutarmi a uscire dalla doccia e mi infilò l'accappatoio. «Vuoi andare a vedere Julie o vieni direttamente a letto?» disse.

Mi porse un bicchiere di vino.

«Non ho ancora tirato fuori il gelato.»

Lo baciai, presi il bicchiere, bevvi un sorso e glielo restituii. «Vado a dare un'occhiata e magari sto due minuti a guardarla dormire.»

Entrai in punta di piedi nella cameretta gialla di Julie, che dormiva nel suo letto «da bambina grande». Dal momento che stava per compiere quattro anni, avevamo deciso tutti insieme che ormai poteva dormire in un letto senza le sponde o, come diceva lei, «senza ringhiera».

Quando mi chinai a guardarla, aprì gli occhi e sorrise mezzo addormentata. «Vai a nanna, che è tardi» disse.

Mia figlia era davvero spiritosa. Non solo le piaceva farmi il verso, ma sapeva esattamente quando e come farlo.

«Ci vado subito, Julie. Ci vediamo domani mattina.»

Le diedi un bacino sulla guancia e lei mi porse Mu De Lattis, la sua mucca di peluche. Baciai anche Mu e Julie mi gettò le braccia al collo. Le feci il solletico finché non mi lasciò andare e indietreggiai sorridendo fino a uscire dalla porta per dirigermi in quella che consideravo la mia stanza preferita.

La nostra camera da letto era tinteggiata di azzurro, aveva tende bianche e vaporose e conteneva il letto matrimoniale dove io e Joe avevamo concepito Julie e dove io, senza di lui, l'avevo partorita in una notte buia e tempestosa, assistita da una squadra del dipartimento dei vigili del fuoco di San Francisco.

Joe si era fatto ampiamente perdonare per la sua assenza in quel momento topico.

Mi raggiunse in camera, mi porse una ciotola di ceramica azzurra con una dose generosa di pralinato alla crema e un bicchiere di Chardonnay ghiacciato, poi sprimacciò i cuscini e si distese al mio fianco.

«Come ti senti, Biondina? Non ti sei strapazzata troppo, vero?»

Joe era preoccupato per la mia salute, perché l'anemia perniciosa è una malattia grave e infida e ci aveva già fatto prendere un grosso spavento. Anzi, più di uno.

«Sono emotivamente provata, ma fisicamente sto bene.»

Mi guardò con aria scettica.

«Come stai tu, piuttosto?» chiesi.

«Sono burocraticamente provato» rispose.

«Ohi ohi, raccontami tutto prima che mi addormenti con il cucchiaio in mano.»

Sentii suonare il mio cellulare in salotto: lo avevo lasciato sul tavolino accanto alla poltrona di Joe. Feci per alzarmi.

«No. Non se ne parla nemmeno» disse Joe. «Non sei in servizio.»

«Ma domani lavoro.»

«Domani è un altro giorno.»

Restai dov'ero.

Lo abbracciai. Lui mi spostò in modo da togliermi l'accappatoio, che finì per terra. Gli misi le braccia al collo e lo guardai a lungo negli occhi. Lui mi baciò teneramente.

Poi mi accarezzò dappertutto, finché non emisi un mugolio che lui interpretò come un sì.

Con un sospiro di felicità, lasciai che facesse di me quello che voleva.

49

La domenica mattina mi svegliai per colpa della suoneria del mio smartphone che avevo lasciato in salotto.

Erano le cinque appena passate. Dovevo rispondere. Mi alzai facendo attenzione a non svegliare Joe e, senza accendere la luce, recuperai il cellulare e guardai chi era.

Brady.

«Scusa l'ora, Boxer, ma ho pensato che fosse meglio avvertirti» disse.

«Di cosa? Cosa è successo?»

«Con la bassa marea, a un centinaio di metri da China Beach è stata avvistata un'automobile rossa che sembra una Volvo.»

Conoscevo il posto, una spiaggia a sud di Baker Beach, a cinque minuti dal quartiere esclusivo di Sea Cliff, con un grande parcheggio pubblico e una strada che scendeva tortuosa fra gli alberi, verso il mare. È una delle spiagge più pericolose della California e, nelle giornate di forte vento, quando la marea sale, si creano correnti e gorghi imprevedibili e spesso mortali. Soltanto in quell'anno in quelle acque erano morti cinque o sei provetti nuotatori che avevano osato sfidare le onde.

«Pensi che sia l'auto di Tara?» dissi.

«Potrebbe. Sono nel parcheggio soprastante la spiaggia e da qui si vede solo il tetto. La Guardia costiera ha messo a disposizione un paio di gru cingolate, carri attrezzi e motovedette. La Scientifica ha un autocarro a pianale aperto e – ops! – l'auto si è staccata dal cavo di traino. È un lavoraccio. Sono ore che provano a tirarla fuori dall'acqua. Mi dispiace farti fare una levataccia, ma ho pensato che ti facesse piacere esserci. »

Svegliai Joe con una scrollatina, gli dissi che dovevo andare e che lo avrei chiamato più tardi.

« Che ore sono? »

« Le cinque appena passate. »

« Sii prudente. »

« Promesso. »

Gli coprii la faccia di baci, presi le scarpe sotto la sedia e andai in fretta e furia verso la porta. Inciampai nel cane che ronfava.

« Scusami tanto, Martha. Continua pure a dormire. »

Finii di vestirmi in salotto, scesi in strada e aprii la macchina senza far scattare l'allarme. Misi in moto e meno di dieci minuti dopo arrivai a China Beach. Imboccai la strada di accesso al piazzale e parcheggiai fra il Tacoma di Brady e un furgone della Guardia costiera. Brady era sul ciglio del piazzale a osservare con il binocolo le forze di polizia all'opera.

Mi avvicinai, con il vento salmastro che mi scompigliava i capelli, e gridai: « Ciao! »

« Guarda » rispose lui porgendomi il binocolo.

Albeggiava, quando il veicolo emerse ondeggiando dall'acqua. Una gru teneva sollevata la parte anteriore, mentre i due carri attrezzi la trascinavano sul pelo dell'acqua fino a raggiungere il bagnasciuga, strappandola a forza a un mare agitato che pareva non volerla restituire.

Vidi che alcuni tecnici della Scientifica prendevano dal furgone un grosso telo.

«Servirà per fasciare l'auto?» domandai.

«Andiamo» disse Brady.

50

Brady mi offrì il braccio muscoloso per aiutarmi a scendere le scale e, con tempismo perfetto e badge alla mano, arrivammo sulla spiaggia proprio mentre l'auto veniva depositata con le quattro ruote all'asciutto.

Ci presentammo all'ufficiale della Guardia costiera, che ci lasciò passare sotto il nastro e avvicinare alla Volvo rossa. Dai finestrini aperti e da sotto il telaio uscivano acqua, pesci e sabbia. Notai qualcosa di chiaro: un braccio che penzolava dal finestrino lato passeggero. Pur essendo pieno di abrasioni, gonfio e in parte mangiato dai pesci, si capiva che era il braccio di una giovane donna.

Mentre giravamo intorno all'auto, mi preparai allo spettacolo del viso devastato della vittima, che evidentemente era seduta al posto del passeggero quando l'auto era precipitata in mare. Aveva ancora la cintura allacciata. La testa era inclinata da una parte e il collo era talmente tumefatto che lo squarcio quasi non si notava. Sopra l'acceleratore era incastrata una grossa pietra piatta che aveva fatto sì che l'auto finisse in mare. Ero sicura che si trattasse di Tara Burke, ma in quello stato non potevo identificarla con certezza. Riconobbi però il vestito di jeans con cui Tara era uscita di casa con Lorrie il giorno della scomparsa. Ormai non aveva più né polpastrelli né impronte digitali, ma probabilmente aveva otturazioni o altre caratteristiche dentali che ci avrebbero permesso un'identificazione certa.

Brady mi fece notare la borsa fasciatoio rosa che sporgeva da sotto il sedile posteriore, sul quale c'era anche un seggiolino per bambini con le cinture slacciate. Osservando il cadavere, intravidi all'interno del polso un piccolo tatuaggio a forma di cuore: era la conferma che si trattava di Tara Burke.

Scattai una foto con mani tremanti e andai a mostrarla a Brady.

Un tecnico della Scientifica disse: «Scusi, tenente, stiamo per avvolgere l'auto nei teli senza rimuovere il cadavere e portare tutto com'è in laboratorio».

«Okay» disse Brady, e poi: «Bel colpo, Boxer. Direi che possiamo lasciar lavorare Hallows e i suoi e andare a trovare Lucas Burke: lo tiriamo giù dal letto e lo portiamo in centrale. Il tempo e la marea non aspettano nessuno.»

«Eh?»

«È una frase di Chaucer. Ho studiato anche letteratura inglese, non lo sapevi? Vuol dire: 'Diamoci una mossa'.»

51

Seguii Brady a passo svelto fino al suo SUV nel parcheggio. Lui aprì la portiera, afferrò il microfono della radio e chiese rinforzi.

«Mandate tre pattuglie all'indirizzo di Burke. Codice due» ordinò.

Con urgenza, ma senza sirene né lampeggianti.

Pochi minuti dopo eravamo in Persia Avenue, a circa trecento metri dall'abitazione di Burke. Le luci nella villetta erano spente. La Audi grigio metallizzato era ferma nel vialetto e Reg Covington, comandante degli SWAT, aveva sbarrato l'uscita con il suo mezzo blindato. Lungo il marciapiede erano parcheggiate due auto civetta dalle quali scesero senza fare rumore agenti con il giubbotto antiproiettile che si avviarono di soppiatto verso la casa.

Brady e io scendemmo dal Tacoma e ci dirigemmo verso il 79 di Dublin Street, con il nostro BearCat di supporto a pochi metri di distanza e due squadre intorno alla casa. I sei membri della squadra di Covington usavano il cofano, il tetto e le portiere del BearCat come scudo e poggiafucile. Eravamo coperti.

Brady aprì il cancelletto del giardino di Burke e ci avvicinammo alla porta blu con il batacchio a forma di pugno. Io mi sistemai di lato e Brady bussò e si annunciò.

Mi scostai ulteriormente quando vidi che sollevava la gamba per abbattere la porta con un calcio.

Non scattò nessun allarme né dentro né fuori. Covington e due dei suoi fecero irruzione nella casa urlando.

« Polizia! Rispondete! »

Silenzio. La squadra di punta verificò che al piano terra non ci fosse nessuno e corse di sopra a ispezionare le camere da letto.

Sentii Covington che gridava: « Mani in alto! Faccia al muro! »

Poi la voce di Burke. « Cosa c'è? Questa è una persecuzione! »

Salii di corsa le scale con Brady e trovammo Burke in piedi vicino al letto in maglietta e mutande. Ci mostrò le mani vuote. Brady lo fece voltare di 180 gradi, gli afferrò un braccio, poi anche l'altro e lo ammanettò dietro la schiena per poi farlo girare di nuovo verso di noi.

« Lucas, mi duole comunicarle che abbiamo ritrovato l'auto di sua moglie. Tara era a bordo, ed è morta. La dichiaro in arresto con l'accusa di omicidio ai danni di Tara e Lorrie Burke » dissi.

« Nooo! » ululò Lucas Burke.

Gli ricordai che aveva il diritto di non rispondere, che tutto quello che diceva avrebbe potuto essere usato contro di lui, che aveva diritto a un legale e, se non se lo poteva permettere, lo Stato gli avrebbe fornito un difensore d'ufficio.

« Ha capito quali sono i suoi diritti? »

Mi fulminò con un'occhiata.

« Non ho ammazzato nessuno. »

«Boxer, ripetigli i suoi diritti a voce più alta» disse Brady.

Ripetei urlando quel che avevo appena finito di dire, chiedendo alla fine di ogni frase: «Ha capito?»

«Sì, sì, sì, ho capito» rispose Burke a denti stretti.

«Andiamo» disse Brady, spingendolo verso la porta della camera da letto e poi nel corridoio. Covington e i suoi lo seguirono. Io chiudevo la fila e aiutai Brady a far salire l'arrestato sul nostro SUV senza contrassegni.

Burke sarebbe stato indagato per l'omicidio della moglie e della figlia. Anche se non lo avevamo colto in flagrante e non avevamo testimoni né prove a suo carico, per sua stessa ammissione aveva litigato con la moglie la mattina del giorno in cui era scomparsa. Con quel che avevamo in mano sarebbe stato difficile, se non impossibile, portarlo in tribunale per l'omicidio di Misty Fogarty, Wendy Franks e Susan Wenthauser. La procura lo avrebbe perseguito per i due omicidi per i quali avevamo elementi più concreti e lo avrebbe iscritto nel registro degli indagati per gli altri omicidi soltanto se e quando avessimo trovato delle prove a suo carico.

A me sembrava che il quadro fosse sufficientemente chiaro.

Primo, Tara sul sedile del passeggero della sua stessa auto, con la cintura allacciata e la gola tagliata; secondo, il cadavere della bambina che presentava segni di soffocamento manuale, la borsa fasciatoio infilata sotto il sedile dell'auto, il seggiolino con le cinture slacciate. L'ultimo a vederle vive era stato Burke. C'erano precedenti di abusi. Aveva un'amante. Tre a zero per noi.

Un buon procuratore sarebbe riuscito a convincere la

giuria che Lucas Burke, con i suoi completi di tweed da insegnante delle superiori, era in realtà un lupo travestito da agnello. E una giuria imparziale ci avrebbe creduto.

O perlomeno questo era quello che pensavo io.

52

Erano le nove e dieci di venerdì mattina.

Ero con Brady e Yuki nell'ufficio del procuratore Len Parisi, insieme a Lucas Burke e al suo avvocato difensore, Newton Gardner, grintoso penalista sempre in cerca di pubblicità.

Ero lucida e riposata e non vedevo l'ora di sentire che cosa avrebbe detto Lucas Burke adesso che era stato ritrovato anche il corpo della moglie.

Indossava la tuta arancione da carcerato e ciabatte infradito, puzzava e aveva la barba lunga e l'aria distrutta. Non doveva aver chiuso occhio da quando lo avevamo arrestato, due giorni prima. A tenerlo sveglio, oltre ai pensieri, aveva sicuramente contribuito lo squallore delle celle al sesto piano della Corte di Giustizia. Erano sporche, la luce restava accesa tutta la notte e quelli che vi venivano rinchiusi erano nella stragrande maggioranza balordi imbufaliti e violenti.

Molto probabilmente Burke, per prudenza, aveva passato la notte in piedi con la schiena bene appoggiata al muro della cella.

Quasi mi faceva pena.

Ma era rappresentato da Newton Gardner, un avvocato di grido che doveva costargli mille dollari all'ora. Non avevo mai avuto a che fare direttamente con lui, ma lo avevo visto più volte davanti al tribunale e nell'ultima edizione dei notiziari al fianco di clienti di alto profilo, intento a ipnotizzare la stampa con le sue battute e la sua telegenia e l'evidente aspirazione a diventare ancora più famoso.

Mentre sulla sopraelevata di fronte alle nostre finestre scorreva il traffico dell'ora di punta, il procuratore Parisi si accomodò alla sua scrivania. Sulla parete alle sue spalle era appeso un orologio con il muso di un pitbull rosso sul quadrante. Prendemmo posto intorno alla scrivania.

Gardner indossava un elegante completo grigio, camicia bianca inamidata e scarpe nere Oxford lustrate alla perfezione. Aveva la testa rasata e l'elemento che più si notava nel suo viso erano gli occhi neri dallo sguardo penetrante. Era stato lui a chiedere quell'incontro e aveva un obiettivo ben preciso: convincere Leonard Parisi a ritirare al più presto le «ridicole» accuse contro il suo assistito, prima che i media di tutto il mondo trasformassero la vicenda in una sorta di O.J. Simpson 2.0. In caso contrario, aveva minacciato velatamente di citare per danni la città di San Francisco, trascinandoci in un procedimento giudiziario da cui saremmo inevitabilmente usciti sconfitti.

«Avvocato Gardner, a lei la parola» esordì Parisi.

«Grazie, dottor Parisi» replicò Gardner. «La questione è molto semplice. Il signor Burke non ha ucciso né la moglie né la figlia e il dipartimento di polizia di San Francisco non ha trovato alcuna prova a suo carico: né un capello, né un'impronta digitale o una traccia di DNA del mio assistito sui corpi delle vittime. Non ci sono testimoni, né riprese video, nulla di nulla. Chiedo pertanto che le accuse vengano ritirate per il semplice motivo che Lucas Burke è innocente e voi non avete gli estremi per rinviarlo a giudizio.»

«Okay. Grazie di essere venuti» replicò Parisi guardando l'orologio.

Gardner colse l'intento offensivo del gesto e si adombrò. «Le assicuro che vincerò, dottor Parisi. Tirerò fuori il mio assistito dalla trappola che gli avete teso.»

«Dia pure il peggio di sé, avvocato Gardner. Non mi aspetto altro da lei» replicò Parisi, imperturbabile e per niente spaventato, consapevole del buon lavoro svolto fino a quel momento.

Ma Gardner non aveva finito. Fissò Parisi con il suo sguardo penetrante e disse: «A questo punto dovrei alzarmi e dire al mio assistito di non perdere il sonno per questa storia perché non avete uno straccio di prova contro di lui. Ma vi avverto: oltre a smontare il vostro castello accusatorio, basato solo su elementi indiziari, chiamerò a testimoniare almeno una ventina di persone, fra cui insegnanti, vicini di casa e anche un prelato, che attesteranno l'integrità morale di Lucas Burke. Insomma, dottor Parisi, non avete nessuna speranza di vincere. Davvero volete fare una figura meschina? Non sarebbe meglio per tutti se i vostri poliziotti continuassero a indagare e catturassero il vero colpevole?»

Parisi si posò le mani sul ventre prominente, intrecciò le dita e accennò un sorriso. Avrei scommesso che era contento che Newton Gardner stesse scoprendo le proprie carte.

«E vi offriamo anche un incentivo» continuò Gardner. «Se ritirate le accuse e rilasciate il mio cliente ora, non faremo causa al dipartimento di polizia e io eviterò di mettere in luce l'incompetenza dell'SFPD. Che ne dite?»

«Avvocato Gardner, continui pure a vaneggiare. Non sono stupido. Ringrazi che il suo assistito è accusato di due omicidi soltanto. Siamo in grado di dimostrare che ha ucciso la moglie e la figlia con premeditazione ed è questo che diremo al giudice il giorno del rinvio a giudizio. Respingo la sua istanza di archiviazione. E adesso scusate, ma devo prepararmi per una riunione.»

Avrei voluto battere le mani ed esultare, ma forse era prematuro.

«Mi dispiace, ma non potete condannare un uomo solo perché avete bisogno di un capro espiatorio» ribatté Gardner.

«Ora basta, avvocato. Ha già detto fin troppo» tagliò corto Parisi.

Invece di congedarsi insieme al suo assistito, Gardner dichiarò: «Abbiamo informazioni che chiariranno questo stupido malinteso in maniera definitiva, spero».

«Le concedo tre minuti, avvocato. Come dicevo, ho una riunione» concluse Cane Rosso.

Quel che successe dopo mi lasciò basita.

53

Newton Gardner si chinò a bisbigliare qualcosa all'orecchio del suo cliente, che annuì. « Sì. Sì. Okay » rispose.

Poi Burke alzò gli occhi e, con lo sguardo fisso nel vuoto a metà fra Brady, Parisi e me, disse: « Vi ho tenuto nascosta una cosa ».

Rizzammo tutti le orecchie e Cane Rosso, che fino a quel momento era stato immobile sulla sua poltrona come una statua del Buddha, si sporse in avanti con aria attenta.

Cosa diavolo ci aveva tenuto nascosto Lucas Burke? Cercai di immaginare che cosa potesse essere, ma non mi si accese nessuna lampadina. Non avevo neanche l'ombra di un'idea, ma ero sicura che si trattasse di una bufala.

« So benissimo che penserete che mi sto arrampicando sugli specchi, ma non è così. Io credo di sapere chi è stato a uccidere Lorrie e Tara. E anche Misty. Quando sono venuto nel suo ufficio con il giornale su cui avevo letto che Misty era stata ammazzata, avrei voluto dirglielo, sergente. Ma non posso dimostrare che è stato lui, ed è per questo che finora ho taciuto. »

« Meglio che registriamo. Obiezioni? » disse Brady.

Nessuno aprì bocca. Brady premette un tasto sul cellulare e lo posò sulla scrivania di Parisi.

« Ricominci daccapo » disse poi a Burke.

Burke sospirò. Non lo avevo mai visto in quello stato. Depresso e furibondo, sì, piegato dagli eventi, certo. Ma mai così angosciato. Sembrava impaurito.

Guardando il cellulare di Brady, cominciò. «Sono Lucas Burke e non ho ucciso nessuno: né mia moglie, né mia figlia, né Misty Fogarty o le altre vittime. Credo però di sapere chi è stato e sono pronto a collaborare per aiutarvi a catturarlo. Sono disposto anche a testimoniare contro di lui.»

«Venga al dunque» intervenne Parisi. «Abbiamo esaurito la pazienza, ormai.»

«Quindici anni fa mia madre Corinne e mia sorella Jodie sono scomparse. Forse ricorderete la vicenda. Se non la ricordate, documentatevi. Non furono mai ritrovate e non fu mai arrestato nessuno. Io all'epoca avevo circa venticinque anni e non vivevo più a casa con loro. Ho fatto di tutto per non guardare in faccia la realtà, perché era troppo spaventosa, ma a questo punto ho capito che le ha uccise mio padre, Evan Burke. Lo conosco... Prima mia madre e mia sorella, e adesso mia moglie, mia figlia, la donna con cui mi accompagnavo... Non posso più far finta di niente. Mio padre è uno psicopatico, un autentico serial killer.»

Yuki fece una risatina, ma io continuai a tenere l'attenzione su Lucas Burke e sul telefono di Brady che registrava quella storia veramente incredibile. Burke chiese un fazzoletto di carta e un bicchiere d'acqua e Parisi chiamò la segretaria, Katie Branch.

Dopo una breve interruzione, Burke riprese a parlare.

«Sono stato dodici anni in terapia a cercare di autoconvincermi che mio padre non c'entrava niente, ma c'è un particolare che non riesco a togliermi dalla testa. A mio padre è sempre piaciuto il mare e ha sempre avuto barche. Ho svolto qualche ricerca e a questo punto mi sembra evidente. Sono scomparse diverse donne nella zona di Catalina, dove abitavamo, e a Isla Vista, vicino al campus della University of California Santa Barbara. E i loro corpi sono stati rinvenuti in varie località lungo la costa. Non posso dire che le abbia uccise tutte lui, ma molti di quegli omicidi sono rimasti irrisolti e di tante donne scomparse non è stato mai ritrovato neppure il cadavere. Mio padre è abile, affascinante, infido. E gode a uccidere le donne. Gode a far soffrire anche me. Ha buttato in mare Tara e Lorrie perché io capissi che era stato lui.»

Lucas Burke pareva esausto, alla fine del suo discorso, ma né Parisi né Brady si lasciarono commuovere.

«Avvocato Gardner, signor Burke, la vostra tesi difensiva è questa? Puntare il dito contro un'altra persona, che nella fattispecie è il padre dell'indagato?» disse Parisi.

«Il mio assistito può fare i nomi delle possibili vittime e le date della loro scomparsa. Sono certo che grazie alla sua collaborazione troverete le prove della colpevolezza di Evan Burke, il vero assassino di Tara e Lorrie» replicò Gardner.

Spostai la sedia in modo da essere proprio di fronte a Burke e gli chiesi: «Come si chiama suo padre?»

«Evan William Burke.»

«Quando gli ha parlato per l'ultima volta?»

«Tre anni fa. Quando io e Tara ci siamo sposati. E prima di allora ci saremo parlati forse tre volte, dopo la scomparsa di mia madre e mia sorella.»

«Dove abita?»

«Quando ho compiuto quarant'anni mi ha mandato un biglietto di auguri da un indirizzo nella contea di Marin. Non me lo ricordo esattamente, ma se guardo la cartina forse mi torna in mente. Per logica, però, penso che adesso stia vicino a casa mia. Per potermi spiare, per controllare le persone a cui sono più legato e uccidere loro e altre vittime a caso. Vi avverto, mio padre è un genio del male. Dovete essere pronti a...»

Lo interruppi. «Ha una foto di suo padre? Ha qualcosa con il suo DNA? Quel biglietto di auguri, per esempio, o la busta.»

«L'ho buttato via» rispose Burke. «Ma chiedete alla polizia della contea di Marin. Quando mia madre e mia sorella scomparvero, fu arrestato: avranno la foto segnaletica, no?»

Questo era quanto ricordava Lucas Burke. Si trattava di vedere se negli archivi della polizia avremmo trovato conferma di quello che diceva oppure no.

Katie bussò, aprì la porta dell'ufficio e disse: «Signor procuratore, la riunione con il sindaco è fra cinque minuti. E dopo il sindaco, ha l'incontro con i famigliari delle vittime».

«Grazie, Katie. Yuki, qualcosa da aggiungere?»

«Sì» rispose Yuki. «Con l'assistenza dell'avvocato Gardner, il signor Burke potrà spiegare di non aver ucciso Tara e Lorrie Burke in sede di rinvio a giudizio.»

«Okay, allora» concluse Parisi. «Signor Burke, verificheremo le sue affermazioni, ma il mio consiglio è di cominciare a prepararsi all'udienza. Sergente Boxer, per cortesia, riaccompagna il signor Burke nella sua cella.»

54

La task force si riunì nuovamente nell'ufficio vuoto di Swanson, in fondo al corridoio.

Riferii le novità a quelli che ancora non le sapevano.

Brady, in piedi con la schiena rivolta alla lavagna bianca, disse: «Alzi la mano chi pensa che Lucas Burke sia innocente».

Nessuno si mosse. Poi, come se fosse dotata di volontà propria, la mia mano destra si sollevò.

«Boxer?»

«Ho avuto modo di passare parecchio tempo con lui e, per quanto non mi sia simpatico, trovo che l'angoscia che manifesta per la morte della bambina e di Misty sia autentica. Quando sono con lui, gli credo. Che altro posso dire?» Allargai le braccia. «Non so che cosa pensare, e te l'ho già detto, tenente. Burke potrebbe essere un maniaco e aver scelto il mestiere ideale per portarsi a letto ragazze minorenni. Potrebbe essere bugiardo e un assassino. Ma potrebbe anche avere un padre psicopatico che vuole far ricadere le proprie colpe su di lui. Insomma, preferisco non pronunciarmi.»

Brady mi fissò più a lungo del solito con i suoi occhi azzurri come il ghiaccio, poi disse: «Fra poco ho una riunione con il sindaco. Boxer, fai le mie veci. La mia posizione, in ogni caso, è questa: Gardner ha ragione. Abbiamo solo prove indiziarie. Quindi, dobbiamo trovare Evan Burke, portarlo in centrale e fargli il terzo grado per vedere se Lucas Burke dice la verità. Seguiamo rigorosamente il protocollo. Cerchiamo di capire se Burke senior è residente in California e verifichiamo i suoi spostamenti nell'ultima settimana, minuto per minuto. Non vogliamo assolutamente che la procura chieda il rinvio a giudizio dell'uomo sbagliato».

Brady uscì e io presi la parola.

Divisi il gruppo in sei team, più me, e assegnai il compito di spulciare nei vari database a nostra disposizione, primi fra tutti NCIC e ViCAP, alla ricerca dei femminicidi irrisolti degli ultimi quindici anni.

Era un lavoro improbo, perché lo Stato della California aveva prodotto quantità enormi di dati.

Ci mettemmo al computer.

Digitando semplicemente «Evan Burke» trovammo sessanta uomini che si chiamavano così nella sola California. Il numero si dimezzò quando escludemmo quelli sotto i sessant'anni, ma continuava a essere troppo alto.

Contattai il capitano Geoffrey Brevoort del dipartimento di polizia della contea di Marin, il quale confermò prontamente la scomparsa di Corinne e Jodie Burke, ma non l'arresto di Evan. Contrariamente a quanto ricordava Lucas, negli archivi non risultava che fosse mai stato arrestato. Pertanto non c'erano né foto segnaletiche, né impronte, né DNA. Brevoort spiegò che all'epoca Evan Burke era stato interrogato, sì, ma aveva un alibi. Si era mostrato molto collaborativo, e molto provato.

Mentre ero al telefono con Brevoort, Conklin trovò una dozzina di Evan Burke nel database della Motorizzazione. Raccogliemmo così indirizzo, data di nascita e, soprattutto, fotografie di parecchi Evan Burke residenti in California. Purtroppo, nessuno assomigliava a Lucas.

Poi Sonia Alvarez trovò la patente nautica rilasciata dallo Stato della California a un certo E.W. Burke di Sausalito, località lungo la costa a sole sei miglia nautiche da San Francisco. Non c'erano foto né impronte digitali allegate al file, ma era già qualcosa.

Richiamai Brevoort e informai i colleghi che stavano indagando sulla morte di Wendy Franks. Contattai anche il capitano del porto di Sausalito, che aveva visto Wendy uscire con il Sea Ray in compagnia di uno sconosciuto.

Gli mandai l'immagine dell'uomo in nero che era stato ripreso dalla telecamera di sorveglianza nel parcheggio della Sunset Park Prep. Non era sufficiente per i software di riconoscimento facciale, e neppure per un riconoscimento tout court, ma speravo che quella foto scura e sgranata gli strappasse almeno un «forse».

Niente da fare.

Gli mandai un messaggio con le informazioni trovate da Alvarez: nome, numero di matricola e dati identificativi dell'imbarcazione. Alla capitaneria non risultava che fosse lì, ma gentilmente il capitano si offrì di andare a verificare e io lo ringraziai.

Facemmo una pausa per mangiare una pizza e poi tornammo ai computer. Le ore scorrevano così lente che quando Brady tornò nell'ufficio riservato alla task force mi stupii che fuori fosse ancora chiaro.

Erano le 17.15.

Aggiornai Brady. «Abbiamo fatto qualche progresso.

Non c'è nessun Evan Burke con precedenti penali, ma ne abbiamo trovato uno che ha vissuto a Sausalito e la cui moglie e figlia sono scomparse: è un caso tuttora irrisolto. Questo Evan Burke dieci anni fa aveva un Century Boats 30 Express, che però nel frattempo ha venduto. L'attuale proprietario vive ai Caraibi. Non abbiamo ancora l'indirizzo aggiornato di questo Evan Burke, ma è pur sempre un passo avanti.»

«Ottimo lavoro, Boxer. Per oggi basta.»

«Davvero?»

«Sì. Tutti a casa, e cercate di andare a dormire presto.»

55

Mettemmo segnalibri alle pagine che stavamo consultando, salvammo i file, prendemmo appunti per il giorno successivo e dopo pochi minuti tutti e otto imboccammo il corridoio per tornare alle rispettive scrivanie.

Chiamai Joe, che mi disse che Julie aveva appena finito di cenare.

« Ci vediamo al parco? » mi propose.

Nel sentire la parola « parco » Martha scodinzolava invariabilmente con la vivacità di un cucciolo e anch'io reagii più o meno nello stesso modo. Parco, erba, lago, figlia, marito e cane, tutto assieme!

« Non me lo faccio chiedere due volte » risposi. « Fra un quarto d'ora sono a casa, traffico permettendo. »

Il traffico me lo permise.

La mia famiglia mi aspettava sul portone, quando frenai e accostai al marciapiede. Joe aprì la portiera e, affidato a Julie il compito di tenere al guinzaglio Martha, mi scoccò un bacio.

Chiusi la macchina, presi in braccio Julie e la portai per un intero isolato, contenta di sgranchirmi le gambe e di sentire la sua voce lievemente ansimante vicino all'orecchio.

« Abbiamo mangiato ali di pollo. »

« Bene. »

«Papà ti ha tenuto una fetta di torta.»

«Che torta?»

«Papà, che torta?»

«Alle pesche. Ti piace?»

«Perfetto. Mi piace moltissimo.»

«Ora mettimi giù, mamma.»

Quando arrivammo al parco, c'erano un sacco di cani e di bambini e Julie trovò la sua amichetta Chrissy. Mentre davano da mangiare alle anatre chiamandole per nome e contandole, individuai con Joe una panchina da dove potevamo vedere le bambine sulla riva del laghetto.

Ci sedemmo vicini sulla panchina di legno, sotto il cielo al tramonto, e lo presi per mano.

«Giornataccia?» mi chiese.

«Non la peggiore del mondo, ma ingarbugliata.»

«Be', la mia giornata non è stata ingarbugliata per niente, quindi raccontami tutto.»

«Speravo proprio di poterti chiedere un parere.»

«Sono pronto. Sentiamo» replicò.

Gli raccontai tutto. Avevo la possibilità di parlare direttamente con un ex dirigente della Sicurezza interna, un uomo che aveva accumulato anni di esperienza lavorando per la CIA e l'FBI, e speravo che mi potesse aiutare in quel caso così difficile. Gli raccontai della riunione della mattina con Cane Rosso, Lucas Burke e quello squalo del suo avvocato, Newton Gardner.

«O Burke ha molti più soldi di quanto pensassimo, oppure Gardner vede in questo caso un grande potenziale mediatico» commentò Joe.

«Non mi stupirei» dissi. «Un uomo che uccide moglie

e figlia non fa notizia solo sui tabloid, va ai talk show di prima serata. Per ora delle altre vittime non si parla.»

«Non è accusato anche della morte di Misty e della pittrice? Quella che abitava a Sausalito?»

«Wendy Franks. No, e nemmeno di quella di Susan Wenthauser, la ragazza di Boise. Non abbiamo nessun elemento, nemmeno il movente. Se mai troveremo le prove, sarà processato anche per quei reati.»

«Può darsi che chi sa qualcosa abbia troppa paura per parlare.»

«È vero, ma... C'è un ma. Oggi c'è stata una potenziale svolta nelle indagini. Immagina la scena, Joe. Burke nell'ufficio di Parisi, con tutti noi intorno alla scrivania. La riunione è quasi finita, stiamo per andarcene, quando Gardner gli bisbiglia qualcosa all'orecchio e Burke dice...»

Dovetti interrompermi per andare a prendere Julie prima che entrasse nell'acqua vestita. Dopo un piacevole scambio di battute sulle anatre con mia figlia, salutai la mamma di Chrissy e tornai da Joe, che ci osservava sorridendo affettuosamente.

«Hai lasciato la storia in sospeso sul più bello» protestò.

«Scusa. Dov'ero arrivata?»

«Riunione quasi finita, Burke fa per dire qualcosa.»

«Ah, sì, giusto. Incoraggiato dal suo legale, dichiara: 'Penso che mio padre abbia ucciso mia madre e mia sorella e diverse altre donne. Penso che mio padre sia un serial killer e che sia stato lui a uccidere Lorrie e Tara'.»

«Suo padre?» esclamò Joe. «Dice che a uccidergli la moglie e la figlia è stato suo padre?»

«Esatto, il padre. Il quale una quindicina di anni fa avrebbe ucciso anche sua moglie e sua figlia.» Gli riferii i risultati del nostro lavoro di quel giorno. Evan Burke aveva la patente nautica, ma nessun indirizzo noto. Negli archivi della polizia della contea di Marin risultava la scomparsa delle due Burke senior. Ai tempi era stato dato per scontato che fossero state uccise.

« Ma ormai è un *cold case* » conclusi.

« Allora vi consiglio di verificare se in determinate zone sono avvenute più scomparse di persona e, nel caso si trattasse di donne, controllare se in quel periodo Evan Burke abitava nelle vicinanze » replicò Joe.

« Sì, sì, certo. Potremmo farlo se avessimo un mago del computer a disposizione, o se potessimo mettere tre persone a fare questo tipo di ricerca. »

Rimanemmo per alcuni minuti in silenzio a guardare le bambine e a pensare a omicidi seriali.

« Ho un'idea. Ti ho mai parlato di un certo Berney? » disse poi Joe.

« Non mi sembra. Chi è? »

« Lavorava all'FBI, alla sede di Washington. Ai tempi lo consideravamo un mago del lato oscuro, perché aveva una rete di contatti e informatori qui e all'estero e una memoria formidabile per i dettagli. Credo di avere ancora il suo numero. »

Joe tirò fuori dalla tasca della giacca il telefono, cercò e pochi secondi dopo Berney rispose alla chiamata.

Dopo un breve aggiornamento reciproco – *Dove sei? Cosa fai? Quanto tempo è passato!* – Joe disse: « Berney, il motivo per cui ti ho cercato è questo. Ti ricordi mia moglie Lindsay, che è sergente alla Omicidi del dipartimento di San Francisco? Sta indagando su un caso misterioso come un buco nero ».

Non sentivo le risposte, ma in base a quello che diceva Joe ebbi l'impressione che Berney disponesse ancora di una buona rete di contatti. Era a conoscenza degli omicidi Burke e sapeva anche che Lucas Burke era indagato.

«Potresti fare un controllo sul padre? Si chiama Evan Burke. E ti dico già che presumibilmente vive da queste parti, ma non sappiamo dove» disse Joe.

Joe ascoltò le risposte di Berney intervenendo ogni tanto con un: «Okay, capito», oppure: «Chiaro». Alla fine disse: «Grazie. Lo dirò a Lindsay. Stammi bene anche tu».

Poi chiuse la chiamata.

«Berney li conosce. Mi ha fatto capire che è una situazione pericolosa. Non posso giurarci, ma credo che anche l'FBI stia indagando sui due Burke, padre e figlio. O forse Berney sapeva chi erano per via della scomparsa della madre e della sorella di Lucas. In ogni caso, Lindsay, stai molto attenta, sia con Lucas, sia con Evan, nel caso ti trovassi ad avere a che fare con lui. Berney mi richiamerà se scopre qualcosa di interessante.»

«Tutto qui?»

«Non è poco.»

Con il suo solito infallibile tempismo, Julie arrivò di corsa e scavalcò Martha per saltarmi in braccio.

«Andiamo a casa» disse.

«Andiamo a casa, per favore» la corressi imitando la sua pronuncia.

Rise, e Joe anche.

Bene. Raccogliemmo le nostre cose, compreso il guinzaglio di Martha, e tenendoci per mano ci incamminammo lentamente verso casa.

PARTE SECONDA

56

Quando Yuki si svegliò il lunedì mattina, fuori dalla finestra il cielo era ancora buio.

Controllò lo smartwatch e al lieve bagliore verdastro vide che erano passate da poco le quattro. *No, no, no. Troppo presto.* Le giravano per la testa pensieri e immagini e l'eco della voce patetica di Lucas Burke. Pensò alle foto del cadavere di Tara Burke che le aveva mostrato Claire e, prima ancora, alle immagini strazianti di Lorrie. E poi pensò a Newton Gardner, l'avvocato presenzialista di Burke: se qualcuno poteva riuscire a far scagionare Burke, era lui.

Sistemò meglio il cuscino, chiuse gli occhi e cominciò a contare per sette a ritroso nella speranza di riaddormentarsi. Niente da fare. Novantatré, ottantasei... Rivide passaggi di Gardner in tv e le tornò in mente un processo in cui aveva avuto modo di osservare la sua strategia aggressiva e la sua abilità nel sedurre i giurati, che pendevano dalle sue labbra. Lo aveva trovato deplorevole, ma anche istruttivo. Quando, durante le pause, Gardner usciva nel corridoio e parlava con i giornalisti, anche loro rimanevano ammaliati.

Gardner sarebbe riuscito a trasformare il caso Burke in una vetrina per sé.

Yuki, sotto le coperte, continuò a rimuginare, si assopì,

si risvegliò e ricominciò a rimuginare ascoltando il respiro del marito che dormiva al suo fianco, poi finalmente riprese sonno.

Quando si risvegliò, Brady era in piedi accanto al letto, con un asciugamano intorno alla vita. «Il bagno è libero, amore» le disse.

«Okay. Prepari il caffè, per piacere?»

Si alzò, fece la doccia, si lavò i capelli e li asciugò con il phon, arrotolando la ciocca bionda intorno a un dito. Nel frattempo cercò di riordinare le idee e si chiese se la cosa migliore per lei non fosse semplicemente ignorare Newton Gardner. *Sì, certo!* Vedersi ignorato lo avrebbe mandato su tutte le furie.

A parte il fatto che l'udienza di quel giorno era per il rinvio a giudizio. *Si dichiara colpevole o non colpevole?* Yuki pensò al giudice, Vivian Kahn, donna di legge dotata di grande pragmatismo, originaria di Los Angeles, che era stata nominata giudice a San Francisco tre anni prima. Era la persona giusta per quel processo, pensò. Aveva una forte personalità, sapeva essere caustica e non si lasciava prendere per i fondelli. Yuki era abbastanza convinta che, se Burke avesse detto che il colpevole era suo padre, Vivian Kahn non l'avrebbe preso sul serio.

Tuttavia, non poteva esserne sicura finché non si fosse trovata davanti a lei a illustrare gli elementi a carico di Burke. Si infilò la vestaglia e controllò l'orologio. Erano solo le sette e un quarto. Aveva il tempo di arrivare in ufficio, parlare con Cane Rosso, leggere la posta e riflettere ancora un po'. Brady era in cucina e stava versando nel lavello il fondo della propria tazza di caffè.

«Meglio non esagerare con la caffeina» spiegò. Poi

guardò la moglie in faccia e le disse: «Ce la farai, amore. Annienterai la difesa. Cercherò di venirti a vedere».

«Lo dici tutte le volte.»

«Mettiamola così: farò il possibile per esserci. Ma ti vedo già. Sono sicuro che uscirai dall'aula vincente. Avrai tutti i giornalisti intorno e Newton Gardner penserà di aver perso il tocco magico e cadrà in depressione.»

«Ti trovo di ottimo umore» commentò Yuki.

«È perché non vedo l'ora che Burke finisca dietro le sbarre e so che il mio desiderio sta per essere esaudito.»

«Non dire gatto se non ce l'hai nel sacco.»

Brady la abbracciò e la baciò.

«Mettiti il tailleur blu di Armani» le consigliò.

«L'ho appeso dietro la porta.»

«Hai bisogno di qualcosa prima che io vada?»

«No, grazie. Tieni il telefono acceso.»

Brady le diede un altro bacio e uscì di casa.

57

Yuki indossò il tailleur blu e le scarpe con il tacco alto e andò alla Corte, dove prese l'ascensore per salire al secondo piano.

Attraversò l'atrio della procura, girò a sinistra e vide che la porta di Len Parisi, in fondo al corridoio, era aperta. Bussò piano sullo stipite, Parisi alzò lo sguardo e le fece cenno di entrare.

Era in maniche di camicia, con la cravatta allentata e una pila di fogli davanti.

«Vuoi fare un ripasso?» le chiese.

«Grazie, non c'è bisogno, Len.»

«Probabilmente ci sarà anche Clapper. Ha detto che starà in piedi in fondo, vicino alla porta.»

«Nessun problema. E tu? Vieni a vedere?»

«Hai già fatto migliaia di queste udienze, Yuki. Te la caverai benissimo anche senza di me.»

Yuki sorrise, lo ringraziò e uscì, con i tacchi che ticchettavano sul pavimento di linoleum. Andò nel proprio ufficio a controllare la posta. Chiuse la porta e si guardò allo specchio. Trucco, denti, ciocca bionda nella frangia: era tutto a posto.

Le venne il dubbio di essersi vestita troppo elegante, ma sicuramente anche Newton Gardner aveva curato molto la sua immagine. L'attesa prima dell'udienza poteva durare ore e l'udienza solo cinque minuti, ma in quei cinque minuti Yuki era decisa a distruggere l'imputato e farlo rinviare a giudizio senza libertà provvisoria.

Yuki riaprì la porta e salutò la stagista che le faceva da assistente, Deirdre Glass, anche lei in tailleur, collana e orecchini di perle. Con aria sollecita e pronta a entrare in azione, Deirdre informò Yuki che tutti i documenti erano in ordine.

«Te li metto nella valigetta o in una cartellina?»

«Nella valigetta, grazie. E ora andiamo a far rinviare a giudizio questo bastardo» replicò Yuki.

L'aula del tribunale era allo stesso piano della procura. Deirdre prese la valigetta con i documenti e si incamminarono. Un custode aprì loro la porta e Yuki e Deirdre si sedettero ai loro posti nell'aula gremita. Yuki vide Gardner e Burke seduti dall'altro lato. L'avvocato parlava e Burke lo ascoltava con aria estremamente sicura di sé.

Non per la prima volta in quella giornata, Yuki fu assalita da un'ombra di dubbio.

Imputati, dipendenti del tribunale e avvocati entravano nell'aula e si sedevano in galleria. I giornalisti erano assiepati nelle ultime file e, ogni volta che si apriva la porta, Yuki vedeva operatori armati di telecamere e microfoni. Erano tutti lì per un motivo soltanto: assistere al rinvio a giudizio di Lucas Burke.

Che cosa avrebbe escogitato Gardner questa volta?

Avrebbe accettato il rinvio a giudizio del suo assistito o avrebbe chiesto una proroga? E, nella seconda ipotesi, Burke si sarebbe dato alla fuga?

Non sarebbe stata la prima volta.

Yuki non poteva che fare del proprio meglio, come sempre.

Deirdre le diede una leggera pacca di incoraggiamento sul braccio.

«Sei fortissima, Yuki. Non devi aver paura, nemmeno un po'.»

58

Il cancelliere si piazzò davanti alla cattedra e annunciò: «Entra la giudice Vivian Kahn, che presiede l'udienza. Siete pregati di rimanere seduti e in silenzio».

La giudice Kahn era sui cinquanta, ma non li dimostrava. Caschetto scuro e occhiali dalla montatura rossa, lesse la documentazione che aveva davanti.

Poi alzò lo sguardo e, rivolgendosi ai legali e al convenuto, esordì: «Buon pomeriggio, signore e signori. Vi invito a costituirvi in giudizio nella disputa fra il popolo dello Stato della California e Lucas William Burke».

«Yuki Castellano in nome dello Stato della California» dichiarò Yuki presentandosi alla corte.

«Buon pomeriggio, vostro onore. Sono Newton Gardner, legale rappresentante davanti a questa corte del qui presente Lucas William Burke, agli arresti.»

«Molto bene. Dottoressa Castellano, è pronta a procedere?»

«Sì, vostro onore. La procura dello Stato della California contesta a Lucas Burke, convenuto davanti a questa corte, due capi d'accusa, entrambi per il reato di omicidio di primo grado con l'aggravante della tenera età e del rapporto di parentela. Una delle vittime era infatti la figlia del convenuto e aveva appena sedici mesi.»

La giudice Kahn chiese a Yuki: «Avete informato il convenuto dei suoi diritti costituzionali?»

«Sì, vostro onore, e anche il tenente Jackson Brady e il sergente Lindsay Boxer del distaccamento sud dell'SFPD hanno informato il signor Lucas Burke dei suoi diritti al momento dell'arresto.»

«Avvocato Gardner, il suo assistito ha sottoscritto e prodotto il relativo modulo?»

«Vostro onore, abbiamo ricevuto copia dell'atto di citazione nel tardo pomeriggio di ieri. Sono circa quindici pagine. La difesa vorrebbe esaminarlo più attentamente per decidere se chiedere una proroga» rispose Gardner.

«Procuratore Castellano, desidera replicare?»

«Sì, vostro onore. La pubblica accusa respingerà sicuramente una richiesta di proroga. Il convenuto ha presentato una teoria alternativa a spiegazione dei reati a lui attribuiti, che in questi ultimi tre giorni è stata presa in esame dal nostro dipartimento di polizia, in collaborazione con altri dipartimenti, senza trovare riscontri di alcun tipo.»

«E in cosa consiste questa teoria?» domandò la giudice a Yuki.

«Il convenuto dichiara che a commettere gli omicidi non è stato lui, ma qualcun altro. L'accusa suggerisce che tale teoria alternativa venga presentata in aula davanti alla giuria. Inoltre, vostro onore, si tratta di un atto obbligato previsto dal codice.»

La giudice Kahn, che evidentemente era sulla stessa lunghezza d'onda della procura, chiese: «Ci sono altre questioni che vanno affrontate in questa sede, procuratore?»

«Vostro onore, dobbiamo parlare della libertà provvisoria» rispose Yuki.

«Giusto» replicò Kahn togliendosi gli occhiali e lasciandoli ricadere appesi alla catenella che portava al collo. «Ai sensi dell'articolo 1270.5 del codice penale, il convenuto non ha diritto alla libertà provvisoria dietro pagamento di cauzione per via della natura dei reati a lui ascritti, e in particolare delle aggravanti previste dalla legge per via dell'età di una delle vittime. Desidera esprimersi al riguardo, avvocato Gardner?»

Gardner pareva assolutamente sicuro di riuscire a ottenere la libertà su cauzione e replicò: «Sì, vostro onore. Il signor Burke è un onesto cittadino contro il quale la pubblica accusa non ha prove di colpevolezza. Sostengono che abbia ucciso la moglie e la figlia, ma la loro è soltanto un'ipotesi senza alcun riscontro fattuale. Un'ipotesi che non potrebbe essere più lontana dalla verità. Il signor Burke è sull'orlo dell'esaurimento nervoso, da quando ha perso le persone a lui più care».

«Va bene, avvocato Gardner, non occorre che continui» disse la giudice Kahn.

«Dottoressa Castellano, ha qualcosa da aggiungere?»

«Sì, vostro onore. Lucas Burke va considerato a rischio di fuga, avendo già approfittato della perquisizione della sua abitazione per lasciare la città. L'accusa non intende rischiare che questo comportamento si ripeta.»

La giudice si rivolse al convenuto. «Signor Burke, si dichiara colpevole o non colpevole?»

«Non colpevole, vostro onore. Posso dire una cosa?»

«Avrà modo di prendere la parola al processo, signor Burke.»

«Vostro onore, non sono stato io.»

«Okay» replicò Vivian Kahn. «Ai sensi del sopracitato articolo del codice penale e della possibile applicabilità delle aggravanti, la corte ritiene che non sussistano le condizioni per concedere la libertà provvisoria su cauzione. Il convenuto resterà nel carcere maschile presso la Corte di Giustizia in attesa di giudizio per i prossimi – vediamo... – tre mesi. La data esatta del processo verrà comunicata al più presto.»

Il cancelliere annunciò l'udienza successiva e Yuki si avviò insieme a Deirdre verso l'uscita. Charlie Clapper, che era in piedi accanto alla porta, le toccò una spalla e le disse: «Brava».

Yuki lo ringraziò e proseguì, spinta dalla massa di persone che defluivano dall'aula.

Come previsto da suo marito e dalla sua assistente, era uscita vittoriosa.

E ne era felice.

59

Cindy aveva assistito all'udienza in piedi dietro l'ultima fila di posti, da dove vedeva tutta l'aula C2 sopra le teste degli spettatori seduti in galleria.

Appena la giudice Kahn dichiarò l'inammissibilità della libertà su cauzione per Burke, Cindy uscì dall'aula e si piazzò nel corridoio di fronte alla porta a due battenti. Il cameraman Jonathan Samuels, alle sue spalle, aveva già cominciato a riprendere la gente che affollava il corridoio.

Cindy si aggiustò i capelli, si raddrizzò il colletto e strinse le labbra.

Yuki stava per uscire dall'aula. Cindy trovava che avesse dimostrato di essere una grande professionista, mettendo all'angolo Newton Gardner e raggiungendo tutti gli scopi che si era prefissa.

La porta si aprì e le persone che iniziarono a uscire ostruirono la visuale a Cindy, che alzò lo sguardo verso Samuels, più alto di lei di tutta la testa.

«Jonny!»

«Fatti sotto, io ti seguo.»

Cindy si fece largo sgomitando, individuò Yuki e la chiamò.

Yuki si voltò e le sorrise, raggiante. Entrambe sollevarono la mano destra per battere i palmi uno contro l'altro. Samuels iniziò il conto alla rovescia sulle dita: cinque, quattro, tre...

Guardando la telecamera, Cindy disse: «Abbiamo qui il sostituto procuratore distrettuale Yuki Castellano, che ha appena chiesto e ottenuto il rinvio a giudizio di Lucas Burke, insegnante di letteratura inglese alla Sunset Park Prep, accusato di aver ucciso la moglie e la figlia. La richiesta di libertà provvisoria su cauzione è stata respinta dalla giudice Vivian Kahn e Lucas Burke rimarrà in carcere in attesa di giudizio. Procuratore Castellano, vuole rilasciare un commento per i nostri lettori?»

«Certo, Cindy. In breve, è stata una giornata positiva per il popolo dello Stato della...» Non finì la frase perché dall'aula arrivò di corsa Kathleen Wyatt, agitatissima, con lo sguardo da pazza, un berretto in testa e una casacca rossa sopra i leggings. Le gettò le braccia al collo. «Grazie, dottoressa Castellano. Grazie!» esclamò.

Poi, piangendo lacrime di commozione, posò la testa sulla spalla di Yuki.

Cindy si avvicinò. «Kathleen, sono io, Cindy Thomas. Vuole fare una dichiarazione davanti alla telecamera?»

Kathleen annuì energicamente e si asciugò gli occhi con il dorso della mano. Yuki, intanto, sgattaiolava via.

Cindy si rivolse nuovamente all'obiettivo: «Abbiamo qui Kathleen Wyatt, madre di Tara Burke e nonna di Lorrie Burke. Kathleen?»

Cindy mise il microfono sotto il naso della povera donna sconvolta.

«Vorrei dire soltanto che mia figlia Tara non festeggerà mai il suo ventunesimo compleanno, né mia nipote Lorrie il secondo, ma sapere che Lucas Burke è in prigione mi scalda il cuore. Vorrei ringraziare l'SFPD e la procura distrettuale per tutto quello che hanno fatto.»

Samuels spense la telecamera e Cindy si congedò dalla donna in rosso.

Quando Kathleen si fu allontanata, Cindy disse: «Wow, neanche a farlo apposta! Hai filmato abbastanza materiale per un servizio? Se necessario, chiamo Yuki e le facciamo qualche altra domanda da sola fuori, in strada».

In quel momento vide arrivare Newton Gardner con aria trionfante, circondato da giornalisti.

L'avvocato si fermò e si rivolse alla stampa.

«Quello cui avete appena assistito è un classico esempio di pressappochismo da parte della polizia e di precipitosità dell'apparato giudiziario. Il mio cliente ha subito due lutti di una gravità inenarrabile e si è dichiarato 'non colpevole' dei reati ascrittigli. Le accuse contro di lui sono infondate e noi lo dimostreremo. Come tutti i cittadini, il mio assistito ha diritto a un processo imparziale davanti a una giuria popolare. Non ho altro da dichiarare. Grazie.»

«Volevi la conclusione perfetta per il nostro servizio? L'hai avuta» disse Samuels a Cindy.

60

Uscii dall'aula, presi le scale antincendio per evitare la folla nel corridoio e raggiunsi Yuki sul pianerottolo del secondo piano.

Il mio abbraccio la colse di sorpresa e per poco non rotolammo giù dalle scale tutte e due. Mi afferrai alla ringhiera, salvando entrambe dal ruzzolone, e scoppiammo a ridere.

«Con i tacchi alti non si scherza» disse Yuki scuotendo il dito con aria severa.

«Scusa» replicai. «Sei stata bravissima, Yuki. Hai surclassato quel verme di Gardner.»

«L'importante è avergli impedito di ottenere il rilascio di Burke su cauzione. Hai visto Brady in galleria?»

«No. Andiamo a cercarlo adesso.»

Yuki guardò l'ora. «Okay. Andiamo» rispose.

Si tolse le scarpe e, tenendole in una mano, salì con me al quarto piano. Entrando alla Omicidi vedemmo subito che Brady era in ufficio con due persone.

«Ci sono Cindy e il suo cameraman» disse Yuki. «Io mi defilo. È meglio se intervista Brady senza di me. Che ne dici di vederci da MacBain's a fine giornata, bere un paio di birrette e chiacchierare un po'?»

«Ottima idea.»

MacBain's, dove andavamo spesso a bere birra e mangiare hamburger, era comodissimo per me, Yuki e Claire, e non troppo distante per Cindy.

Alle sei ero già con Claire e Yuki a un tavolo contro il muro, fra la vetrina e il vecchio jukebox. Claire aveva aperto sul cellulare l'articolo di Cindy e lo stava leggendo ad alta voce con grande soddisfazione di Yuki. Pensai che Cindy era in ritardo come al solito e, neanche a farlo apposta, in quel momento la vidi entrare nel pub.

Si guardò intorno un attimo prima di individuare il tavolo con noi tre che ci sbracciavamo. Era carica di borsa, valigetta del computer, scanner radio e videocamera e le ci vollero un paio di minuti per sistemarsi.

Sydney MacBain le portò una Samuel Adams e rabboccò la ciotola delle patatine.

« Yuki, ho saputo che l'udienza è andata bene. Complimenti » disse Sydney.

« Grazie. La strada è ancora lunga, ma se non altro Burke è dentro. »

Dopo un brindisi a Yuki, le mie amiche ne fecero uno anche a me. Bevemmo lunghe sorsate e, dopo aver posato il boccale, dissi: « Vi ricordate quando facevamo una vita 'normale'? » Mimai le virgolette. « Quando il sabato e la domenica non si lavorava e c'era il tempo di leggere un libro, andare a correre, suonare la chitarra... »

Le ragazze mi guardarono come se fossi impazzita.

« Cosa ho detto di strano? »

« Quand'è stata l'ultima volta che hai suonato la chitarra, tesoro? » ribatté Claire.

« Be', sarò un po' arrugginita, ma so ancora suonare! »

Risero tutte, ma Claire più delle altre, perché sapeva che erano anni che non prendevo in mano una chitarra.

A furia di ridere, a Yuki andò di traverso la birra. Mentre tossiva, sul tavolo scese improvvisamente un'ombra. Alzai la testa per vedere cos'era e rimasi sbalordita: era mio marito Joe. Non veniva mai da MacBain's. Come mai era lì?

« È successo qualcosa a Julie? » chiesi, in preda all'ansia.

« No. Sta benissimo. È in macchina con la signora Rose » rispose. Salutò le mie amiche, poi mi disse: « Amore, ho provato a chiamarti, ma eri irraggiungibile ».

« Joe, lo sai che qui vige la regola di spegnere il cellulare. »

Joe sorrise, ma dietro la sua espressione divertita colsi qualcos'altro che non riuscii a decifrare.

« Hai un minuto? » disse. « Ho bisogno di parlarti. Non qui. »

« Certo, okay. » Guardai le altre. « Mi sa che devo andare » dissi. Posai dieci dollari sul tavolo e seguii Joe che mi tenne la porta e, appena fummo fuori dal locale, disse: « Mi ha chiamato Berney ».

61

Joe aveva parcheggiato all'angolo.

Aprì le portiere con il telecomando e vidi Julie e la signora Rose sedute dietro. Mu De Lattis era comodamente stesa sulle ginocchia di Julie, che aveva le cuffie ed era assorta in un gioco sul tablet. Quando aprii la portiera e mi avvicinai per baciarla, alzò appena la testa.

«No, mamma. Sto contando le galline.»

Quel videogame era diventato una fissazione, ma mi pareva innocuo. «Okay, okay» dissi.

Le soffiai un bacio sulla punta delle dita e salutai con la mano la signora Rose.

«Grazie, Gloria.»

Lei fece l'occhiolino. «È un piacere» replicò.

«Joe, cos'ha detto Berney?» chiesi sottovoce a Joe.

«Tante cose, Lindsay. Troppe.»

«Sono pronta. Dimmi.»

«Calma, calma. Un attimo di pazienza.»

«Scusa.»

«Okay. Prima di tutto, ha detto che Evan Burke ha cambiato nome una quindicina di anni fa, dopo che moglie e figlia sono scomparse, e adesso si chiama Jake Winslow. Abitava con loro nella contea di Marin. Lucas se n'era già andato di casa.»

«Per andare all'università, intendi.»

«Sì, e alla scuola di specializzazione. Dunque, dopo la scomparsa e la morte presunta di moglie e figlia, Burke padre vende la casa – quattro camere da letto, vista mare – e si trasferisce non si sa dove. Recentemente è stato localizzato nella zona del monte Tamalpais, dove Berney dice che si è rifatto una vita off grid. Lascia pochissime tracce di sé, sia con il vero nome che con quello falso, usa solo contanti...»

Burke senior doveva per forza vivere off grid, se non voleva farsi trovare. La Mill Valley è abitata da gente ricca, ma proseguendo verso nord fra i boschi del monte Tamalpais si incontrano paesini dove si sono stabiliti molti anticonformisti, nostalgici degli anni Sessanta e Settanta, desiderosi di tenersi il più possibile alla larga dall'establishment.

Joe continuò. «La casa di Burke padre non è su Google Earth, ma Berney l'ha identificata grazie ai droni. È in mezzo al bosco. Guarda qua.» Mi mostrò il cellulare. «Un bungalow di legno in fondo a uno sterrato senza sbocco.»

«Mmm. Niente di che.»

«Ci sono parecchi casotti di questo tipo nella zona, perlopiù usati dai cacciatori, senza indirizzo. Probabilmente si fa mandare l'eventuale corrispondenza a una casella postale. E senti questa: si è fatto una plastica facciale.»

«Perché uno dovrebbe cambiare connotati e trasferirsi in mezzo a un bosco, se non perché ha qualcosa da nascondere? Abbiamo una foto di Evan Burke con la faccia nuova?» commentai.

«Te l'ho mandata, Biondina» rispose mio marito. «Basta che riaccendi il telefono...»

«Grazie» dissi dandogli un pugno scherzoso sulla spalla, e presi il cellulare dal taschino.

«Mmm» dissi. La foto ritraeva un uomo che attraversava una strada al tramonto. Il viso era bello, ma anonimo.

«Non ha segni caratteristici, mi pare. Circa uno e ottanta, una gran testa di capelli scuri. Giovanile, per la sua età. Quanti anni potrebbe avere? Una sessantina, giusto?»

«Sì. Probabilmente si tinge i capelli, per enfatizzare l'effetto lifting.»

«Mezzi di trasporto?»

«Ha avuto un cabinato, a un certo punto» rispose Joe. «Una di quelle barche su cui si può anche vivere. Può darsi che lo abbia ancora.»

«Fa di tutto per mantenere l'anonimato» commentai. «Secondo te, si è reinventato per elaborare il lutto, o si nasconde perché è un assassino?»

«Lindsay, se sono venuto a cercarti subito è perché, secondo Berney, Burke si trasferisce dopo ogni omicidio. È possibile che stia per prendere il volo, o che sia già chissà dove. Berney non mi ha saputo dire altro» replicò Joe.

«Quindi tu pensi che si nasconda perché è un assassino e che stia per scappare.»

«L'unica cosa che sappiamo, o che crediamo di sapere, è che attualmente è a piede libero. Se intervenite subito, forse riuscirete a beccarlo. Non si aspetta una visita dell'SFPD.»

«Capito. Ne parlo con il capo. Grazie, Joe.»

«Prego. Magari poi ringrazia anche Berney.»

Mentre dal sedile posteriore continuava ad arrivare il chiocciare rassicurante delle galline elettroniche di Julie, mi avvicinai a Joe, lo abbracciai e gli diedi un bacio sulla guancia.

Chiesi un bacino alla contagalline seduta dietro, poi ringraziai e salutai la signora Rose.

«Sei troppo lontana, non ci arrivo!» disse Julie.

Scesi dall'auto, aprii la portiera posteriore e dissi: «Io vado, tesoro».

Mia figlia mi gettò le braccia al collo e mi diede il bacio che le avevo chiesto.

«Sii prudente» mi raccomandò Joe. «Ricordati che è un pazzo furioso.»

«Ne parlo con Brady.» Battei la mano sulla fondina. «A più tardi.»

Tornai alla Corte e salii in ufficio. Brady era al telefono quando mi sedetti di fronte a lui e si congedò dalla persona con cui stava parlando: «Anch'io ti amo».

Chiusa la telefonata con Yuki, ascoltò il mio resoconto delle novità riferite dal misterioso informatore di Joe.

«Dobbiamo andare a controllare. Aggiorna Conklin, mentre io faccio qualche telefonata» disse alla fine.

62

Rich Conklin era solo alla scrivania.

Mi sedetti sulla poltroncina girevole che negli anni, sotto il mio peso, aveva preso la mia forma, allungai un braccio e spinsi da una parte tutta la roba di Sonia Alvarez: occhiali da sole, thermos, una pila di fogli, un fermacarte di vetro e varie penne. Poi incrociai le braccia e mi appoggiai nello spazio che avevo liberato.

Alzai gli occhi e vidi che Conklin rideva sotto i baffi.

« Cosa c'è? »

« Se tu fossi un po' meno prevenuta, andreste d'accordo. »

« Perché dici così, Rich? Non ho niente contro di lei. È qui da quanto? Una settimana? Un giorno di questi la invito a pranzo, okay? Avevo solo bisogno di spazio per appoggiarmi. »

« Le piace molto come si lavora qui... »

« A proposito di lavoro, ci sono delle novità. » Guardai l'ora, poi guardai di nuovo Rich. « Urgenti. »

« Sentiamo. »

Gli riferii tutto quel che mi aveva detto Joe, tranne il nome dell'informatore. Gli dissi che Evan Burke aveva cambiato nome e connotati, che secondo la fonte di Joe stava per trasferirsi, che contro di lui avevamo soltanto la teoria del figlio – non verificata e strumentale ai fini di quest'ultimo – secondo cui Burke senior era un serial killer.

Gli dissi che stavamo per andare a stanarlo.

Conklin si fece serio, e io anche. Avevo smesso di pensare alla chitarra.

« Chiama Alvarez. Dille che abbiamo bisogno di lei. Sarà pronta per questo... battesimo del fuoco? »

« Sicuramente. »

Alle otto di sera tutti i componenti della task force erano davanti alla Corte.

Brady ci fece un briefing sotto un lampione, chiarendo che il nostro obiettivo era trovare Evan Burke e portarlo in centrale per interrogarlo ufficialmente. « Vogliamo prenderlo senza sparare un colpo né sfondare una porta. Ma se sarà necessario, faremo anche quello. »

Poi Brady salì su un furgone assieme a Cappy, Alvarez e altri due agenti esperti in operazioni tattiche.

A Conklin e a me diedero un'auto senza contrassegni, con canale radio dedicato e sistema di navigazione hi-tech, e un giubbotto antiproiettile con microfono incorporato. Conklin si offrì di guidare e io accettai volentieri di fare da navigatrice per andare in un posto dove non ero mai stata. Il capitano Brevoort aveva ordinato ai responsabili delle indagini su Wendy Franks di venire con noi, mentre Paul Chi era rimasto a coordinare l'operazione dall'ufficio di Brady.

Adesso che la missione stava entrando nel vivo, oscillavo fra l'entusiasmo e un'emozione che assomigliava parecchio alla paura.

La task force si stava muovendo sulla base di informazioni di seconda mano fornite da me. Se Berney aveva parlato a vanvera, la responsabilità di eventuali feriti o vittime, o anche solo di aver fatto fare un giro a vuoto a tutta la task force, sarebbe stata mia.

Se invece le informazioni di Berney erano fondate, stavamo per affrontare un pericoloso assassino senza avere gli estremi per arrestarlo e, se quell'assassino era Evan Burke, alias Jake Winslow, ci dovevamo aspettare spietatezza e brutalità: aveva ucciso la moglie, la figlia, la nuora, la nipote e l'amante del figlio. E non solo: secondo Lucas Burke, il padre aveva ucciso molte più donne di quelle di cui lui era al corrente.

Se Lucas Burke diceva la verità, avevamo l'occasione di catturare un serial killer psicopatico, salvando molte vite e chiudendo numerosi casi irrisolti. Sarebbe stata una grande soddisfazione.

Se invece fosse andato storto qualcosa, quella spedizione sarebbe potuta finire in tragedia.

63

Alle 20.15 avviammo i motori e partimmo.

Conklin conosceva la strada e io, momentaneamente libera dal compito di navigatrice, mi ritrovai a pensare al cadavere della bambina dai capelli rossi e a quello gonfio e mangiato dai pesci di sua madre, trattenuto nell'abitacolo di una Volvo rossa dalla cintura di sicurezza. Mi sembrava di sentire ancora l'abbraccio di Misty Fogarty uscendo dal Comfy Corner Diner, quattro ore prima di imbattersi nel mostro che l'aveva sgozzata.

Avrei voluto che Conklin andasse più veloce. Proiettandomi nel futuro, mi vedevo già al suo fianco sulla porta di Evan Burke e speravo che questi facesse una scenata offrendoci il pretesto per arrestarlo per resistenza a pubblico ufficiale, ammanettarlo, caricarlo in macchina e poi sottoporlo a ore e ore di interrogatorio.

« Lindsay? » disse Conklin.

« Sì? »

« Ti ho chiesto se vuoi che ci fermiamo a prendere un caffè. »

« No, grazie, Rich. Andiamo. »

Non vedevo l'ora di scoprire se Lucas Burke, detenuto in attesa di giudizio nel carcere della Corte, era stato incastrato dal padre, che aveva cambiato nome e connotati e viveva in un bungalow talmente sperduto che non compariva nemmeno su Google Earth.

In soli quindici minuti il nostro piccolo corteo di auto attraversò il Golden Gate Bridge ed entrò a Sausalito. Appena fummo nella contea di Marin, Brady ci fece partecipare alla chiamata con la quale avvertì il capitano Geoffrey Brevoort che eravamo entrati nel territorio di sua competenza.

«Capitano, dobbiamo interrogare un presunto serial killer. Appena lo avremo trovato, glielo farò sapere.»

Imboccata l'uscita 445B dell'autostrada, superammo il Commodore Dock e un porticciolo sulla nostra destra con dieci o dodici case galleggianti e un paio di idrovolanti che dondolavano sul pelo dell'acqua. Non vidi nessun cabinato, ma poteva darsi che Burke senior fosse uscito in mare a bordo della sua imbarcazione.

Proseguimmo per parecchi chilometri, attraversando varie frazioni di Mill Valley, poi la strada cominciò a inerpicarsi fra i boschi portandoci sempre più lontano dalla civiltà.

A un certo punto chiamai Brady. Ci fermammo sul ciglio della strada e il furgone sul quale viaggiava si fermò dietro di noi. Scendemmo e, appoggiati al cofano, consultammo le mappe sui rispettivi telefoni studiando possibili itinerari lungo strade, asfaltate e non, che salivano tortuose sulle pendici del monte Tamalpais. Brady aveva le foto, scattate dai droni, del bungalow in cui presumevamo si trovasse Burke/Winslow. Era isolato, al centro di una piccola radura in mezzo ad alberi fitti che ci avrebbero offerto una buona copertura. Non c'erano altre case nel raggio di diverse centinaia di metri. Sicuramente avremmo colto Burke di sorpresa. Mi auguravo che acconsentisse a venire con noi alla Corte e pregavo Iddio che non ci fossero spargimenti di sangue. E, già che c'ero, chiesi all'Onnipotente anche un'altra cosa.

Che Evan Burke confessasse: «Sono stato io».

Brady volle fare un'ultima prova microfoni, poi allacciammo i giubbotti antiproiettile, risalimmo in macchina e ripartimmo, noi davanti e il furgone dietro. La strada diventava sempre più stretta. A un certo punto l'asfalto finì e proseguimmo su uno sterrato pieno di buche e di grosse radici finché non ci rendemmo conto che il fondo era troppo accidentato per il furgone. Brady vide che c'era una strada migliore, dove il furgone poteva passare, ma era a cinque minuti buoni dalla casa di Burke.

Dovevamo accontentarci.

Conklin imboccò uno sterrato ancora più stretto sulla destra, tenendo accese solo le luci di posizione. La nostra auto non era un fuoristrada, ma per fortuna aveva buoni pneumatici. Ci fu un attimo di incertezza quando ci accorgemmo di essere arrivati a un bivio.

Presi il microfono, mi consultai con Brady e decidemmo di prendere lo sterrato sulla destra; alla peggio, quelli del furgone avrebbero raggiunto il bungalow a piedi.

Nonostante la scarsa visibilità e il fatto che non conoscevamo la zona, il piano pareva ragionevole. Proseguimmo, mettendo in fuga animali notturni, pennuti e non, che schizzavano via spaventati al passaggio della macchina. Poi Conklin fece manovra in uno spiazzo e parcheggiò.

Chiamammo via radio il furgone e, mentre aspettavamo conferma che anche i colleghi fossero in posizione, osservammo il bungalow e i terreni di Burke/Winslow.

64

La radura era circondata da cinque o sei alberi di dimensioni e specie diverse, con il bungalow al centro e un ricovero per attrezzi da una parte.

Il bungalow sarà stato a dir tanto una quarantina di metri quadrati ed era troppo raffazzonato per essere un prefabbricato: sembrava più che altro una baracca costruita frettolosamente con materiali di recupero.

Forse era per questo che non risultava né al catasto né al fisco: era abusivo, e costruito su un terreno demaniale.

Speravo di trovare una macchina con relativa targa, ma non ce n'erano. Però, dietro i vetri, vidi il bagliore azzurrognolo di uno schermo e i riflessi di un fuoco acceso.

C'era qualcuno in casa.

Contattai Brady via radio, gli descrissi la situazione e dissi che stavamo per avvicinarci al bungalow.

«Pronto?» dissi poi a Conklin.

«Andiamo.»

Impugnammo la pistola e ci avvicinammo alla porta, ma quando fummo a cinque o sei metri di distanza si accesero dei potenti fari sotto lo spiovente del tetto.

La luce era talmente abbagliante che non vedevo più niente.

«Gettate a terra la pistola. Subito» tuonò una voce maschile.

Sulla veranda apparve un uomo. Controluce si distingueva solo la sagoma, ma vidi che impugnava un fucile mitragliatore con cui avrebbe potuto tranquillamente falciare sia me che Conklin.

Ed era colpa mia. Solo mia. L'idea era stata mia, la responsabile della squadra ero io e non c'era il tempo di trovare una via d'uscita.

«Questa è proprietà privata. Consegnatemi le armi» gridò l'uomo.

«Dipartimento di polizia di San Francisco» risposi. «Ora metto la pistola nella fondina e faccio un passo indietro.»

L'uomo in ombra dietro la luce dei fari disse: «Polizia? Perché non l'avete detto subito? Fatemi vedere le mani. Niente scherzi».

65

Riposi la pistola e mostrai a quel bastardo che ero a mani vuote.

Mentre Conklin faceva la stessa cosa, accesi il microfono in maniera che Brady sentisse quello che dicevamo.

«Niente paura» gridai. «Vogliamo solo parlarle. Perché non spegne quei fari, così ci vediamo in faccia?»

L'uomo armato di fucile mitragliatore tornò nel bungalow e azionò un interruttore. Le luci di sicurezza si spensero tutte tranne una. Eravamo a una ventina di metri dalla casa e riuscii a riconoscere l'uomo della foto che Berney aveva fatto avere a Joe. Continuava a tenere il fucile puntato su di noi.

«Dite quello che dovete dire e toglietevi dai piedi» disse l'uomo.

Mi presentai e gli chiesi di dichiarare le sue generalità.

«Winslow» rispose. «Jake Winslow. Siete qui per mio figlio?»

«Esatto» dissi.

Il cuore mi batteva all'impazzata, proprio nel punto verso il quale Evan Burke teneva puntata l'arma.

«Allora vi dico una cosa: non riuscirete a trovare neanche una prova contro di lui. È un genio del male, ama la teatralità ed è assolutamente privo di coscienza. È stato lui, comunque. Anni fa uccise sua madre e sua sorella, e adesso ha ucciso la moglie e la sua stessa figlia» replicò.

«Come fa a sapere che è stato lui?» gridai. «Ha un testimone? Una lettera? Una registrazione audio?»

«E voi?» ribatté. «Se mi volete credere, bene. Altrimenti, peggio per voi. A Lucas è sempre piaciuto uccidere, fin da quando era ragazzino. Ha cominciato con gli animali, naturalmente. E poi ha ammazzato mia moglie e mia figlia. Che io sappia, sono state le sue prime vittime.»

Gli si spezzò la voce, tossì, poi riprese. «Non so che cosa abbia fatto dei cadaveri. Forse ve lo dirà, in cambio di uno sconto di pena. A me non lo ha mai voluto dire. Lucas ha una mente malata ed è un bugiardo patologico. È stato lui a mandarvi qui, vero?»

«Parlando, è venuto fuori il suo nome» disse Conklin.

Burke fece una risata sprezzante.

«Sarebbe disposto a dichiarare ufficialmente ciò che ha appena detto riguardo a suo figlio?» continuò Conklin. «Possiamo portarla noi in centrale e poi riaccompagnarla qui. Servizio porta a porta, pensiamo a tutto noi. E così potrà dire di aver fatto il suo dovere civico.»

«Scordatevelo. Vi ho detto chi è stato, basta. Non voglio sapere altro, né di lui né di voi due. Andate via e non azzardatevi a rimettere piede nella mia proprietà, o sparo a vista, chiaro?»

66

Brady era in piedi in mezzo alla strada quando i fari della nostra macchina lo illuminarono.

Conklin si fermò accanto al furgone e Brady aprì la portiera dalla mia parte. «Raccontatemi tutto» disse. «A partire da quando vi ha visto.»

Gli spiegai che quando ci eravamo avvicinati si erano accese le luci esterne e gli descrissi l'uomo con il fucile mitragliatore che assomigliava alla foto di Evan Burke.

«Una faccia liscia e anonima, per quel che siamo riusciti a vedere» dissi. «Ha detto che suo figlio Lucas è un pluriomicida e che prima ha ucciso la madre e la sorella e adesso anche Tara e Lorrie. Ma lui, Evan, non ha nessuna prova per dimostrarlo.»

«Era troppo lontano da voi, non ho sentito quello che ha detto su Lucas» disse Brady.

«Ha detto che è uno psicopatico, ma è pure un genio, e non riusciremo mai a coglierlo in flagrante. E che secondo lui è colpevole» riferì Conklin.

«Comincio a pensare che siano psicopatici tutti e due» commentò Brady. «Sarà meglio risalire in macchina e sorvegliare le strade in zona, nel caso Burke tenti di fuggire.»

Cappy e Alvarez scesero dal furgone per sgranchirsi le gambe. Brady tirò fuori dal retro una borsa frigo e distribuì acqua e sandwich a tutti. Riuscii così a placare i morsi della fame, ma non la rabbia per essere stata cacciata da Burke.

Dopo esserci rifocillati, risalimmo in macchina per un appostamento che poteva durare anche tutta la notte. Calato il livello di adrenalina, mi sentivo demotivata, quasi depressa.

C'era un unico risvolto positivo in quella situazione.

Ero assieme a Conklin.

Come prima. E questo mi faceva piacere.

Quando, dopo un po', Rich mi diede una scrollatina per svegliarmi, esclamai: «Cosa c'è?»

«Una moto. Alvarez l'ha vista arrivare dalla casa di Burke. Allacciati la cintura.»

«Boxer, Conklin, seguite la moto. Senza lampeggianti né sirena. Non fatevelo scappare, mi raccomando» ordinò Brady via radio.

Partimmo e seguimmo la moto mantenendoci a una trentina di metri di distanza. Non c'erano altre auto per strada. Guardai nello specchietto retrovisore e vidi che il nostro furgone era dietro di noi.

A un certo punto la moto svoltò improvvisamente, imboccando una salita. Dove voleva andare? Stavo parlando alla radio con Brady quando da un altro sterrato vidi scendere una seconda moto. Probabilmente su una c'era Burke e l'altra era un diversivo per depistarci. La seconda moto imboccò la Route 1 in direzione sud, verso il ponte. Conklin accelerò e la superò. Mentre gli passavamo accanto, il centauro mimò il gesto del camionista che tira la catenella per azionare il clacson.

Aveva il viso quasi completamente coperto dal casco e dagli occhiali, ma si vedeva la bocca, e rideva.

Quando lo vidi imboccare Morton Road, capii che ci aveva presi in giro. Dopo tutta la fatica che aveva fatto per portare il furgone fin lì, Brady fece inversione per tornare indietro.

Via radio ci arrivò la sua voce.

« La casa è vuota. Ho lanciato un sasso contro una finestra e nessuno ha reagito. Non si sono accese luci, non è scattato nessun allarme, non ci sono state esplosioni. Ho aperto la porta e ho dato un'occhiata dentro. Non c'era nessuno. Lo stronzo ci sta prendendo in giro. »

La cosa non mi sorprese minimamente.

Brady proseguì. « Dove siete? »

« Siamo quasi al porticciolo, prima del ponte » risposi. « Andiamo a dare un'occhiata. »

Il capitano del porto era in un piccolo ufficio con tante finestre. Sessantenne, scarmigliato, allegro e chiacchierone, disse di chiamarsi Monty McAllister. Sì, certo, conosceva Jake Winslow, disse. Teneva la barca ormeggiata lì al porticciolo, ma erano settimane che non lo vedeva.

« No, stasera in moto non è arrivato nessuno. Proprio nessuno. »

Conklin gli chiese di mostrarci la barca di Winslow.

« Venite con me » disse McAllister.

Ci mostrò un Century Boats 30 Express in buone condizioni, che si chiamava *Lucky Strike* ed era decisamente vuoto.

Tornammo alla nostra macchina e riferimmo a Brady, che disse: « Rimanete lì. Potrebbe farsi vivo in qualsiasi momento ».

In qualsiasi momento, ma non quella notte: passarono le ore e a est il cielo cominciò a rischiararsi mentre i primi raggi di sole illuminavano i piloni del celebre ponte. McAllister ci portò il caffè e rimanemmo in macchina ad aspettare fino alle otto del mattino.

Brady chiamò. «Novità?» chiese.

«Nessuna, capo.»

«Nemmeno qui. Burke non è tornato a casa. È sparito.»

67

Cindy Thomas era al volante e Jonny Samuels sonnecchiava seduto accanto a lei.

Stavano attraversando il Golden Gate Bridge diretti al monte Tamalpais con un obiettivo preciso: intervistare Evan Burke o qualcuno che lo conosceva, ricavarne un articolo con notizie verificabili, una citazione memorabile e, se possibile, un bello scatto di Burke che parlava con lei.

Il fatto di essere l'unica giornalista con una pista da seguire la riempiva di soddisfazione. Ben quattro fonti affidabili alla Corte di Giustizia le avevano detto e confermato che Lucas Burke sosteneva che a uccidere Tara e Lorrie fosse stato suo padre Evan e sospettava che lo stesso Evan avesse ucciso anche Wendy Franks, Misty Fogarty e Susan Wenthauser e addirittura la propria moglie e figlia. Nel carcere al sesto piano, Lucas diceva a tutti che suo padre era un serial killer e stava cercando di far ricadere su di lui le proprie colpe.

Stando a quel che le era stato riferito, però, Lucas non era in grado di dimostrare le proprie accuse contro il padre.

Era una vicenda clamorosa, destinata a far scalpore e magari anche a diventare un film. *Sempre che la storia del padre assassino fosse vera.*

La versione dei fatti di Lucas Burke era trapelata e, come gas che fuoriesce da una falla in un gasdotto, aveva scatenato l'inferno. Il blog di Cindy era stato inondato di messaggi e accuse sia contro Evan che contro Lucas. I lettori si erano schierati chi con il padre, chi con il figlio. Cindy aveva pubblicato alcuni post ragionati e ben scritti, precisando che i commenti dei lettori non riflettevano la posizione ufficiale del *Chronicle*.

Facendo un po' di ricerche e di telefonate ad amici che lavoravano in vari uffici amministrativi della Corte di Giustizia, aveva appreso un'informazione che poteva verificare personalmente, ovvero che Evan Burke forse abitava a Sausalito, sulle pendici del monte Tamalpais.

Purtroppo non era riuscita a farsi dare conferma da una fonte più affidabile, tipo il suo compagno Rich Conklin o le sue amiche Lindsay Boxer e Yuki Castellano e il marito di questa, Jackson Brady, ma se non altro aveva una pista da seguire. E su quella pista aveva lavorato tutta la mattina, percorrendo in lungo e in largo la zona del monte Tamalpais, bussando a tutte le porte nella speranza di trovare qualcuno che conoscesse Evan Burke.

Per l'occasione si era messa un bel vestito scuro che le arrivava sotto il ginocchio e una giacca blu.

Ma, nonostante il look serio e il piglio professionale, veniva trattata come una venditrice porta a porta.

Appena diceva che lavorava per il *San Francisco Chronicle*, le sbattevano la porta in faccia.

Era andata così per tutta la giornata.

Era terribile. Cindy sapeva che quei vecchi montanari diffidavano sopra ogni cosa dei giornalisti che fabbricavano « fake news ». Questo la turbava e nello stesso tempo la motivava. Era sicura di poter convincere qualcuno a parlare, e poi Samuels era una compagnia gradevole e, in caso di necessità, l'avrebbe difesa.

Uno e novanta di statura, cento chili di peso, cintura nera di karate, Samuels incuteva timore.

Ma per il momento Cindy lo lasciò dormire.

A casa aveva studiato la mappa e l'aveva mostrata a Richie, che aveva scosso la testa. «Lo sai che non ti posso aiutare. Sei talmente ficcanaso...»

«Professionale» lo aveva corretto lei.

«... che ho imparato a bloccare il telefono. Solo che questa volta mi sono dimenticato.»

Poi Rich aveva detto: «Se in questa storia c'è qualcosa di vero, stai andando a stuzzicare un serial killer, Cindy. Potresti finire nei guai. Guai seri. Sei il suo tipo».

«E cioè?»

«Uccide le donne. Carine. Non molto alte. Con un bel collo. Non citarmi, mi raccomando.»

«E il tuo tipo qual è?»

«Lo stesso. Vieni qui, che ti mordo il collo.»

Cindy aveva apprezzato l'avvertimento di Rich e non era né stupida né imprudente. Era convinta che, se fosse riuscita a individuare Evan Burke, lo avrebbe fatto parlare.

Cindy guidava e intanto studiava la zona con la sensazione di essere ormai vicina alla meta. La densità della vegetazione e lo sterrato alla sua destra assomigliavano molto alla location che aveva sbirciato sul telefono di Rich. Mise la freccia, accostò sul ciglio di Morton Road e si guardò intorno.

Lo sterrato era sconnesso, ma un po' più largo degli altri. Rimise in moto la Acura, innestò la marcia e affrontò la salita. Slittando e sobbalzando, arrivò a un bivio. *Sinistra o destra? Testa o croce?*

Scelse la destra.

Samuels si svegliò.

«Dove siamo?»

«Non ne ho idea. Su una via senza nome.»

Dopo qualche centinaio di metri, la strada sboccava in una radura al centro della quale c'era una strana casetta sbilenca senza tende alle finestre o vasi di fiori o anche soltanto una corda per stendere il bucato.

Cindy ne dedusse che ci viveva un uomo solo.

Tirò il freno a mano. «Per piacere, resta qui, ma non perdermi di vista. Non ho intenzione di entrare, ma è meglio essere prudenti» disse a Samuels.

«Capito» replicò Samuels. Si sfregò le mani e aprì il finestrino.

Cindy scese dall'auto, attraversò il piccolo spiazzo coperto di ghiaia e salì i due gradini della veranda. Silenzio assoluto. Né un cane che abbaiava, né musica. Nessuna macchina o moto nei pressi della casa. Era sicura che non ci fosse nessuno.

Bussò ugualmente e aspettò.

Bussò di nuovo. «C'è nessuno?» gridò.

Non ottenendo risposta, infilò un biglietto da visita nello stipite della porta sperando che qualcuno lo trovasse e le telefonasse.

Tornò in macchina, ripercorse lo sterrato in discesa, arrivata in fondo svoltò a sinistra e pochi minuti dopo arrivò a una casa nel bosco molto diversa dalla precedente.

Anche questa in mezzo agli alberi, era di legno, con un

giardino ben curato, una carriola trasformata in vaso per i fiori e un SUV ultimo modello parcheggiato davanti.

I proprietari di quella casa erano sicuramente più disposti a farsi intervistare e forse anche a darle una mano.

Cindy sentì musica jazz in sottofondo e, sbirciando dalla finestra del soggiorno, vide un gatto rosso che la osservava accoccolato sullo schienale di un divano.

Una donna ben vestita, capelli biondo platino, le aprì con un sorriso. «Buongiorno. Desidera?»

«Buongiorno. Sono Cindy Thomas del *Chronicle.* Sto scrivendo un articolo sui recenti omicidi a San Francisco e un residente di questa zona è...»

«Vaffanculo» disse la donna e le sbatté la porta in faccia.

«Ehi!» esclamò Cindy.

Samuels stava per scendere dalla macchina. Cindy gli fece segno di restare dov'era e bussò di nuovo.

Per tutta risposta, il volume della musica si alzò. Il gatto continuò a guardare Cindy finché lei non si allontanò dalla porta per risalire in macchina e rimettere in moto.

«Odiosa» commentò Samuels quando Cindy gli ebbe raccontato com'era andata. «Vuoi che le tagli le gomme?»

«Sono le gioie del nostro mestiere.»

Samuels rise. «Assolutamente sì. Dove andiamo adesso?»

«Scendiamo a valle, attraversiamo il ponte e torniamo in redazione. Ritenteremo e saremo più fortunati.»

68

Non era ancora l'alba ed ero a letto con Joe. Eravamo svegli e chiacchieravamo, al buio.

«No, certo, mettiti quello. Mi piaci in rosso» disse Joe.

Non potei fare a meno di ridere. Il vestito di cui stavamo parlando era l'abito da sera rosso, di seta, che avevo comprato circa dieci anni prima e che mi andava ancora a pennello, nonostante la gravidanza. In tutto, me lo ero messo forse quattro volte.

E di sicuro la quinta non sarebbe stata quel giorno.

Berney era a San Francisco e aveva delle informazioni confidenziali e riservate per Joe. La sera prima, quando si erano accordati al telefono su dove incontrarsi, io ero seduta sul divano accanto a Joe, abbastanza vicino da sentire.

«Lo voglio conoscere» avevo mormorato.

Joe aveva scosso la testa.

Avevo insistito annuendo con enfasi e Joe aveva detto al misterioso Berney: «Lindsay vuole conoscerti».

Con nostra grande sorpresa, Berney aveva risposto: «Posso venire a casa vostra».

«Ottimo. Domani mattina alle sei e mezzo?» aveva replicato Joe.

Sul soffitto lampeggiava l'ora proiettata dalla sveglia di Joe: le cinque e un quarto.

«Vuoi fare la doccia per prima, o vado io?»

«Vado io» risposi. «Sono più veloce.»

Dopo essermi lavata, aprii la porta della camera di Julie e vi feci entrare Martha in modo che non ci disturbasse. Julie aprì gli occhi e mi chiese: «Hai fatto un brutto sogno?»

«No, sono venuta a vedere come stavi e a rimboccarti le coperte. Dormi» le dissi. «È molto presto.»

Julie sbadigliò. «Come mai sei già alzata?» chiese.

«Sta per arrivare un vecchio amico di papà. Tu e Martha tornate pure a dormire.»

La nostra vecchia border collie saltò sul letto e Julie la abbracciò. Fine del discorso.

Uscii dalla stanza in punta di piedi, preparai la macchina del caffè e tirai fuori dal congelatore un sacchetto di muffin. Accesi il forno e la tv per sentire le notizie del primo mattino. A distanza di un mese, gli omicidi irrisolti di Tara e Lorrie Burke, Misty, Wendy e Susan erano ancora fra le notizie di apertura. Vidi un'inquadratura di Brady e me che parlavamo con Cindy davanti alla Corte di Giustizia, poi Yuki che diceva che Lucas Burke sarebbe stato processato per l'omicidio della moglie e della figlia. Sullo schermo apparvero le foto delle due vittime.

Straziante.

Se solo fossimo stati certi di aver arrestato il vero colpevole...

Mi augurai che le informazioni di Berney potessero aiutare Yuki in fase dibattimentale.

Joe uscì dal bagno rasato di fresco e vestito più o meno come me: jeans e camicia di cotone bianca. Sistemò i muffin in una teglia e li mise nel forno ormai caldo.

Mi sono abituata al fatto che Joe sia più casalingo di me e sono contenta che sia così. Sono contenta di tutto, quando si tratta di Joe.

« Berney è il nome di battesimo o il cognome? » gli chiesi.

« Non lo so. Potrebbe benissimo essere un falso nome, ma si fa chiamare così e io mi adeguo. »

Alle sei e mezzo in punto suonò il citofono. Joe disse a Berney di prendere l'ascensore e, pochi minuti dopo, aprì la porta al misterioso agente segreto che si faceva chiamare Berney e basta.

Era molto diverso da come me lo aspettavo.

69

Avevo immaginato un uomo trasandato, stile spia da Seconda guerra mondiale. Invece Berney era sui quarantacinque, alto circa uno e settanta, capelli biondi radi, occhiali con la montatura di metallo, pantaloni beige e un maglione rosa che nascondeva solo in parte la pancia.

Insomma, più che un agente segreto del secolo scorso sembrava un moderno pastore protestante di mezz'età.

Quando fummo tutti e tre seduti al tavolo della cucina, esordì dicendo: «Lindsay, ci siamo appena conosciuti e non vorrei che ti offendessi, ma ti avverto che con me parlare del più e del meno è tempo sprecato perché non posso dirti dove lavoro, dove abito, o quali sono i miei passatempi preferiti. Niente di quello che sto per dirvi potrà essere attribuito a me. Non andrò a testimoniare, non rilascerò dichiarazioni. Qui lo dico e qui lo nego, insomma».

«Ho capito» replicai. «E ti ringrazio per l'aiuto.»

«Tutto okay, Joe?» disse Berney.

«Okay.»

«Bene. Allora...» Berney accettò un muffin e prese il caffè senza zucchero né latte. «Fate conto che questa sia una cartolina dal fronte. Un amico della CIA ha sentito Evan Burke raccontare a un tipo che suo figlio Lucas aveva detto alla polizia di essere l'autore degli omicidi, e gli ha sentito fare il commento seguente: 'Luke è intelligente, ma meno di quanto creda'.»

«Ha detto praticamente la stessa cosa anche a me davanti al bungalow sul monte Tamalpais» replicai. «Lo ha definito psicopatico e lo ha accusato di aver ucciso la madre e la sorella. Devo dire che l'ho trovato piuttosto convincente.»

«Evan Burke *è* convincente» confermò Berney. «È uno dei segreti del suo successo. Insieme al fatto che è stato addestrato nelle forze speciali.»

Guardai Joe, seduto di fronte a me. Quella delle forze speciali era una novità.

«Sono decenni che lo teniamo d'occhio» continuò Berney. «È soprannominato il Fantasma di Catalina, oppure Quicksilver, perché non commette errori e non si fa mai beccare. Non siamo mai riusciti a trovare una sola prova contro di lui. Adesso vengono fuori di colpo tutti questi nuovi casi. Burke non ha un'unica tecnica. Qualche volta strangola le sue vittime, a volte usa armi da fuoco: la costante è l'assenza di indizi e prove. E di violenza sessuale. Non lascia tracce.»

Annuii pensando alle foto del cadavere di Misty Fogarty.

«Sulle vittime avete mai notato ferite non letali al torace? Piccoli tagli grossi all'incirca come una moneta?»

«No. Mai. Può darsi che sia una novità. È possibile. In fondo aveva già la lama in mano...»

Ripensai alla definizione data da Claire dopo l'autopsia di Wendy Franks e Misty Fogarty. Secondo lei, quei tagli superficiali erano «scarabocchi da serial killer».

«Che cosa pensi di Lucas Burke?»

Berney si strinse nelle spalle. «Su Evan so più di quel

che vorrei e continuo a non avere una teoria. Di Lucas non mi sono mai occupato. Ma il motivo per cui sono venuto a trovarvi è che ho una cosa per te, Lindsay.» Infilò la mano sotto il pullover e tirò fuori dal taschino della camicia una piccola busta beige. «È materiale che avevi tu, Joe, d'accordo? Dai tempi in cui lavoravi nel settore.»

Porse la busta a Joe, che disse: «Cosa ne devo fare?»

«Potrebbe servire a una persona che ti è molto cara. Altrimenti, brucia tutto e spargi le ceneri al vento. Viene dagli archivi del Pentagono» spiegò Berney. «Risale a quindici anni fa, dopo la scomparsa della moglie di Burke, Corinne, e della loro figlia Jodie. Non ci sono copie digitali e non è in nessun database noto.»

Presi in mano la scheda con le impronte digitali delle dieci dita e la foto di Evan Burke a diciotto anni, quando era entrato nei Berretti verdi.

«Non possiamo usare queste impronte senza coinvolgerti» dissi a Berney. «Ma possiamo confrontarle con impronte che ancora non sono state attribuite a nessuno. Per esempio, quelle rilevate sull'auto di Misty Fogarty.»

Berney annuì.

Proseguii con le ipotesi. «Se corrispondessero, sarebbe la dimostrazione che Evan Burke è stato con Misty prima che venisse uccisa.»

Quella scheda con foto e impronte mi faceva ben sperare.

70

Joe accompagnò Berney alla porta e, quando tornò in cucina, non potei fare a meno di chiedergli: «Allora, secondo te chi è stato? Lucas o Evan?»

«Forse in realtà il killer è uno solo, un extraterrestre che si sostituisce ora al padre ora al figlio.»

In altre parole, nemmeno Joe ne aveva idea.

Mettendo in moto l'auto ripensai che, mentre teneva sotto tiro me e Conklin, Evan Burke, alias Jake Wilson, aveva detto che Lucas era psicopatico, che uccidere lo divertiva già da piccolo e che aveva ammazzato la madre e la sorella senza farsi scoprire.

Non mi piacevano né il padre né il figlio, ma non riuscivo a scrollarmi di dosso la sensazione che, dei due, fosse Burke senior a dire la verità.

Ero quasi arrivata alla Corte quando sentii suonare il telefono. Diedi un'occhiata al display e vidi che era Yuki.

«Ci vediamo nel mio ufficio?» chiese.

«D'accordo. Va bene se viene anche Rich?»

«Certo. Lo chiamo subito.»

Nel quarto d'ora di strada rimanente, in mezzo al traffico intenso del venerdì mattina, guidai come un automa pensando a Yuki che si preparava a processare per duplice omicidio Lucas Burke, difeso da un avvocato di grido che si faceva beffe del suo castello accusatorio che, per quanto basato su prove indiziarie, era solido. Le vittime erano una giovane donna molto bella e una bambina adorabile, la moglie e la figlia di Lucas. E Lucas aveva avuto i mezzi e l'opportunità per ucciderle. La tesi di Yuki era più che plausibile, ma sarebbe bastato che un giurato mettesse in dubbio qualcosa per far crollare l'intero castello.

Lasciai la macchina nel parcheggio di fronte alla Corte e, mentre attraversavo al semaforo, vidi Cindy e un folto gruppo di giornalisti sul marciapiede.

Cindy era con Jonny Samuels, il suo operatore, e con Kathleen Wyatt.

Il lunedì in cui era piombata nella redazione del *Chronicle* protestando perché Cindy aveva cancellato dal blog il suo post su Lucas Burke, Kathleen aveva detto che Tara e Lorrie erano al centro della sua vita. Sua figlia le telefonava tutte le mattine e perciò quando Tara, dopo aver litigato con il marito, non l'aveva chiamata e non le rispondeva al telefono, aveva subito pensato che le fosse successo qualcosa di grave. Kathleen temeva già da tempo che Lucas facesse del male a Tara.

Salutai con la mano la nostra girl reporter, che rispose e fece per avvicinarsi, ma io tirai dritto. Salii a due a due i gradini, passai i controlli di sicurezza e corsi su per la scala di servizio.

Yuki mi aspettava all'ingresso della procura, che occupava metà del secondo piano. Entrando le dissi che Conklin ci avrebbe raggiunto a momenti.

« È già nel mio ufficio » replicò.

Aveva l'aria stravolta, gli occhi pesti, la giacca abbottonata storta, i capelli in disordine e tracce di rossetto sui denti.

Avrei voluto tranquillizzarla, dirle che sarebbe andato tutto bene, ma sapevo che era inutile. Yuki era impulsiva e seguiva l'istinto. Ogni tanto andava in crisi e si chiedeva se avesse un senso continuare a lavorare a quel ritmo, se non fosse meglio avere dei figli e dedicarsi alla casa e alla famiglia. A volte si autoflagellava per insuccessi dovuti a imprevisti del tutto indipendenti dalla sua volontà. Spesso, però, raggiungeva traguardi ambiziosi.

Io le ricordavo sempre che faceva un mestiere che la appassionava, e poche persone potevano dirsi altrettanto fortunate.

La seguii nell'ufficio che si era conquistata lavorando con impegno e determinazione. Rich Conklin, il collega con cui avevo lavorato per anni, il fratello che non avevo mai avuto, l'amico cui affidavo la mia vita così come lui affidava la sua a me, era già lì.

Era seduto sul divanetto a due posti, bello come sempre, le lunghe gambe distese, i capelli castani che gli cadevano sugli occhi. Pareva calmo e sereno come se si preparasse a trascorrere la giornata in spiaggia. In realtà ci aspettava ben altro.

Yuki non era per niente calma. Invece di sedersi, cominciò a camminare avanti e indietro parlando a raffica come suo solito. Riassumere i fatti in maniera chiara, con sicurezza, conquistando la giuria, era uno dei suoi punti di forza.

Quel giorno a farle da pubblico eravamo solo io e Rich.

Era venerdì. La prima udienza del processo era fissata per il lunedì successivo. Yuki era preparatissima e la relazione introduttiva era perfetta. Ma la sua tesi aveva un punto debole: contro Lucas Burke, Yuki aveva soltanto il fatto che le vittime erano sua moglie e sua figlia e lui non aveva un alibi.

Era possibile che riuscisse a farlo condannare comunque, e a questo proposito Yuki citò diversi importanti processi in cui gli imputati erano stati condannati sulla scorta di prove indiziarie. A me venne subito in mente Scott Peterson. Ma c'era anche il famoso precedente di O.J. Simpson, che invece era stato assolto.

«Guardate qua» disse Yuki mostrandoci la prima pagina del *Bay Area Herald*, un buon quotidiano che pubblicava notizie di cronaca in modo serio. Lo girò da una parte e dall'altra in modo che io e Rich potessimo leggere il titolo e vedere bene la foto di lei che usciva dalla procura la sera prima, valigetta del computer in mano e ciocca bionda che le ricadeva su un occhio, e guardava lontano diretta verso la sua auto.

Il titolo recitava: «Parisi delega il processo Burke a un sostituto procuratore inadeguato».

Lesse le prime righe dell'articolo con voce tremante: «'Le probabilità di assoluzione per Lucas Burke, accusato di duplice omicidio, sono notevolmente aumentate nel momento in cui la pubblica accusa è stata affidata a Yuki Castellano, sostituto procuratore con un curriculum non proprio eccelso'».

«Non lasciarti abbattere da un giornalista stronzo, Yuki» disse Conklin, e anch'io la incoraggiai dicendo qualcosa di simile. Con convinzione, perché Yuki era bravissima, e se aveva perso dei processi non era certo perché non fosse all'altezza della situazione, ma perché un testimone chiave aveva improvvisamente ritrattato, o era morto nel frattempo.

Nel complesso Yuki aveva collezionato più vittorie che sconfitte. Essendo una donna bella e giovane, nonché moglie di un importante funzionario di polizia, era un bersaglio facile per i giornalisti.

«Alla giuria il difensore di Burke piacerà. Newton Gardner è un presenzialista, ha fascino e sembra fatto apposta per la tv. Ha una dialettica eccezionale e i giurati si bevono tutto quello che dice. L'ho visto in azione. A volte mi fa addirittura venire il dubbio che Burke sia innocente» disse.

Non avevo niente da offrirle, meno che mai le prove dirette e inequivocabili della colpevolezza di Lucas Burke che le sarebbero servite per farlo condannare.

Yuki continuò. «So che avete fatto il possibile per aiutarmi, ma posso già dirvi che Newton Gardner non farà altro che ripetere le stesse cose: 'Lucas è innocente. L'accusa non è in grado di dimostrare che è stato lui a uccidere la moglie e la figlia'. Dopodiché tutti noi – voi due, io, Brady, Cane Rosso, Clapper e l'intero SFPD – faremo una figuraccia e quello psicopatico verrà rilasciato.»

71

Era passata un'ora dalla riunione nell'ufficio di Yuki.

Rich Conklin era al suo posto nell'open space della Omicidi, di fronte a quella che una volta era la scrivania di Lindsay e dove adesso sedeva l'ispettore Sonia Alvarez.

Con un caffè a portata di mano, proseguivano la ricerca nei database di tutti gli omicidi di giovani donne commessi negli ultimi trent'anni negli USA che avevano caratteristiche simili a quelli avvenuti di recente a San Francisco. Fino a quel momento non avevano trovato altre donne sgozzate e con tagli casuali sul petto. Sembrava un caso senza precedenti.

La spia luminosa del telefono personale di Rich si accese. «Conklin» rispose lui e mise in vivavoce Claire.

«Ciao, Claire. Sei in vivavoce, così sente anche Sonia.»

«Ho esposto il caso sulla chat degli Istituti di medicina legale per coinvolgere anche i colleghi della East Coast» disse Claire.

«E cosa dicono?» chiese Rich.

«Che l'arma del delitto è probabilmente la stessa sia per Tara Burke che per Wendy Franks e Melissa Fogarty. Se non proprio la stessa, molto simile. La bambina, come sapete, è stata soffocata. Della primissima vittima, Wenthauser, vista viva per l'ultima volta non lontano da casa di Lucas Burke, abbiamo solo resti scheletrici e non è stato possibile accertare la causa del decesso. Le altre vittime presentano ferite compatibili con una lama non seghettata, un rasoio o un coltello molto affilato. Si deduce che l'arma è simile, se non la stessa, dal fatto che la lunghezza e l'ampiezza delle ferite alla gola di Misty e di Wendy sono paragonabili. »

« E quella di Tara no? »

« La ferita di Tara si è alterata in seguito alla permanenza in acqua. Sui tagli al petto, sei colleghi sono d'accordo con me che si tratta di scarabocchi da serial killer. »

« Nel senso che lo fa per divertimento? Per gioco? » domandò Sonia.

« Sì » rispose Claire. « Sono ferite da taglio e da punta, praticate ante e post mortem. Evidentemente all'assassino non importa che la vittima sia viva o morta: a lui interessa prendere in giro polizia e Scientifica, o forse si crede un lanciatore di coltelli. »

« Ipotesi sul perché lo faccia? » chiese Alvarez.

« Nessun consenso fra i colleghi. Tre hanno dato ciascuno un parere diverso. Uno ha ipotizzato che l'assassino abbia restituito alla vittima tutte le 'coltellate' emotive che questa gli aveva inferto, ma non c'è nulla che lo dimostri. Un altro pensa che l'assassino abbia voluto marcare con altrettante lesioni i secondi che ha impiegato la vittima a morire dopo che lui le aveva tagliato la gola. È possibile. La terza ipotesi è che abbia inferto le coltellate a ritmo di musica. Secondo me, tutte queste ipotesi rientrano nella categoria 'scarabocchi da serial killer'. »

Finita la telefonata, Sonia Alvarez inclinò la sedia all'indietro e rimase a guardare il soffitto con i grandi occhi neri.

« Che cosa pensi, Alvarez? »

« Vuoi la versione lunga o quella corta? »

« Come preferisci. »

« Okay. Secondo me, Lucas Burke è uno che non sa nascondere le emozioni. È instabile, ipersensibile. Sei d'accordo? »

« Sì. »

« Naturalmente potrebbe essere uno psicopatico e recitare la parte, ma in ogni caso non poteva essere contemporaneamente a Sacramento e nel parcheggio della Sunset Park Prep. »

« L'alibi, confermato dalla ex moglie, secondo cui sarebbe partito da casa sua per andare a Sacramento, dove sarebbe arrivato alle nove di sera, è il motivo per cui non è imputato anche dell'omicidio Fogarty. »

« La sua ex potrebbe aver mentito, ma comunque non penso che sia stato lui a uccidere Misty. La amava. Perché infierire con quei tagli sul petto? Ho visto scene ancor più raccapriccianti e che non scorderò mai, ma le incisioni sul petto di Misty non mi tornano, punto » disse Alvarez.

« D'accordo. Dal momento che Lucas non è accusato dell'omicidio Fogarty, però, a che serve ribadirlo? »

« Secondo me, è importante » rispose Alvarez. « Nel senso che, se Tara, Misty e Wendy sono state uccise dalla stessa persona, e noi sappiamo che Lucas non ha ucciso Misty, possiamo dedurne che non ha ucciso nemmeno Tara e Lorrie. Per questo ti ho sottoposto la versione lunga del ragionamento. »

Sonia Alvarez sorrise, ma solo con le labbra.

Lo sguardo rimase serio e l'espressione era triste. Conklin si meravigliò, perché Alvarez non si era commossa nemmeno durante il sopralluogo nell'auto di Misty, quando avevano repertato tutti gli effetti personali nel vano portaoggetti, la sciarpa che profumava di fiori, il sangue sul sedile.

Aveva affrontato tutto con l'aplomb di una vera professionista.

Come mai adesso era così scossa? Conklin se lo chiese guardandola bere un sorso di caffè freddo per ricomporsi.

«Sonia?»

«Okay. Senti: ieri sera, mentre andavo a casa, ho acceso l'autoradio per snebbiarmi la mente e ho sentito una canzone, credo degli anni Settanta, che mi ricordavo benissimo perché durante i viaggi in macchina i miei sintonizzavano la radio su una stazione di classici e cantavano a squarciagola.»

Conklin sorrise. «Ho presente. Che canzone era?»

«*Cat's in the Cradle.*»

«Harry Chapin» disse Rich e canticchiò: «'*Cat's in the cradle and the silver spoon*'».

«Esatto» disse Alvarez, e continuò: «'*Little boy blue and the man on the moon*'». Inclinò in avanti la sedia di Lindsay in modo da posare di nuovo i piedi a terra e disse: «È una canzone triste su un bambino che vorrebbe essere come il suo papà. Ma il papà deve lavorare, è sempre via, gli promette sempre che staranno insieme e poi non mantiene la promessa. E il bambino, che gli vuole molto bene, da grande vuole diventare come lui. Dice proprio così, che vuole diventare come suo padre».

«Oh mio Dio» esclamò Rich, indovinando dove voleva andare a parare.

«Il bambino cresce, si sposa, ha dei figli. Il padre nel

frattempo è andato in pensione e vorrebbe passare più tempo con il figlio, che adesso è troppo occupato per stare con il padre. E il padre dice... »

« ... che il figlio crescendo è diventato proprio come lui » concluse Conklin.

« Mi sono messa a piangere, capisci? Io, che ho lavorato alla Buoncostume, all'Antidroga, che ho visto di tutto e non ho mai avuto problemi con i miei genitori. Mi sono commossa per empatia? O perché mi è tornato in mente mio padre che cantava in macchina? Ho ascoltato meglio le parole della canzone e mi sono chiesta dove fosse Evan quando Lucas era piccolo. Magari anche lui ha voluto emulare il padre, probabile assassino di moglie e figlia. Forse Lucas è il *little boy blue* della canzone e suo padre *the man on the moon*. Secondo la fonte di Joe, Evan Burke è ricercato da anni per molteplici omicidi commessi in varie parti degli Stati Uniti. Che cosa sapeva Lucas, consciamente o inconsciamente? » disse Alvarez.

« È un'intuizione profonda, Sonia. »

Alvarez fece di sì con la testa. « Aspetta, non ho finito » disse.

« Ti ascolto. »

72

Alla Omicidi ferveva l'attività, come ogni mattina.

C'erano agenti al telefono, altri che accompagnavano persone da interrogare nelle due apposite salette, colleghi che si parlavano ad alta voce da una postazione di lavoro all'altra e Brenda al centralino a rispondere a tutte le chiamate. Davanti alle scrivanie di Conklin e Alvarez c'era un costante viavai di gente che andava a prendere un caffè.

Loro due, però, non ci facevano caso, come se fossero chiusi dentro una bolla.

« Ho fatto inversione e sono tornata in ufficio » disse Alvarez.

« Davvero? »

« Quelli del turno di notte non mi conoscevano, ma ho detto che lavoro con te e mi hanno lasciato passare. Ho acceso il computer e ho guardato il video. »

« Quale? »

« Questo. »

Alvarez fece partire il filmato della telecamera nel parcheggio della Sunset Park Prep e girò lo schermo del computer in maniera che lo vedesse anche Rich. Era il video dei dieci minuti in cui Misty era rimasta ad aspettare in piedi davanti all'auto.

« Ecco, Rich. Vedi il tipo che arriva, tutto vestito di nero? Potrebbe essere Lucas, oppure uno sconosciuto assai più pericoloso.»

L'uomo vestito di nero avanzava tenendosi sul lato più buio del parcheggio, lungo la recinzione di rete metallica che lo separava dal campo incolto dietro la stazione di servizio. Nel campo c'era un albero i cui rami pendevano al di qua della recinzione, proiettando ombre scure nel parcheggio illuminato dalla luna alle otto di sera.

«Continuo a pensare quello che ho pensato la prima volta che Hallows ci ha mostrato queste immagini. Quando l'uomo si avvicina, il linguaggio corporeo di Misty ci fa capire che si è accorta che non è Lucas. E quindi...» disse Alvarez.

«Quindi risale in macchina e accende i fari pronta a partire» concluse Conklin. «Ma lui sale sul sedile posteriore e la aggredisce da dietro, sgozzandola come un maiale.»

«Già» disse Alvarez. «Ora guarda bene. È buio, ma i fari dell'auto e la luce sopra la telecamera sono accesi, il che per noi è un bene in quanto il parcheggio si vede meglio e nello stesso tempo un male perché il tipo vestito di nero, quando scende dall'auto e se ne va, è controluce e risulta ancora più scuro.»

«Sì, hai ragione.»

«Guarda, Rich: l'assassino costeggia la recinzione, passa sotto i rami dell'albero – ancora più buio, giusto? – e poi... Vedi il gesto che fa con la mano?»

Alvarez indicò lo schermo del computer.

«Cosa fa? Scosta le foglie? Si tocca il berretto per controllare di averlo ancora in testa?» disse Rich.

«Forse. Aspetta, torno indietro e lo riguardiamo.»

Alvarez tornò indietro, poi premette il tasto Avvio e quindi Pausa.

«Meglio di così non si può?» chiese Rich.

«Purtroppo queste immagini sono già state portate alla massima risoluzione possibile» rispose Alvarez. «Adesso guarda qui. Quando l'assassino solleva la mano, non potrebbe essere per lanciare qualcosa oltre la recinzione?»

«Cristo santo!» esclamò Conklin. «Hai ragione, potrebbe essere l'arma del delitto. Chiama subito Brady. È il primo dei numeri memorizzati.»

73

Cindy e Jonny Samuels erano sul marciapiede, fuori dal perimetro di nastro giallo che circondava la Sunset Park Prep.

Il parcheggio dove era stata uccisa Misty Fogarty confinava con un terreno abbandonato dietro una vecchia stazione di servizio, un campo incolto pieno di erbacce, vecchi pneumatici e carcasse di auto arrugginite.

In quelle ultime ore aveva subito una profonda trasformazione: la Scientifica lo aveva diviso in settori delimitati da lunghi pali piantati a circa un metro l'uno dall'altro che venivano scandagliati da una decina di tecnici armati di metal detector che controllavano anche la recinzione che divideva le due proprietà.

Cindy guardò il parcheggio della scuola. Al centro c'era Clapper che discuteva animatamente con Hallows. Brady, a braccia conserte, osservava i tecnici all'opera al di là della recinzione con aria visibilmente preoccupata. Poi Cindy vide Richie che parlava con una che doveva essere la sua nuova collega, Sonia Alvarez. Notò il ciondolo a forma di ferro di cavallo che Sonia aveva al collo: in quelle indagini c'era proprio bisogno di un po' di fortuna.

Porse lo scanner radio a Samuels per avere le mani libere, tirò fuori il cellulare e chiamò il fidanzato.

« Rispondi, Rich. Rispondi, per favore. »

Lo vide prendere il telefono dalla tasca dietro, guardare chi era e rispondere.

« Ciao, Cin. Sto lavorando. »

« Lo so, ti vedo. »

« Dove sei? »

« Fai una rotazione di sessanta gradi e cerca l'energumeno sul marciapiede. Quella accanto sono io. »

« Oh. Okay. Ecco, ti vedo. »

« Rich, ho sentito la novità allo scanner e mi sono precipitata. Dato che non sei stato tu a dirmelo, posso intervistarti? Ti chiederò soltanto che cosa è successo. Anzi, no, aspetta, facciamo così. »

« Così come? »

« Provo a indovinare. Se ho azzeccato, mi dici: 'Anch'io ti amo tanto'. Se ho sbagliato, mi dici qualcos'altro e ci riprovo. »

« Anch'io ti amo tanto. »

« Un momento! Prima devo tirare a indovinare. »

Sentì Rich che diceva alla collega: « È Cindy ».

« State cercando l'arma del delitto » disse Cindy.

Rich, che guardava verso la recinzione, vide che i tecnici in tuta protettiva interrompevano le ricerche con il metal detector e convergevano tutti verso una vecchia quercia.

Uno di loro sollevò un oggetto luccicante. « Trovato! » gridò.

Cindy chiuse la chiamata senza aspettare che Rich dicesse: « Anch'io ti amo tanto ». Non ce n'era bisogno: era sicura di aver azzeccato.

Sentì Brady che diceva a Rich e Alvarez di avvicinarsi, e Samuels puntò il teleobiettivo verso il gruppetto.

«Sei riuscito a riprenderlo?» chiese Cindy a Samuels.

L'operatore le mostrò il dettaglio ingrandito sul display: era un oggetto che assomigliava molto a un rasoio stretto in una mano guantata.

Un normalissimo rasoio manuale con una lama di circa dieci centimetri, a giudicare dalle proporzioni rispetto alla mano che lo stringeva.

«Contenta?» chiese Samuels.

«Contenta? Felicissima! È una foto da Pulitzer» replicò Cindy. «Mandala a Tyler. In macchina comincio a scrivere l'articolo.»

74

Yuki Castellano e Newton Gardner erano nell'anticamera dello studio del giudice John Passarelli.

«Nervosa, eh?» disse Gardner.

«Io ho i nervi saldi. Vedo che tu, invece, sei parecchio sudato» ribatté Yuki, e si passò il dito sotto il naso. Gardner tirò fuori il fazzoletto e si asciugò la fronte. Yuki aveva colpito nel segno.

«Se non c'è nessun problema, perché hai chiesto un colloquio con il giudice a mezz'ora dall'inizio del processo? Voglio proprio vedere che cosa tirerai fuori dal cilindro!» riprese l'avvocato difensore di Lucas Burke.

Scostò il polsino destro per consultare l'orologio. «Questa è pura follia. La giuria è stata convocata, noi siamo pronti... Com'è che non siete pronti anche voi?»

«Stiamo per aggiungere un capo di accusa contro Burke, un altro omicidio di primo grado» replicò Yuki.

«Ma fammi il piacere! Non avete nulla di concreto in mano, le vostre sono solo congetture. Le accuse non stanno in piedi e lo sapete. Parisi è furibondo per le critiche dei giornali. Se vuoi continuare così, comunque, non sarò io a impedirtelo: questo processo sarà una passeggiata per me.»

Yuki sorrise. «Vedremo.»

Gardner fece una risatina sprezzante. La porta dello

studio del giudice si aprì e Passarelli invitò i due legali a entrare e accomodarsi al tavolo vicino alla finestra. Finito lo scambio di saluti, Yuki posò la valigetta per terra accanto alla propria sedia, tirò fuori una cartellina e se la mise davanti.

«Procuratore Castellano, a lei la parola» disse il giudice Passarelli.

«Vostro onore, avvocato Gardner, venerdì pomeriggio è stata ritrovata quella che sembra essere l'arma utilizzata per uccidere Melissa Fogarty, l'amante di Lucas Burke. Si tratta di un rasoio manuale che è stato immediatamente sottoposto ad analisi. Il referto mi è arrivato ieri sera alle ventuno. Ci sono tracce del sangue di Melissa Fogarty sulla lama e impronte di Lucas Burke sull'impugnatura. È stato trovato in mezzo all'erba a una quindicina di metri dalla scena del crimine, al di là di una recinzione metallica. Vostro onore, l'omicidio di Melissa Fogarty non era fra i capi di imputazione per insufficienza di prove. Ma ora ci sono gli estremi per aggiungerlo.»

«Un momento, un momento» intervenne Gardner. «L'arma è stata trovata venerdì scorso, con tanto di impronte dell'imputato e tracce di sangue della vittima. Non è un po' troppo comodo, dottoressa Castellano? Questo rasoio non sarà per caso stato messo lì apposta per incastrare il mio assistito?»

«Sono stati riesaminati attentamente i filmati della videocamera di sorveglianza nel parcheggio della scuola, nei quali si vede l'assassino che si sbarazza dell'arma» replicò Yuki.

«Quindi volete aggiungere l'omicidio Fogarty all'elenco dei capi di accusa?» chiese il giudice Passarelli.

«Esatto, vostro onore. Chiedo un rinvio in modo che sia l'avvocato Gardner che io possiamo raccogliere i testimoni e riformulare le rispettive argomentazioni tenendo conto delle nuove prove che sono emerse.»

«Avvocato Gardner?» disse il giudice.

«Il mio assistito è detenuto in attesa di giudizio perché gli è stata negata la libertà provvisoria, vostro onore. Non sono contrario a un rinvio, ma a questo punto le chiedo di prendere in considerazione la possibilità di liberarlo su cauzione.»

«Vostro onore, stiamo per aggiungere ai capi di imputazione un ulteriore delitto capitale. L'accusa ritiene che Lucas Burke sia un pericolo pubblico e a rischio di fuga, ora più che mai.»

«Sono d'accordo. Quanto al rinvio, due mesi da oggi vanno bene per entrambi?»

«Sì, vostro onore» rispose Yuki.

«Vorrei un appuntamento con il procuratore Castellano per visionare il filmato. Oggi pomeriggio è disponibile?» disse Gardner.

«Potrei fra le due e le quattro.»

Concordato l'orario, i rappresentanti di accusa e difesa ringraziarono il giudice, uscirono dalla stanza e, non appena furono nel corridoio dal pavimento di marmo, si incamminarono in direzioni opposte. «A dopo, Newton» disse Yuki a Gardner senza nemmeno voltarsi.

«Sarò da te alle due in punto, accompagnato da tutto il mio scetticismo» ribatté Gardner.

«Spiritoso» commentò Yuki. Poi prese l'ascensore, salì al quarto piano, salutò con la mano Brenda entrando alla Omicidi e si diresse spedita nell'ufficio del marito.

«Tutto bene?» le chiese Brady.

«Sì. Abbracciami.»

Brady la strinse a sé finché lei non lo implorò di smettere.

Poi gli disse «A dopo» e se ne andò.

Passando davanti alla scrivania di Lindsay le diede un cinque, poi tornò in procura a riferire a Cane Rosso il colloquio con il giudice.

DUE MESI DOPO

75

L'udienza era cominciata.

Il giudice Passarelli aveva dato ai giurati le istruzioni di rito: «Vi raccomando di non leggere i giornali e non guardare la tv, e di non parlare del processo con nessuno: mariti, mogli, conviventi, amici e parenti o illustri sconosciuti incontrati sul treno. Non potete parlare del processo neppure fra voi giurati, o da soli sotto la doccia, o nel sonno, o in qualsiasi altra circostanza, finché non sarete in camera di consiglio per deliberare. A quel punto potrete e dovrete parlare fra voi finché non sarete pervenuti al verdetto. Mi sono spiegato?»

Tutti i membri della giuria tranne uno avevano sorriso. Come Yuki, erano contenti di quel giudice.

Dalla galleria stracolma di gente si alzava un brusio che ricordava un alveare. I giornalisti erano stati ammessi, ma fotografi e cameraman no. Yuki si voltò indietro a curiosare e vide Cindy in ultima fila, lato corridoio. Dal momento che era stata lei a dare l'allarme sulla vicenda ancora prima che la piccola Lorrie Burke venisse trovata morta in mare, Yuki sperava che riuscisse a ottenere le soddisfazioni che meritava dalla copertura giornalistica del processo. Un usciere aprì la porta ed entrò Brady, che andò a piazzarsi vicino a Cindy e mostrò il pollice alzato a Yuki.

Yuki rispose con un cenno del capo, poi si voltò di nuovo verso il giudice e verso il proprio assistente, Nick Gaines, seduto accanto a lei.

Nick era appena rientrato alla procura distrettuale di San Francisco dopo aver lavorato per qualche anno in una start up legale ed era un ottimo secondo. Era organizzato, collaborativo e dotato di senso dell'umorismo e Yuki era felice che fosse tornato. Anche Nick era contento di lavorare di nuovo in procura e soprattutto di essere rientrato giusto in tempo per affiancare la sua mentore in quello che si annunciava come il processo del decennio.

Del caso Lucas Burke si sarebbe parlato ampiamente non solo negli Stati Uniti, ma anche sui media internazionali e, quale che fosse l'esito, il processo sarebbe rimasto impresso nella memoria collettiva per anni.

La tensione in aula saliva, a mano a mano che venivano sbrigate le formalità e si avvicinava il momento in cui il giudice avrebbe detto: «Procuratore Castellano, a lei la parola».

Yuki si girò di quarantacinque gradi verso destra per guardare il tavolo della difesa nel preciso momento in cui Newton Gardner si voltava verso di lei. Si era agghindato per l'occasione: testa rasata di fresco, camicia inamidata alla perfezione, classico abito a giacca blu scuro di sartoria.

Gardner sorrise e chinò leggermente il capo in segno di saluto. Yuki ricambiò allo stesso modo. Sapeva di non doversela prendere per quel che Gardner faceva o diceva e si ripeté mentalmente il mantra che aveva scelto per quel giorno: «Coraggio, Yuki. Ce la puoi fare».

Nick Gaines scrisse sul tablet: «Che verme schifoso».

Yuki annuì e scrisse a sua volta: «E pensare che non è nemmeno l'assassino».

Lucas Burke, invece, era perfetto per il ruolo del cattivo: aveva la barba mal fatta, come se, essendo abituato ad affilatissimi rasoi a mano, non sapesse usare le lamette usa-e-getta della prigione. Gli avevano permesso di presentarsi in giacca e cravatta, anziché con la tuta arancione da carcerato che avrebbe potuto influenzare negativamente i giurati, ma aveva una giacca di tweed sciupata e una camicia stropicciata che non deponevano a favore dell'innocenza.

Yuki notò anche che sembrava molto invecchiato: aveva il doppio mento, probabilmente perché in prigione era dimagrito, e i capelli erano ingrigiti. Gardner si sporse a bisbigliargli qualcosa all'orecchio e Burke si raddrizzò sulla sedia, come se la postura corretta potesse bastare a scagionarlo dall'accusa di triplice omicidio.

Yuki prese alcuni lunghi respiri, espirò lentamente e a occhi chiusi visualizzò, al posto delle pareti rivestite di legno chiaro dell'aula, Baker Beach. Aveva visto la foto del cadavere della bambina sul bagnasciuga e voleva che quell'immagine rimanesse impressa nella mente dei giurati.

Nick le diede una leggera ginocchiata sotto il tavolo.

Il brusio nella galleria si abbassò e poi cessò del tutto.

Il giudice Passarelli disse: «Ci siamo. Silenzio in aula, per cortesia. Da questo momento, chi parla verrà allontanato. Faremo una pausa verso mezzogiorno. Se qualcuno pensa di dover andare al bagno, esca ora e torni all'una. Mi sono spiegato? Bene. Procuratore Castellano, è pronta per la dichiarazione introduttiva?»

76

Cindy Thomas aspettava quel giorno da quando Kathleen Wyatt aveva fatto irruzione nel suo ufficio con la faccia stravolta chiedendo a gran voce attenzione per la figlia, che pure era scomparsa solo da poche ore.

Kathleen aveva ragione a preoccuparsi.

E Cindy aveva fatto bene a coinvolgere Lindsay.

Poi la macabra vicenda aveva avuto i noti tragici sviluppi: Lorrie, Misty, Wendy, Susan e, infine, Tara, ritrovata sul sedile del passeggero della sua Volvo con la gola tagliata e la cintura ancora allacciata.

Cindy aveva il compito di seguire il processo giorno per giorno e sapeva che i suoi articoli sarebbero stati ripresi da giornali e media di tutto il mondo. A questo punto, se Yuki fosse riuscita a convincere la giuria, Lucas Burke sarebbe stato condannato per tre omicidi.

Sarebbe rimasto dentro fino alla fine dei suoi giorni.

Il giudice diede la parola a Yuki, che si alzò e si avvicinò al banco della giuria.

Yuki esordì salutando e presentandosi ai dodici giurati e ai tre sostituti, otto donne e sette uomini. Era soddisfatta di avere più donne che uomini in giuria, ed era contenta che fosse stata scelta una donna come portavoce.

Con le braccia lungo i fianchi, disse: «Voglio portarvi

con me nella villetta di Lucas e Tara Burke in Dublin Street. È lunedì mattina. L'imputato dichiara di aver litigato con la moglie perché spendeva troppo in vestiti e acquisti superflui. Sostiene inoltre che hanno alzato la voce e sbattuto porte, ma senza venire alle mani. Sopra il portone di casa c'è una telecamera e, quando vi mostreremo le riprese, vedrete che la mattina dell'alterco Lucas Burke sale sulla sua Audi grigio metallizzato e parte in direzione nord, allontanandosi lungo Dublin Street a velocità sostenuta, e che venti minuti dopo la moglie Tara, ventenne, esce di casa con la figlia di sedici mesi, Lorrie Annette Burke. Ha con sé la borsa, una borsa fasciatoio e una piccola valigia. Nel filmato si vede Tara salire sulla sua Volvo rossa, sistemare la bimba sul seggiolino, allacciare la cintura e imboccare Dublin Street verso sud, ovvero nella direzione opposta a quella presa dal marito. Quelle immagini sono le ultime che abbiamo di Tara e Lorrie vive: da quando l'auto esce dall'inquadratura, non si avranno più loro notizie».

Yuki fece una pausa, osservò l'espressione dei giurati uno per uno e poi riprese. «Prove e testimonianze dimostrano chiaramente che quel giorno Lucas Burke arrivò alla Sunset Park Prep prima delle otto e trascorse la mattinata impegnato in lezioni e colloqui con le studentesse. Abbiamo le prove anche del fatto che alle undici e dieci telefonò alla moglie dal cellulare e lei gli rispose. La chiamata durò quasi tre minuti. Che cosa si dissero? Si chiesero reciprocamente scusa? Si riconciliarono? Si accordarono per vedersi dopo la fine delle lezioni? Lucas Burke dichiara di aver chiesto scusa a Tara e di averle detto che si sarebbero rivisti a casa la sera, ma né Tara né la bambina vi fecero mai ritorno.» In galleria qualcuno ebbe un attacco di tosse che rimbombò nel silenzio. Yuki approfittò di quel momento di pausa per avvicinarsi al tavolo dell'accusa e bere un sorso d'acqua, lasciando che le sue ultime parole si imprimessero nella memoria dei giurati.

Cindy scrisse: «Tara e Lorrie non furono mai più viste vive». Stava registrando tutto con il telefono, ma quella frase poteva diventare il sottotitolo perfetto per il suo articolo.

I colpi di tosse cessarono e Yuki si rivolse di nuovo alla giuria. «Tara e Lorrie non sono più tornate a casa, né quella sera né mai. Alle sei e quindici del mercoledì mattina il corpo senza vita della piccola Lorrie è stato restituito dal mare a Baker Beach.»

77

Yuki guardò la giurata numero tre, seduta in seconda fila sulla sinistra.

Era una giovane donna molto carina che, dopo i primi cinque minuti di esposizione dei fatti, aveva già le lacrime agli occhi e una manciata di fazzoletti di carta appallottolati in mano. Durante la selezione della giuria Yuki aveva appreso che era madre di una bambina piccola.

Non escluderla era stato un errore madornale da parte di Newton Gardner, che aveva peccato di eccessiva sicurezza.

Yuki spostò lo sguardo sulla prima fila di giurati e, dopo aver brevemente ricapitolato le circostanze in cui Tara e Lorrie Burke erano state viste vive per l'ultima volta, disse: «Il giorno del ritrovamento del cadavere di Lorrie, Lucas Burke ha dichiarato alla polizia che il lunedì sera era tornato a casa, non aveva trovato nessuno, aveva guardato un po' di televisione ed era andato a dormire alle dieci».

Fece una piccola pausa, poi riprese. «Non è chiaro, però, dove sia stato Lucas Burke dopo essere uscito da scuola alle quindici e trenta. Dice di aver fatto un lungo giro in macchina sulla costa per riflettere sullo stato del proprio matrimonio e sulla propria vita. Tara e Lorrie Burke sono morte quella sera, ma i loro corpi sono stati ritrovati a distanza di giorni e la permanenza in mare ha cancellato quasi tutte le tracce. Perciò non sapremo mai esattamente che cosa è successo. Di una cosa siamo certi, però: quando Lucas Burke è rincasato il lunedì sera, Tara e Lorrie non c'erano, non sono tornate a dormire né quella sera né il giorno successivo, ma Lucas Burke non ha nemmeno provato a chiamare la moglie. L'ultima telefonata è quella, durata tre minuti, di cui vi ho parlato. Lucas Burke non ha fatto denuncia di scomparsa. Ha continuato ad andare regolarmente a scuola e il mercoledì mattina il preside lo ha interrotto mentre faceva lezione per comunicargli la tragica notizia che una bambina dell'età di Lorrie era stata ritrovata morta a Baker Beach. A quel punto Lucas Burke è partito immediatamente ed è arrivato verso le nove. Il parcheggio della spiaggia era pieno di curiosi e giornalisti, la polizia aveva allestito un cordone per tenere indietro la gente e stava facendo spostare le macchine. Lucas Burke, in preda alla disperazione, ha riconosciuto la figlia. Il giorno precedente, martedì, quando era stato interrogato dagli investigatori dell'SFPD, aveva detto di non essere preoccupato per il fatto che la moglie non fosse tornata a casa con la bambina e l'aveva definita 'pazza', sostenendo che Tara era una donna impulsiva e si era già allontanata da casa altre volte. Pensava che fosse andata a fare shopping, ancora arrabbiata con lui nonostante le avesse chiesto scusa, e che fosse andata a dormire in un motel o a casa di un'amica. Tara aveva pochi contanti con sé e, dal momento che non aveva più la carta di credito, appena fosse rimasta senza soldi sarebbe tornata a casa.»

Yuki prese fiato. «Invece Tara non è mai più tornata,

nemmeno dopo il rinvenimento del corpo di sua figlia. Nessuno ha visto la sua auto e nessuno ha ricevuto chiamate. Lucas Burke è stato interrogato in quanto persona informata sui fatti e ha dichiarato, furibondo, che sicuramente la moglie aveva fatto una delle sue 'pazzie' e che bisognava continuare a cercarla. Dopo il fermo di ventiquattro ore, Lucas Burke è stato rilasciato, ma la procura ha emesso un mandato di perquisizione per la sua casa e durante il sopralluogo Lucas Burke si è allontanato sulla sua macchina e si è reso irreperibile per due giorni. Dov'è andato? A Sacramento, dalla ex moglie, Alexandra Conroy, con la quale si è poi recato in un resort a Carmel-by-the-Sea. Lì ha letto sul giornale la notizia della morte di una studentessa con la quale aveva una relazione, Melissa Fogarty, soprannominata Misty, e ha deciso di tornare a San Francisco, o almeno così dichiara. Perché Lucas Burke è imputato anche per l'omicidio di Melissa Fogarty, avvenuto mentre lui era in un'altra città? Ovviamente non pensiamo che abbia il dono dell'ubiquità. Riteniamo tuttavia che il suo alibi sia falso e che, al contrario di quanto dichiarato dalla ex moglie, Burke non sia stato con lei tutto il tempo, ma il venerdì sera sia tornato a San Francisco per uccidere Melissa Fogarty. Vi mostreremo un filmato in cui vedrete Melissa Fogarty che, verso le otto del venerdì sera, aspetta Lucas Burke nel parcheggio della Sunset Park Prep, la scuola che frequentava e dove aveva conosciuto Lucas Burke e cominciato una relazione con lui. Vedrete che Lucas Burke sale a bordo dell'auto della ragazza, sul sedile posteriore, allunga un braccio e le taglia la gola con un gesto veloce, da dietro, da sinistra a destra.

«Poi, mentre la povera Melissa Fogarty muore dissanguata, scende dall'auto e si sbarazza dell'arma del delitto lanciandola oltre la recinzione che separa il parcheggio della scuola da un campo pieno di erbacce e rottami di automobili. Grazie all'accurato lavoro della polizia e all'esame dei filmati della telecamera della scuola, i tecnici della Scientifica hanno trovato l'arma del delitto, un rasoio manuale appartenente a Lucas Burke sul quale hanno trovato sia le impronte dell'imputato che tracce di sangue di Melissa Fogarty. Le prove indiziarie e quelle materiali convergono su un unico individuo, Lucas Burke.»

78

Yuki aspettò che gli amici e i parenti di Misty, in galleria, smettessero di piangere e singhiozzare.

Il giudice batté il martelletto sulla cattedra e varie persone si alzarono e lasciarono l'aula prima ancora di essere invitate a farlo. Altri spettatori ne approfittarono per spostarsi più avanti e occupare i posti che si erano liberati.

Al tavolo della difesa, Newton Gardner bisbigliava qualcosa all'orecchio del suo assistito, che ascoltava con lo sguardo vuoto, spento.

Il giudice Passarelli invitò Yuki a continuare.

«Quella domenica, quattro giorni dopo il ritrovamento del cadavere della piccola Lorrie e due giorni dopo l'omicidio di Misty Fogarty, la Volvo rossa di Tara emerge di fronte a China Beach con la bassa marea. Il corpo è sul sedile del passeggero, con la cintura allacciata. La gola è squarciata da un taglio profondo. Sopra l'acceleratore c'è un sasso del peso di circa cinque chili, incastrato in maniera da tenerlo premuto. La borsa fasciatoio è sotto il sedile lato guida e Tara indossa gli stessi vestiti che indossava quando è uscita di casa l'ultima volta. Nessuna traccia di borsa e valigia.

«Cos'è successo?

«Lucas Burke dice di non saperlo.

«Secondo la dottoressa Claire Washburn, direttrice

dell'Istituto di medicina legale di San Francisco, Lorrie è stata soffocata, mentre Tara è morta a causa di un taglio alla gola praticato con una lama molto affilata. La dottoressa Washburn, che chiameremo a testimoniare, vi dirà che anche Melissa Fogarty è stata uccisa nello stesso modo. Vi mostreremo inoltre l'arma del delitto, il rasoio di Lucas Burke, che reca le sue impronte digitali sull'impugnatura e tracce di sangue di Melissa Fogarty sulla lama. Si tratta di prove inconfutabili, signore e signori della giuria, e vi dimostreremo al di là di ogni ragionevole dubbio che Lucas Burke è colpevole dell'omicidio di queste tre persone assolutamente innocenti. Vi ringrazio dell'attenzione e dell'impegno con cui vi apprestate a compiere il vostro dovere civico.»

Yuki tornò al suo posto al tavolo dell'accusa mentre nella galleria riprendeva il brusio. Lanciò un'occhiata a Cindy e vide che Brady non c'era più. Nick Gaines le aveva scritto un messaggio sul tablet.

Bravissima! Sei stata impeccabile.

Yuki era soddisfatta.

Il giudice diede la parola alla difesa. Il senso di soddisfazione di Yuki era destinato a durare poco.

79

Cindy voleva caricare il cellulare e cercò la presa elettrica nello zoccolo ai piedi del muro dietro il posto in cui era seduta. Ci mise un po', ma alla fine riuscì a infilare la spina.

Il giudice aveva chiesto alla difesa se era pronta per la dichiarazione introduttiva e Newton Gardner aveva risposto di sì. Se le si fosse scaricato il telefono in quel momento sarebbe stato un disastro. Cindy controllò che l'icona della ricarica lampeggiasse, poi raccolse da terra il tablet e – come le circa centoquaranta persone che si trovavano nell'aula – posò lo sguardo sul difensore di Lucas Burke, famoso per la presenza mediatica. Pur essendo assolutamente schierata dalla parte di Yuki, si trovava lì in veste professionale e Newton Gardner era uno che faceva notizia.

Gardner si alzò e spostò la sedia all'indietro fino ad appoggiarla alla balaustra, poi posò una mano sulla spalla dell'imputato con grande familiarità. Rimase fermo un momento per creare il giusto grado di suspense, poi andò al leggio al centro dell'aula, da dove poteva rivolgersi sia alla giuria che al pubblico.

Si presentò e accennò alla propria esperienza trentennale. Ma la sua era falsa modestia, pensò Cindy. Un modo per dire: «So di essere un famoso principe del foro e di non aver bisogno di presentazioni». Subito dopo tenne a precisare che era lì per difendere un innocente.

«Ho il piacere di rappresentare Lucas Burke, che non ha mai commesso reati o infrazioni di alcun tipo, non ha precedenti neppure per divieto di sosta, atti vandalici o schiamazzi notturni e, soprattutto, non ha mai ucciso nessuno. La pubblica accusa vi invita a vedere un nesso, una sequenza, una ratio nelle azioni di Lucas Burke, ma questo nesso non c'è. I tragici eventi oggetto di questo processo lo vedono vittima. Nel giro di una settimana ha perso figlia, moglie e amante, tutte morte ammazzate. Ma non è lui l'assassino. L'assassino è tuttora a piede libero. Se sul banco degli imputati ci fosse il vero colpevole, il procuratore Castellano vi racconterebbe una storia ben diversa, e cioè quella di un serial killer cui l'FBI dà invano la caccia da decenni, uno psicopatico ricercato per l'omicidio di molte altre giovani donne innocenti, e persino della moglie e della figlia.

«Uno psicopatico ossessionato dal mio assistito, che odia più di chiunque altro al mondo.

«Si tratta di un pericoloso narcisista che uccide per motivi ancora ignoti e che è riuscito a sfuggire alle forze dell'ordine per anni, perché non lascia mai tracce. Ha avuto un addestramento di tipo militare e conosce le tecniche per uccidere a mani nude.»

Gardner fece una pausa per guardare gli spettatori, poi tornò a rivolgersi ai membri della giuria.

«Negli ultimi vent'anni è stato chiamato in vari modi, per esempio Fantasma di Catalina e Quicksilver, sinonimo di mercurio, l'inafferrabile metallo liquido che sfugge fra le dita ogni volta che si cerca di toccarlo. Il mio assistito, però, lo chiama da sempre 'papà'. Ed è un pensiero che fa stringere il cuore.»

Nell'aula si levò un mormorio, un'ondata di sommesse esclamazioni. Cindy prese nota di tutto, dallo sbigottimento del giudice al modo in cui l'imputato abbassò la testa sul tavolo della difesa e all'espressione impenetrabile di Yuki.

«Avvocato Gardner?» disse il giudice Passarelli dopo qualche secondo.

«Chiedo scusa, vostro onore.»

Gardner tornò al tavolo della difesa e si chinò a mormorare qualcosa all'orecchio di Lucas Burke, che annuì, si asciugò gli occhi con un fazzoletto e, stringendo i braccioli della sedia, si rimise diritto. Cindy scrisse: «Lucas Burke ha l'aria distrutta».

Newton Gardner tornò al leggio e disse: «Signore e signori della giuria, il serial killer che vi ho descritto non è una mia invenzione. È un uomo in carne e ossa che, secondo alcuni, ha sulla coscienza la morte di molte più donne di quanto a noi risulti.

«Ai fini del processo che inizia oggi, tuttavia, le vittime che ci interessano sono tre: Tara Burke, Lorrie Burke e Melissa Fogarty, una studentessa diciottenne che amava, ricambiata, Lucas Burke.

«Vi do la mia parola: Lucas Burke non ha ucciso nessuna delle tre. Avrebbe preferito morire lui al loro posto, ve lo garantisco.»

80

Yuki rimase scioccata e nello stesso tempo affascinata dal discorso di Gardner.

Ogni volta che poteva, l'avvocato difensore di Burke la fissava per innervosirla e metterla in difficoltà.

Cercava di convincere la giuria che il colpevole dei tre omicidi fosse Evan Burke il quale, essendo introvabile, non figurava nemmeno nell'elenco dei testimoni.

Yuki sapeva che cosa voleva ottenere Gardner con quella tattica, e contava sul fatto che i giurati non si lasciassero gettare fumo negli occhi, vedessero per quello che era l'imputato seduto a pochi metri da loro e lo dichiarassero colpevole. Colpevole di tutti e tre gli omicidi.

Tara, Lorrie e Melissa.

Lucas Burke aveva mezzi, movente e opportunità. E c'era un'arma del delitto con le sue impronte sull'impugnatura.

Gardner riprese a parlare.

«Abbiamo visionato i filmati che l'accusa vi mostrerà. Vedrete Lucas Burke uscire di casa per primo il lunedì mattina dopo aver litigato con la moglie. Trentadue minuti più tardi, esce la moglie con la bambina. Come vi ha spiegato il procuratore Castellano, Tara Burke ha con sé un bagaglio e probabilmente è intenzionata a passare la notte fuori.

«Vedrete rincasare Lucas Burke verso le venti e trenta di quello stesso giorno, quando ormai è buio, e poi uscire di nuovo l'indomani mattina alle sette. L'auto della moglie non è davanti alla casa. Il martedì Lucas Burke viene interrogato dall'SFPD alla Sunset Park Preparatory School e si mostra totalmente collaborativo. La mattina successiva riceve la tragica notizia della morte della figlia, il cui corpo senza vita è stato ritrovato a Baker Beach.

«Viene accompagnato alla sede del dipartimento, che si trova in questo stesso edificio, e trattenuto fino al giorno successivo per essere sentito in quanto persona informata sui fatti. Rilasciato, torna a casa. Alcune ore dopo gli suona alla porta la polizia con un mandato di perquisizione. Siccome gli viene ordinato di aspettare fuori fino alla fine del sopralluogo, Lucas, sconvolto e disperato, sale in macchina e va a Sacramento.

«I filmati della telecamera sopra la porta di casa Burke finiscono qui perché la polizia sequestra l'impianto e lo porta nei laboratori della Scientifica.

«Ma l'informazione cruciale ai fini del processo è rimasta immortalata nel video: si vede chiaramente che Tara Burke esce di casa *senza chiudere la porta a chiave.* Il mio assistito mi ha confidato che la moglie non chiudeva mai a chiave le porte di casa, né la principale né quella di servizio. Perciò, se qualcuno aveva intenzione di ucciderla, avrà fatto in modo di entrare in casa dal retro, dove non c'era la telecamera.

«Di questo fatto si parlerà ancora, non dimenticatelo: Tara non chiudeva mai la porta a chiave.

«L'accusa vi mostrerà inoltre un video in cui si vede Melissa Fogarty, Misty per gli amici, la studentessa con la quale Lucas Burke aveva una relazione. Si tratta di immagini registrate il venerdì successivo, due giorni dopo il ritrovamento del corpo di Lorrie a Baker Beach. Sono le ore 20.00 e siamo nel parcheggio della scuola dove Lucas insegnava inglese e Misty frequentava l'ultimo anno delle superiori. I due si incontravano spesso a quell'ora nel parcheggio vuoto, ma quella sera Lucas Burke non si è presentato all'appuntamento con Misty. Non era a San Francisco: era andato a Sacramento da Alexandra Conroy, la ex moglie, che gli aveva proposto di andare a Carmel-by-the-Sea per riposarsi un po' e cercare di riprendersi dal trauma.

«Il sabato, mentre Lucas sta facendo colazione in albergo a Carmel, vede un titolo di giornale che lo lascia esterrefatto.

«Il giornale era questo» disse Gardner.

E mostrò un numero del *Chronicle* che Yuki aveva visto abbastanza volte da memorizzare il titolo in questione: «Il tagliagole colpisce ancora». Il resto della pagina era occupato da un primo piano di Misty.

Gardner continuò.

«La signora Conroy testimonierà di essere stata in compagnia dell'ex marito per tutto il tempo, da quando è arrivato a Sacramento a quando, un giorno e mezzo dopo, sono tornati a San Francisco insieme. Com'è possibile, quindi, che l'accusa abbia un video del mio cliente che uccide Melissa Fogarty e si libera dell'arma del delitto che, ritrovata in mezzo all'erba, risulta avere tracce di sangue di Melissa sulla lama e impronte di Lucas Burke sull'impugnatura?

«Ritengo che il teorema accusatorio della procura sia

infondato e faccia acqua da tutte le parti perché Lucas Burke era altrove. È possibile che la presunta arma del delitto appartenesse a Lucas Burke, ma l'accusa non può dimostrare che sia stato lui a usarla per uccidere Melissa Fogarty.

«Io vi dimostrerò che questi efferati omicidi vanno ascritti a un'altra persona, la quale aveva accesso alla casa del mio cliente e quindi anche al suo rasoio manuale.

«Quando il corpo di Tara è stato recuperato a bordo della Volvo rossa nei pressi di China Beach, era in mare da quasi una settimana e pertanto in condizioni di avanzata putrefazione. Inoltre era stato sfigurato da pesci, granchi, foche e chissà quali altre creature marine. Ma si vedeva ancora benissimo l'incisione al collo, praticata da sinistra a destra con una lama di rasoio. Quando l'assassino ha bloccato l'acceleratore premendolo con un sasso e ha fatto volare l'auto in mare con madre e figlia a bordo, Tara era già morta.

«Non è stato Lucas Burke a fare tutto questo. L'accusa non ha testimoni, né prove materiali o di altro tipo che dimostrino la sua colpevolezza.

«L'imputato non è colpevole degli omicidi che gli sono stati ascritti.

«Lucas Burke non ha ucciso nessuna di queste persone.

«Lucas Burke non ha mai ucciso nessuno. Ma non sono io, in quanto suo avvocato difensore, a dover dimostrare la sua innocenza.

«È l'accusa che deve dimostrare la sua colpevolezza al di là di ogni ragionevole dubbio.»

Yuki vide Gardner ringraziare la giuria, tornare al suo

posto e mettere un braccio sulle spalle di Burke, il quale appoggiò la testa sul tavolo scosso da forti, autentici singhiozzi.

Il giudice invitò Yuki e Gardner ad avvicinarsi. « Penso che sia meglio fare una pausa adesso e riprendere dopo pranzo » disse.

« Sì, sì, per l'amor del Cielo, ci vuole una pausa » approvò Gardner.

« Sono d'accordo, vostro onore » disse Yuki.

L'udienza fu aggiornata alle ore 13.00.

81

Ero nell'ufficio di Brady quando arrivò la chiamata.

«Un momento, tesoro. Ti faccio parlare anche con Lindsay» disse Brady dopo aver ascoltato.

Premette il pulsante del vivavoce, io mi alzai dalla scrivania e dissi: «Ciao, Yuki. Che succede?»

Si capiva dalla voce che era tesa come una corda di violino.

«Ciao, Lindsay. Ho chiesto a Brady se potete fare un altro tentativo di rintracciare Evan Burke. Avrei bisogno di parlargli.»

«Abbiamo una telecamera puntata sulla sua casa sul monte Tamalpais, ma per ora non è tornato. E il suo cabinato è ancora ormeggiato nel porticciolo di Richardson Bay.»

«Quindi mi stai dicendo che non c'è niente da fare?»

Erano le dieci e trenta del lunedì mattina.

Il fatto che Yuki ci stesse chiedendo di riprovare a localizzare Evan Burke significava che le erano venuti dei dubbi e, se li aveva lei, figuriamoci i giurati.

«Com'è andata stamattina?» le domandai.

«Io sono partita bene, ma Gardner ha fatto faville.»

«Spiegati meglio, per piacere.»

La sentii sospirare. «Okay. Gardner ha sostenuto che i tre omicidi sono tutti opera di Evan. Lucas è scoppiato a piangere e il giudice ha deciso di aggiornare l'udienza. Si riprenderà dopo pranzo.»

«Ti richiamo» dissi. «E ti offro un drink.»

«Anche due, grazie» replicò Yuki.

«Non ti demoralizzare, amica mia» dissi.

Chiusa la telefonata, mi alzai, feci un cenno a Cappy, Chi, Conklin e Alvarez, e ci trasferimmo tutti nell'ufficio della task force in fondo al corridoio. Dopo il rinvio del processo a Lucas Burke, ci eravamo occupati di altri omicidi.

Ognuno di noi prese una sedia e, quando fummo sistemati tutti e cinque intorno al tavolo, suggerii di riesaminare il caso con occhi nuovi.

«Cerchiamo di capire cosa può esserci sfuggito. Anche se non sarà risolutivo, da qualche parte dobbiamo pur cominciare.»

Al centro della lavagna bianca c'era una foto di Evan Burke ai tempi in cui era militare. All'epoca era molto giovane ed era più bello di Lucas, nonostante la somiglianza. Capivo che una ragazza potesse subire il suo fascino senza rendersi conto di essere finita tra le grinfie di un assassino.

Avevamo una grande quantità di materiale, in formato sia cartaceo sia digitale, e Paul Chi, che era super organizzato, lo conosceva a memoria.

Prese la parola e cominciò a selezionare file e affiggere carte geografiche sulla lavagna. I numerosi casi irrisolti della West Coast erano stati divisi per aree geografiche in gruppi di cinque-sette vittime. La maggior parte era in California, ma erano coinvolti anche Stati confinanti, come Oregon e Nevada.

La tipologia delle vittime variava, ma il modus operandi dell'assassino era abbastanza chiaro. Alcuni cadaveri erano stati trovati subito, altri dopo molto tempo, ma si trattava sempre di donne sotto i trent'anni morte per sgozzamento mediante una lama affilata.

«Colpisce prevalentemente lungo la costa e lungo i fiumi. Se uniamo fra loro le varie località, vediamo che il punto di intersezione risulta essere San Francisco» disse Paul Chi.

Esaminammo i dati raccolti sulle possibili vittime di Burke padre e trovammo un unico caso in cui erano state rilevate incisioni sul petto simili a quelle di Misty Fogarty e Wendy Franks. Forse il serial killer aveva messo a punto solo di recente la sua «firma».

Alvarez ci illustrò la sua teoria secondo cui Lucas da giovane era molto legato al padre e, a causa delle sue continue assenze, aveva sviluppato un rapporto di amore/odio verso di lui.

Ma dove andava di continuo Evan Burke? A soddisfare la sua voglia di uccidere lontano da casa, finché a un certo punto non l'aveva sfogata su moglie e figlia?

«Ho fatto qualche ricerca sui padri assenti e sulle conseguenze che la mancanza della figura paterna può avere sui figli. È possibile che Lucas si sia sentito trascurato dal padre. Poi ha subito il trauma della scomparsa della madre e della sorella, presumibilmente morte, anche se mai ritrovate. Forse Lucas sapeva che le aveva uccise il padre. Forse aveva dei sospetti cui non ha mai osato dare voce. Ma non possiamo escludere che invece sia stato Lucas a ucciderle, nella speranza di conquistare l'amore del padre» disse Alvarez.

Chiesi se qualcun altro aveva teorie da condividere. Nessuno aprì bocca. Se non erano riuscite a rintracciarlo decine di squadre Omicidi competenti per territorio, come potevamo riuscirci noi da remoto con le lancette dell'orologio che avanzavano inesorabili verso la ripresa dell'udienza?

Scesi in Bryant Street per telefonare a Joe.

« Potresti contattare Berney, per piacere? È importante. Abbiamo bisogno di aiuto. »

82

Joe mi richiamò mentre rientravo in ufficio.

«Gli ho telefonato» mi disse. «Sta cercando Evan Burke in Nevada. Burke bazzicava Las Vegas, in passato.»

Poi aggiunse: «Ha detto che ti aspetta al Bellagio stasera».

«Non ha detto altro?»

«È un uomo di poche parole. A volte non parla proprio. Lindsay, mi raccomando, non andarci da sola.»

Ero praticamente sicura che la mia richiesta di rinforzi non sarebbe stata approvata, ma dovevo almeno provarci. Clapper era sceso a fare una delle sue rare incursioni nel nostro ufficio e stava parlando con Brady. Bussai sul vetro ed entrai senza aspettare che mi dessero il permesso. Tutti e due mi guardarono e mi ascoltarono in silenzio.

«Yuki ha bisogno di Evan Burke. Un contatto riservato di Joe lo sta cercando e mi ha consigliato di andare a Las Vegas al più presto. Se siete d'accordo, vorrei portare con me Alvarez. Conosce la città, conosce i colleghi del posto e gli addetti alla sicurezza dei casinò. Avrò bisogno del permesso del dipartimento di Las Vegas.»

«Per me va bene. Tu che ne dici, capo?» disse Brady.

«Alvarez mi sembra un'ottima idea» approvò Clapper.

Prese il telefono sulla scrivania di Brady e chiamò Alexander Belinky, il suo omologo al dipartimento di polizia di Las Vegas, per avvertirlo che Alvarez e io eravamo «sulle tracce di un testimone» per il quale avevamo un mandato di comparizione.

«È vero che abbiamo un mandato?» chiesi quando ebbe finito di parlare.

«Lo avrete in tempo utile.»

Un'ora e mezzo più tardi Sonia Alvarez e io eravamo al terminal 3 dell'aeroporto di San Francisco.

Mancavano quarantacinque minuti alla partenza del nostro volo. Alvarez mi raggiunse con caffè e brioche alla cannella mentre ero in videochiamata con Joe e Julie.

Mostrai a mia figlia l'installazione sul soffitto da cui pendevano tante sfere luccicanti di metallo in cui si riflettevano il viavai di gente nell'area partenze e le vetrine dei negozi. C'era una gradevole musica di sottofondo e la temperatura era ideale.

Cercai di sembrare contenta di quel viaggio a Las Vegas, ma fingevo. Li salutai, dissi che avrei chiamato appena atterrata, poi telefonai a Rich.

«Tutto bene?» mi chiese.

«Ho dei déjà-vu non proprio rassicuranti» risposi. L'ultima volta che ero stata al terminal 3, c'era stato un allarme bomba, finti poliziotti avevano esploso colpi d'arma da fuoco e noi li avevamo inseguiti a piedi fino al livello dell'AirTrain. C'era stata una sparatoria con vittime e avevamo rischiato di lasciarci la pelle anche noi. Vedevo ancora nitidamente la scena, come se indossassi un casco per la realtà virtuale.

Non volendo condividere quei ricordi traumatici con Sonia Alvarez, bevvi un sorso di caffè e guardai le scale mobili e i negozi. Più ancora degli eventi passati, mi preoccupava l'immediato futuro. Stavamo dando la caccia a Evan Burke seguendo le dritte di una misteriosa spia di nome Berney.

Lo stesso Joe aveva ammesso che Berney era stato vago. «È fatto così» mi aveva detto. «Io mi fido di lui.»

Non avevo motivi per fidarmi o non fidarmi, e non mettevo in dubbio il fatto che Joe lo conoscesse bene, ma per me Berney restava comunque un punto interrogativo. Sapevo per certo, invece, che Evan Burke era armato e molto pericoloso.

Alvarez mi riportò al presente.

«Boxer.»

«Sì?»

«Stanno chiamando il nostro volo.»

Ci avviammo verso il gate. L'unica indicazione che avevamo per la nostra missione era: *Berney ha detto che ti aspetta al Bellagio stasera.*

83

Il volo per Las Vegas fu breve e senza intoppi e alle due del pomeriggio arrivammo al McCarran e trovammo il nostro Uber che ci aspettava fuori dal terminal principale.

Ci portò direttamente al Bellagio passando davanti alla straordinaria fontana dagli zampilli sincronizzati con oltre trenta brani musicali diversi. Finito il check-in, l'impiegato alla reception mi porse due buste, una bianca con la scritta «Business Center» e il mio nome stampato su un'etichetta e l'altra con l'intestazione dell'albergo e il mio nome scritto a mano con una biro blu.

Aspettai di essere in camera, nella suite a due stanze che dividevo con Sonia Alvarez. Per fortuna Clapper aveva deciso di farci alloggiare nello stesso albergo dell'informatore di Joe. Dalla finestra avevamo una vista mozzafiato sulla città, ma eravamo lì per lavoro: aprii la più grande delle due buste e tirai fuori due fogli di carta spessa, ripiegati in tre.

Il primo documento era il mandato di comparizione per Evan Burke, firmato dal giudice del processo e dal procuratore Leonard Parisi, inviato a Las Vegas via fax, e il secondo la domanda di estradizione da presentare eventualmente alla corte suprema del Nevada.

«Clapper è di un'efficienza spaventosa, vero?» commentò Alvarez.

Annuii mentre aprivo la seconda busta, più piccola, che conteneva un foglio strappato da un bloc-notes. C'era scritto: « Ci vediamo da Lago alle otto. B ».

Lo mostrai a Sonia.

« Lago è uno dei ristoranti di questo hotel. »

« Posso andarci vestita così? » chiesi.

Avevo la mia solita tenuta: pantaloni, camicia di taglio maschile, giacca blu, Glock nella fondina, scarpe senza tacco. La mia compagna di avventura fece di sì con la testa, poi si strinse nelle spalle e disse: « Potere, puoi, ma adesso scendo a vedere se nelle boutique dell'hotel c'è qualcosa di un po' più femminile in saldo. Altrimenti si vedrà da lontano un miglio che siamo due poliziotte. Sei una quaranta? »

« Quaranta-quarantadue » risposi.

« Vediamo cosa riesco a trovare. Sono un'ottima costumista. »

« Okay, grazie. Io ne approfitto per dormire un po'. »

« Tieni il telefono acceso. »

« Okay. »

Posai il cellulare sul comodino nella prima stanza e mi buttai sul letto. Non feci in tempo a toccare il cuscino che già mi ero addormentata. Sognai Berney. Lui era al banco degli imputati e io lo interrogavo.

Come ti chiami? Dimmi il tuo vero nome. Perché ti interessa Evan Burke? Mi stai usando come esca? Mandi avanti me per riuscire a catturarlo e poi te lo riporti a Washington?

Nel sogno la spia assomigliava a un predicatore protestante e sorrideva senza rispondere alle mie domande.

Mi svegliò un fruscio: Alvarez era tornata dalla sua spedizione con due grossi sacchetti di carta lucida.

« Cos'hai comprato? »

Aprì uno dei due sacchetti e tirò fuori un vestito nero aderente con un motivo di paillette su un fianco.

« Provati questo » mi disse.

« Io? »

« Ne ho uno di riserva, nel caso non... »

Mi tolsi camicia e pantaloni e indossai l'abito da cocktail pieno di lustrini. « Bene, fin qui ci siamo. Di scarpe porti il quaranta? »

Tirò fuori un paio di eleganti scarpe nere con un po' di tacco e me le porse. Me le infilai.

Mi stavano bene.

Mentre mi guardavo allo specchio compiaciuta, Alvarez indossò un tailleur pantalone color crema. Ci eravamo completamente trasformate.

« Sembriamo Cagney e Lacey » dissi.

« O Rizzoli & Isles. »

Le proposi di mettere gli scontrini nella nota spese e farci rimborsare quegli acquisti in quanto travestimenti per operazioni sotto copertura. Ridemmo, poi Alvarez disse: « E questo è solo l'inizio ».

84

Nick Gaines aveva sistemato la lavagna bianca in maniera che il giudice, i giurati e i testimoni vedessero le foto di Lorrie e Tara Burke e Melissa Fogarty, ciascuna corredata di nome e cognome e data di nascita e morte.

Yuki era ottimista. Un mattone alla volta, stava costruendo il castello accusatorio contro Lucas Burke.

Aveva chiamato a deporre una serie di agenti di polizia e Guardia costiera, tutti con parecchia esperienza di testimonianze in tribunale.

L'agente di zona Jay Whitcomb era stato il primo a intervenire quando a Baker Beach il mare aveva restituito il cadavere di una bambina dai capelli rossi. Samuel Waverly, tenente della Guardia costiera, aveva coordinato le operazioni di recupero della Volvo di Tara Burke. Mike Cassidy, guardia giurata in servizio presso la Sunset Park Prep, era il malcapitato che aveva trovato Misty Fogarty in un lago di sangue a bordo della sua auto nel piazzale della scuola. E la migliore amica di Misty, Johanna Weber, aveva testimoniato che Lucas Burke aveva detto a Melissa che la amava e la voleva sposare.

Esisteva un biglietto nel quale Lucas Burke aveva messo nero su bianco questa sua intenzione. Copia del documento venne allegata agli atti del processo e mostrata alla giuria.

Erano circa le 15.30 quando Yuki chiamò a testimoniare la dottoressa Claire Washburn.

Autorevole e al tempo stesso molto alla mano, Claire rispose alle domande in modo chiaro, evitando di usare una terminologia eccessivamente tecnica.

Spiegò che la bambina era morta per asfissia e che presentava lividi sul volto dai quali si evinceva che le avevano tappato la bocca e il naso con una mano per impedirle di respirare.

Descrisse poi ai membri della giuria i risultati dell'autopsia della madre della bambina.

«Il cadavere di Tara Burke era in stato di putrefazione gassosa ed era stato letteralmente rosicchiato dai pesci. Gli occhi, le dita delle mani e parte delle guance non c'erano più e la ferita alla gola aveva subito alterazioni e deformazioni a causa della permanenza in acqua. Ciononostante era chiaro che un taglio così profondo poteva essere stato provocato soltanto da una lama molto affilata, usata con considerevole forza. Tara Burke è stata quasi decapitata. Sia lei che Lorrie erano già morte quando l'auto è finita in mare.»

Lasciandosi guidare dalle domande di Yuki, Claire descrisse il taglio alla gola di Melissa Fogarty e le ferite apparentemente immotivate che presentava sul petto.

Yuki andò alla lavagna e indicò la foto di Melissa Fogarty.

«È questa Melissa Fogarty?» chiese alla teste.

«Sì.»

I giurati guardarono la foto della ragazza che sorrideva, felice. Una splendida diciottenne.

L'interrogatorio proseguì con la descrizione da parte di

Claire del taglio alla gola e degli «scarabocchi da serial killer» che l'assassino aveva praticato sul petto della terza vittima.

Yuki chiese che le foto delle ferite venissero messe agli atti e le porse ai giurati.

Poi congedò la teste e passò la parola alla difesa.

Newton Gardner non aveva fatto domande ai vari rappresentanti delle forze dell'ordine, ma voleva controinterrogare Claire e si alzò in piedi. Questa volta parlò senza spostarsi dal tavolo della difesa.

«Dottoressa Washburn, il suo parere professionale è che le tre vittime siano state uccise dalla stessa persona?»

«Vedo notevoli somiglianze nella modalità del decesso delle due vittime adulte.»

«La prego di rispondere alla mia domanda, dottoressa. Può affermare che le vittime sono state uccise tutte dalla stessa persona?»

«Non con assoluta certezza, no. Ma tutto sembra indicarlo.»

«Si spieghi meglio.»

«Sia Tara che Melissa sono decedute a causa di una ferita molto simile.»

«Invece, se ho ben capito, gli elementi per risalire all'identità di chi ha ucciso Lorrie Burke non ci sono.»

«Nessuna evidenza scientifica.»

«La risposta quindi è no. Durante l'autopsia di Tara Burke e Melissa Fogarty, ha riscontrato evidenze del coinvolgimento dell'imputato?»

«Come le ho già detto, avvocato Gardner, il cadavere di Tara Burke è rimasto in mare per giorni e l'unica informazione che è stato possibile ricavare dall'esame della ferita mortale è che è stata inferta con una lama molto affilata. E che ha numerose caratteristiche in comune con la ferita che ha causato la morte di Melissa Fogarty.»

«Quindi è simile, ma non identica?»

«Date le condizioni del cadavere di Tara Burke, posso dire soltanto che le ferite sono molto simili.»

«Quindi non può affermare con certezza né che le due donne siano state sgozzate dalla medesima persona, né che l'arma del delitto fosse la medesima, giusto?»

Vedendo che Claire non rispondeva, Gardner disse: «Nel cadavere delle vittime non ha trovato nulla che indicasse che a ucciderle sia stato l'imputato, o sbaglio?»

Claire taceva.

«Ha trovato qualcosa o no, dottoressa Washburn?»

«No. Non ho evidenze dirette del coinvolgimento dell'imputato.»

«Non ho altre domande.»

Yuki si alzò. «Ne avrei alcune io, vostro onore» disse.

Si avvicinò a Claire.

«Dottoressa, secondo lei i tagli superficiali sul petto di Melissa Fogarty, che ha definito 'scarabocchi da serial killer', possono essere considerati una sorta di 'firma' dell'assassino, un modo per rivendicare la paternità del gesto?»

«Sì.»

«C'erano tagli simili sul corpo di Tara Burke?»

«Le condizioni dei tessuti molli sono compatibili con lesioni da taglio inferte con forza nella parte alta del torace. In questo vedo una notevole somiglianza fra i due casi. Sul corpo delle due vittime c'era la stessa 'firma'.»

«Grazie, dottoressa Washburn. Può andare.»

85

Yuki aveva preparato Kathleen Wyatt per quella che sarebbe stata una prova durissima per chiunque, e a maggior ragione per lei.

Si erano viste a casa di Kathleen e, sedute al tavolo della cucina, avevano simulato l'interrogatorio. Yuki aveva recitato la parte della difesa e le aveva fatto qualche domanda cattiva per darle un'idea di che cosa aspettarsi da Gardner. Vedendo che a Kathleen veniva da piangere, le aveva preso la mano e le aveva detto: «Gardner farà di tutto per screditarla, Kathleen, ma dovrà stare attento a non esagerare, se non vuol fare la figura dello spietato. Lei deve semplicemente dire alla giuria quello che sa, rispondere alle domande di Gardner senza improvvisare e senza insultare Lucas. Va bene far vedere che è arrabbiata, o triste, ma...»

«Non devo perdere il controllo.»

«Giusto. E perché?»

«Perché se perdo il controllo perdo credibilità.»

«Esatto. Se Gardner le fa domande tendenziose, o è troppo insistente, o distorce le sue risposte, interverrò io facendo obiezione. E si ricordi che, se si trova in difficoltà, può chiedere al giudice di fare una pausa.»

Tutto questo era successo due giorni prima.

In quel momento Yuki stava per chiamarla a testimoniare.

Un usciere aprì una delle porte in fondo all'aula, Kathleen Wyatt entrò e percorse il corridoio centrale.

Indossava un tailleur pantalone grigio e si era data il gel sui capelli ribelli. Nick Gaines le tenne aperto il cancelletto e la accompagnò verso il banco dei testimoni. Yuki, vedendola avanzare con notevole flemma, si chiese se avesse preso un tranquillante. Era bene non dare segni di eccessiva agitazione, ma arrivare in aula imbambolata sarebbe stato controproducente.

La quarantaseienne madre di Tara salì sul banco dei testimoni, posò la mano sulla bibbia e giurò di dire la verità, tutta la verità e nient'altro che la verità.

Yuki si avvicinò. «Buongiorno, signora Wyatt. Tara era la sua unica figlia?» disse.

«Sì, ed era una bravissima ragazza.»

«Lei è sposata?»

«Vedova. Mio marito è morto di cancro cinque anni fa.»

«Mi dispiace molto, Kathleen. Che lavoro fa?»

«Insegno yoga tre volte la settimana in una palestra in Hyde Street e gestisco la corrispondenza per conto della Protezione Animali.»

«Grazie. Adesso le farò qualche domanda sugli ultimi eventi riguardanti sua figlia e sua nipote.»

«Sì, okay» rispose Kathleen.

«Bene. Nell'ultimo anno di vita di sua figlia Tara, ha mai chiamato la polizia, signora Wyatt?»

«Sì, più di una volta. È successo in tre o quattro occasioni.»

«E per quale motivo ha chiamato la polizia?»

«Una volta perché Tara mi aveva telefonato urlando

che Lucas stava tentando di ucciderla. Un'altra volta perché l'ho vista uscire dalla doccia piena di lividi su una spalla e su una coscia. Lividi grossi così» precisò Kathleen mostrando le mani a una quindicina di centimetri di distanza l'una dall'altra. «Un'altra volta ho telefonato perché Lorrie aveva i segni di una manata su un braccio.»

Yuki si voltò a guardare Lucas Burke, che era ancora seduto a testa bassa e spalle curve, piegato in due, con lo sguardo fisso sulle proprie mani.

«La polizia è intervenuta a seguito delle sue chiamate?»

«Sì, ma ogni volta Tara ha detto che io esageravo e si è inventata qualche scusa. Che Luke non aveva assolutamente cercato di ucciderla, anzi, lei era caduta dalle scale e lui l'aveva trattenuta. Un'altra volta ha detto che era caduta dalla bicicletta. E riguardo alla bambina... Aspetti che ci penso... Sì, ora ricordo: ha detto che aveva infilato un braccio fra le sbarre del lettino ed era rimasta incastrata.»

«Ha mai parlato a tu per tu con Tara di abusi e maltrattamenti?»

«Mia figlia ha sempre negato. A volte aveva gli occhi rossi a furia di piangere, ma negava lo stesso. Diceva che Lucas era un buon marito, che le aveva regalato una Volvo rossa nuova di zecca dopo la nascita di Lorrie.»

«Kathleen, ha mai detto a qualcuno che sospettava che Tara subisse abusi?»

«Sì, ne ho parlato con vari amici e, quando Tara è scomparsa, ho postato immediatamente un messaggio nel blog di Cindy Thomas sul *Chronicle.*»

«E com'è andata?»

«Il giornale ha cancellato il mio post dicendo che si

trattava di accuse infondate e che non potevo fare nomi perché è diffamazione.»

«Che cosa sperava di ottenere, quando ha scritto al giornale?»

«Speravo che la polizia arrestasse Lucas e ritrovasse Tara e Lorrie.»

«Dopo che il suo post è stato cancellato, è andata al *San Francisco Chronicle* a parlare con Cindy Thomas?»

«Sì. Tara non rispondeva al telefono, e noi avevamo l'abitudine di sentirci tutte le mattine per chiacchierare dieci minuti. Provavo a chiamarla ogni quarto d'ora, ma lei continuava a non rispondere e a non richiamare.»

«E questo era molto inconsueto?»

«Non era mai successo che non ci sentissimo la mattina, nei tre anni da quando si era sposata.»

«Può raccontare alla giuria che cosa è successo quando è andata alla redazione del *Chronicle*?»

«Cindy Thomas ha detto che non poteva pubblicare il post in cui accusavo Luke perché si trattava della mia parola contro la sua, e si è offerta di chiamare lei la polizia.»

«E poi cos'è successo?»

«Mi ha passato il sergente Boxer.»

«E Tara? Ha più avuto sue notizie?» domandò Yuki.

«No. Due giorni dopo, ho saputo che Lorrie era morta. Il mio angioletto, la mia nipotina adorata...»

Il silenzio nell'aula fu rotto da sospiri e mormorii. Il giudice batté il martelletto e tutti si zittirono.

«Quattro giorni dopo, se non sbaglio, è stata avvistata in mare l'auto di Tara con lei ancora a bordo, morta ammazzata.»

«Kathleen, l'uomo che lei ha accusato è presente in quest'aula?»

«Eccolo là» rispose Kathleen puntando il dito contro l'imputato. «Mio genero, Lucas Burke, il marito, o per meglio dire il vedovo, di mia figlia, il padre degenere e malvagio della mia povera nipotina.»

«Grazie di essere venuta a testimoniare, Kathleen. Avvocato Gardner, a lei la parola» concluse Yuki.

86

Kathleen intrecciò le dita e si posò le mani in grembo mentre Newton Gardner si avviava verso il leggio.

Gardner si accarezzò la testa perfettamente rasata e, con aria pensosa, cominciò: «Signora Wyatt, innanzitutto le porgo le nostre più sentite condoglianze per la terribile morte di sua figlia e sua nipote. Una vera tragedia».

«Grazie. E sì, una tragedia.»

Kathleen alzò gli occhi per guardare Lucas Burke, che però continuava a tenere la testa bassa.

Gardner continuò. «Poc'anzi ha detto di essersi rivolta alla polizia tre o quattro volte per segnalare presunti abusi dell'imputato nei confronti di sua figlia Tara.»

«Sì, esatto.»

«Il signor Burke è mai stato arrestato?»

«No. Tara non voleva sporgere denuncia. Diceva alla polizia che si era fatta male da sola.»

«Tara le ha mai detto esplicitamente di aver subito abusi?»

«Non ce n'era bisogno. Vedevo i lividi. E gli occhi rossi a furia di piangere.»

«Quindi la risposta è 'no'. Sua figlia non le ha mai detto di aver subito abusi da parte del marito.»

«Cercava di giustificarlo.»

«Capisco. Però ci sono donne che fotografano le lesioni e si lamentano con le amiche» replicò Gardner.

«Obiezione, vostro onore. Domanda tendenziosa» intervenne Yuki.

«La formulo altrimenti» disse Gardner. «Ha le prove di questi abusi?»

«Mia figlia è morta ammazzata! Non le sembra una prova sufficiente, avvocato Gardner? E la morte di Lorrie? Non sono prove?»

«Il fatto che siano state uccise non prova che l'assassino sia Lucas Burke, signora Wyatt. Grazie. Non ho altre domande. Le rinnovo le mie condoglianze.»

Kathleen gli gridò dietro: «Una madre certe cose le sa. So che mio genero chiudeva la bambina nel ripostiglio quando piangeva...»

«Vostro onore, ho finito» disse Gardner.

«Lucas, guardami in faccia!» urlò Kathleen a Burke, seduto al tavolo della difesa. «Le hai ammazzate tu! Spiegami perché! Perché lo hai fatto?»

Il giudice fece un cenno agli uscieri, che già si stavano avvicinando al banco dei testimoni.

«Non ho bisogno di essere accompagnata, vostro onore» disse Kathleen, già in piedi. Stava passando davanti a Burke quando gli uscieri la presero sottobraccio, uno da una parte e uno dall'altra, per scortarla verso l'uscita.

«Non te la caverai così!» gridò Kathleen voltandosi indietro mentre la spingevano fuori.

Yuki non riusciva a prevedere l'effetto che la scenata di Kathleen avrebbe fatto ai giurati. L'avrebbero considerata la reazione di una pazza, oppure di una donna che si era trovata di fronte all'uomo che le aveva strappato il cuore dal petto lasciandola a morire dissanguata sul ciglio della strada?

87

Mi infilai una cuffia di nylon per trattenere i capelli e Sonia Alvarez mi calcò sulla testa una parrucca castano scura, lunga fin sotto le orecchie.

«Ehi, piano!» protestai.

«Scusa. Adesso ci siamo. Che te ne pare?»

«Chi è quella donna nello specchio?»

«L'idea è proprio questa: che nessuno ci possa riconoscere, giusto?»

Suonarono alla porta.

Andai a guardare dallo spioncino pensando che fosse Berney, e invece era... Joe.

Gli aprii. «Mio Dio, Joe, cos'è successo?»

«Ti sembra il modo di accogliermi, Biondina?» protestò lui.

«Tutto a posto? Come mai sei qui?» Lo scrutai mentre entrava nella suite e non mi parve di leggergli negli occhi nessuna tragica notizia. Joe sorrise.

«Ho pensato di venire a cena con te e Berney. Tornerò a casa con un volo dopo mangiato.»

Sonia Alvarez si presentò. «Salve, Joe. Sono Sonia Alvarez. Lavoro in squadra con Conklin» disse. «Las Vegas è la mia città natale.»

Si strinsero la mano, poi Joe mi disse: «Ti ho portato

un cambio, Lindsay. E Julie ti manda un giocattolo e un libro».

Non sapevo se ridere o piangere. Non era successo nulla di grave, Joe era meraviglioso e la mia bambina mi aveva mandato un giocattolo per tenermi compagnia.

«Il tuo amico ci aspetta alle otto» disse Alvarez.

«Il mio amico non sa che ci sarai anche tu. Ora lo avverto» rispose Joe.

«Mancano parecchie ore all'appuntamento. Se avete fame, potremmo mangiare un boccone da Lago, qui in albergo.»

Poco dopo eravamo seduti a un tavolo di Lago, il raffinato ristorante con vista sull'iconica fontana del Bellagio. A quelli dell'ufficio contabilità sarebbe venuto un colpo nel vedere la nostra nota spese.

Joe e Sonia chiacchieravano come due ex compagni di università al venticinquesimo anniversario della laurea, anche se avevano in comune non gli studi, ma un passato come agenti sotto copertura. Io tenevo d'occhio il cellulare in attesa di un messaggio di Berney e intanto sgranocchiavo il pane. Che era squisito.

Joe era il gourmet della compagnia e gli avevamo delegato il compito di studiare il menu. Quando arrivò Berney e scostò la sedia accanto alla mia, Joe si interruppe per fare le presentazioni. «Questo è il mio amico, Berney.» Berney si sporse per stringerle la mano. Arrivò il cameriere e Berney ordinò uno scotch on the rocks. Pareva contento.

«L'aquila è atterrata» disse.

«Evan Burke?» chiese Alvarez.

«Parlavo di me. Scherzi a parte, Burke è nei paraggi e

lo sto tracciando con il GPS.» Berney estrasse dalla tasca della giacca il cellulare e lo agitò in aria. «Posso passarvi le informazioni, ma non dovete assolutamente nominare né me né l'agenzia. I patti sono questi. Se mi bruciate, la mia carriera è finita e non vi potrò più aiutare né ora né mai.»

Alvarez e io giurammo di rispettare le consegne e scambiammo i numeri di telefono con Berney. Poi, seguendo i consigli di Joe, ordinammo io una deliziosa insalata di mare tiepida e Sonia una mini-pizza Margherita. Joe optò per i calamari ripieni di gamberetti e Berney per le costine di agnello alla griglia. Joe e io assaggiammo i rispettivi piatti e alla fine, quando il cameriere ebbe sparecchiato, ordinai un mix di dessert da dividere fra tutti.

E il caffè, naturalmente.

«Allora, le cose stanno così: io sono il pezzo di formaggio nella trappola e la molla è pronta a scattare. Quando avrete finito di interrogarlo, lo preleveremo e ce ne occuperemo noi» disse Berney.

Fino a quel momento il pensiero di interrogare Evan Burke mi aveva suscitato alternativamente paura ed entusiasmo. Arrestare Quicksilver, il Fantasma di Catalina, il latitante che aveva puntato un fucile mitragliatore contro Conklin e me dalla veranda del suo bungalow in mezzo ai boschi e poi si era dileguato, sarebbe stato fantastico.

Ormai non avevo più paura. Mi restava solo una gran voglia di ammanettarlo e riportarlo a San Francisco per fargli il terzo grado.

Avevo in tasca il mandato di comparizione e in testa un sacco di domande da rivolgergli.

88

Cindy era al suo posto in ultima fila e stava prendendo appunti furiosamente quando Kathleen Wyatt si era messa a urlare.

Gli uscieri l'avevano trascinata via a forza. Una scena incresciosa. Cindy stava per alzarsi e raggiungerla con l'intenzione di consolarla e accompagnarla a casa, ma Yuki aveva chiamato il teste successivo, l'ispettore Richard Conklin.

E così Cindy era rimasta dov'era. Entrando in aula Rich le aveva posato una mano sulla spalla e lei gli aveva sfiorato le dita. Poi, con una strizzata d'occhio, Rich aveva proseguito nel corridoio centrale diretto al banco dei testimoni.

Quando ebbe prestato giuramento e si fu accomodato, Yuki gli rivolse una serie di domande preliminari per chiarire il suo ruolo all'interno dell'SFPD e nella task force incaricata di indagare sugli omicidi in questione. Rich dichiarò di aver partecipato a tutte le fasi delle indagini.

Rispondendo alle domande di Yuki, ricostruì la cronologia degli omicidi per i quali Lucas Burke era sotto processo.

Erano tutte cose che Cindy sapeva a memoria, e non solo perché ne aveva parlato con Rich, ma anche perché lei stessa era presente a Baker Beach e aveva visto con i suoi occhi Clapper tirare fuori dall'acqua il corpicino. Non era stata in casa di Burke, ma si trovava sul marciapiede di fronte con l'operatore video quando si era svolta la scena che Rich stava descrivendo: i tecnici della Scientifica e i poliziotti della squadra Omicidi si erano presentati in Dublin Street con un mandato di perquisizione e Burke era salito in macchina e si era allontanato a tutta velocità.

«Avete trovato qualcosa di significativo in casa dell'imputato?» chiese Yuki.

«Abbiamo trovato un mucchietto di feci umane avvolte in una copertina da bambini sul pavimento di un ripostiglio al primo piano. E abbiamo individuato la centralina dell'impianto di allarme e della telecamera di sorveglianza, con il video in cui si vedono uscire di casa Lucas Burke e Tara Burke, quest'ultima con Lorrie in braccio, in momenti diversi della stessa mattina. Abbiamo potuto visionare il filmato perché il mandato di perquisizione era esteso a tutto il contenuto della casa, dispositivi elettronici compresi.»

«Può riferire alla corte che cosa si vede nel video?»

«Non si vede quasi nulla di interessante, a parte i Burke che escono di casa la mattina in questione. Si capisce che c'è stato dell'attrito fra loro, ma non c'è nulla che faccia presagire un omicidio.»

«Vostro onore, chiediamo che il filmato venga acquisito agli atti e mostrato alla giuria» disse Yuki.

Gardner si alzò di scatto. «Obiezione, vostro onore! La proiezione del video non serve a far luce sui reati in questione, ma solo a traumatizzare il mio cliente e muovere a compassione la giuria» gridò.

« Procuratore Castellano? »

« La pertinenza del video è fuori discussione. I membri della giuria devono poter valutare in prima persona le ultime immagini di due delle vittime. »

« Obiezione respinta, avvocato Gardner » disse il giudice Passarelli. « Anch'io voglio vedere questo video. »

89

Yuki chiese che venissero spente le luci, Nick Gaines collegò il computer e cliccò sul tasto Play per far partire il video.

Le immagini vennero proiettate sulla lavagna bianca.

Come aveva detto Conklin, si vedeva Lucas Burke uscire di casa a passo svelto, salire sulla macchina grigio metallizzato e allontanarsi velocemente.

Come anticipato da Gardner, la vista di Tara Burke con il vestito di jeans, carica di borse e con la figlia in braccio che le stringeva nella manina una ciocca di capelli sortì l'effetto di renderle più reali e umane agli occhi dei giurati. Erano immagini che avrebbero spezzato anche un cuore di pietra.

Finita la proiezione, appena si riaccesero le luci, Yuki cercò con lo sguardo Gardner e lo vide comodamente seduto e con la faccia impassibile, quasi a voler dimostrare il proprio disprezzo per la strategia di Yuki. *Tutto qui?* pareva volesse dire.

Ma sapeva benissimo che c'era molto altro.

Yuki andò alla lavagna, la girò e indicò la foto di Misty.

«Ispettore Conklin, lei è intervenuto sul luogo dell'omicidio di Melissa Fogarty.»

«Sì, esatto.»

«Ci racconti che cosa ha visto.»

Conklin tirò fuori dalla tasca interna della giacca un paio di fogli spillati con un punto metallico e piegati in quattro, li aprì, li scorse rapidamente e disse: «Questo è il rapporto che ho stilato per la task force e per il nostro tenente il giorno del ritrovamento del corpo nel parcheggio della scuola, tre giorni dopo il rinvenimento del cadavere di Lorrie Burke a Baker Beach, quando Tara Burke era ancora ufficialmente scomparsa».

«Continui, prego.»

«Melissa Fogarty è stata uccisa il venerdì sera e ritrovata il sabato mattina. La nostra squadra lavorava ventiquattr'ore, dato il succedersi di più omicidi in così pochi giorni. Il sabato Lucas Burke e la sua ex moglie, Alexandra Conroy, si sono presentati negli uffici della nostra squadra Omicidi. Lui era furibondo e aveva in mano un giornale con la foto di Melissa Fogarty in prima pagina.»

Rich appoggiò le braccia alla balaustra che circondava il banco dei testimoni e si rivolse direttamente a Yuki.

«Allora, sapendo che Melissa Fogarty era l'amante di Lucas Burke, abbiamo deciso di interrogare Lucas Burke e la signora Conroy separatamente. Lui ha dichiarato di essere stato tutto il tempo a Carmel con la signora Conroy e di aver deciso di rientrare insieme a San Francisco per parlare direttamente con la polizia anziché cercare di capire cos'era successo da giornali e tabloid.»

«Siete riusciti a verificare dove si trovava Lucas Burke quando è stata uccisa Melissa Fogarty?»

«In gran parte sì» rispose Conklin. «Il viaggio in auto fino a Carmel-by-the-Sea è confermato, come pure il fatto che abbiano preso una camera insieme nel resort. Resta solo da capire se da Carmel Lucas Burke sia tornato a San

Francisco il venerdì sera. È una questione delicata perché Melissa Fogarty è stata uccisa alle otto di sera, ora in cui la signora Conroy aveva prenotato un trattamento alla spa.»

«Ispettore, quando Lucas Burke e la signora Conroy si sono presentati alla Omicidi, avevate motivo di dubitare delle loro dichiarazioni riguardo agli spostamenti dell'imputato?» disse Yuki.

«Be', il fatto che la signora Conroy fosse impegnata altrove proprio all'ora dell'omicidio indebolisce l'alibi. Ma non c'è stato modo di accertare dove si trovasse esattamente Lucas Burke quando Melissa è stata uccisa. Abbiamo controllato tutte le informazioni che avevamo, ma non siamo riusciti a stabilirlo.

«Burke era sospettato perché le vittime erano in rapporti molto stretti con lui.

«Lo avevamo trattenuto ventiquattr'ore, avevamo perquisito la sua abitazione ed esaminato i suoi dispositivi elettronici. Avevamo il ragionevole sospetto che fosse l'autore degli omicidi, ma non avevamo alcuna prova diretta a suo carico.»

Newton Gardner si alzò per procedere al controinterrogatorio dell'ispettore Conklin.

Fu molto breve.

«Lei sarebbe disposto a giurare che l'uomo ripreso nel parcheggio dove ha trovato la morte Melissa Fogarty sia Lucas Burke?»

«Sì, anche subito» rispose Conklin.

«Bene» ribatté Gardner. «Io invece sono sicuro di no. Procuratore Castellano, vogliamo visionare questo video?»

90

Yuki girò di nuovo la lavagna bianca in modo da usarla come schermo. Nick Gaines, seduto al tavolo alle sue spalle, richiamò sul portatile il video del parcheggio e lo fece partire. Nell'aula risuonò il ronzio elettrostatico che accompagnava le immagini.

«Ispettore Conklin, ci può descrivere quello che stiamo vedendo sullo schermo?» disse Yuki.

«Ci provo» replicò Conklin. «La qualità delle immagini è scarsa, come spesso accade con questo tipo di videocamere. Era già buio e il parcheggio è poco illuminato. Ecco: qui si vede Melissa Fogarty che scende dall'auto, sta ferma per un po', poi passeggia avanti e indietro. La si riconosce benissimo perché è nel fascio di luce dell'unico lampione del piazzale.

«Adesso, se potete mandare avanti veloce il video...»

Nick Gaines passò al punto in cui nel parcheggio entrava un uomo a piedi.

«Ecco, quello è Burke. È vestito di nero e si avvicina a Melissa Fogarty tenendosi nell'ombra. La ragazza gli dice qualcosa che non possiamo sentire perché la videocamera non registra l'audio. Vediamo però che negli ultimi istanti di vita Melissa Fogarty volta le spalle all'imputato, risale in macchina, mette in moto e accende i fari. Ma l'assassino apre la portiera posteriore e sale a bordo. Un minuto dopo lo vediamo scendere e procedere nell'ombra fino a uscire dal raggio di azione della videocamera. L'auto rimane lì fino all'indomani mattina, quando Melissa Fogarty viene trovata senza vita. Ho visto personalmente che le era stata tagliata la gola ed era morta dissanguata al volante dell'auto» commentò Conklin.

«Come ha fatto a stabilire, in base a questo video, che a ucciderla è stato Lucas Burke?» domandò Yuki.

«Come dicevo, era buio, l'uomo nel parcheggio era vestito di scuro e aveva un berretto in testa, e quel grosso albero che vedete, che si trova nel terreno adiacente ma ha la chioma che sporge oltre la recinzione, fa ombra dappertutto. Tuttavia, visionando ripetutamente il filmato, abbiamo notato uno strano movimento da parte dell'aggressore.»

«Può farci una dimostrazione?» chiese Yuki.

«Fa un gesto così» rispose Conklin sollevando una mano come per scostarsi i capelli dalla fronte. «Lì per lì non capivamo se si toccava il berretto o spostava un ramo, poi abbiamo ipotizzato che il soggetto avesse lanciato qualcosa oltre la recinzione, forse l'arma del delitto. Abbiamo fatto ingrandire le relative inquadrature, ma purtroppo il software di riconoscimento facciale non ha trovato corrispondenza fra l'uomo del video e Lucas Burke per via della scarsa qualità delle immagini. Allora abbiamo consultato un perito fotografico che, dopo una serie di esami e confronti, nonostante la bassissima risoluzione del video, ha riscontrato una corrispondenza al novantacinque per cento.»

Yuki chiese a Nick Gaines di tornare indietro fino al punto in cui l'uomo compiva il gesto incriminato.

Nick eseguì e Yuki disse: «Metta in pausa qui, grazie».

«Come vedete, al di là della recinzione del parcheggio c'è un campo incolto dietro una stazione di servizio abbandonata. L'erba è alta più di un metro e nasconde rottami di vecchie auto che rappresentano un pericolo. Ma il terreno non appartiene alla scuola e il nostro mandato non lo comprendeva, per cui durante il sopralluogo abbiamo controllato soltanto il parcheggio e la Subaru. A nessuno è venuto in mente di cercare anche nella proprietà adiacente» disse Conklin.

«E come mai nessuno ci ha pensato?»

«Perché nel frattempo era riemerso un altro cadavere.»

«Per cortesia, si spieghi meglio» disse Yuki.

«Volentieri» replicò Conklin. «Era domenica, ma in quel periodo lavoravamo sette giorni su sette. Nei pressi di China Beach il mare aveva restituito l'auto e il corpo di Tara Burke e quindi ci siamo occupati di quello.»

«Ma alla fine avete perlustrato anche il campo incolto vicino alla scuola?»

«Sì. Due mesi dopo, ma l'arma del delitto era ancora lì che ci aspettava, nascosta fra erbacce altissime, a circa un metro dalla base del tronco.»

Yuki mostrò a Conklin una serie di foto scattate durante la perlustrazione del campo: dieci uomini in tuta bianca e, per ultima, la foto di una mano guantata che stringeva un rasoio.

«L'arma del delitto è questa?» domandò Yuki.

«Sì, assolutamente sì.»

Yuki osservò le facce dei giurati, che ascoltavano attentissimi. La foto del rasoio fu acquisita agli atti e mostrata alla giuria. Yuki fece mettere agli atti anche il verbale delle deposizioni di Lucas Burke e della ex moglie.

Poi ringraziò Conklin e passò il teste a Gardner. Era pronta a scommettere tutti i soldi del suo fondo pensione che Gardner non gli avrebbe chiesto quali prove aveva del fatto che il rasoio appartenesse al suo assistito.

Lucas Burke era innocente fino a prova contraria.

Yuki disponeva di tale prova contraria ed era decisa a usarla.

91

La cena al ristorante Lago stava per concludersi.

Dopo aver portato via i piatti del dessert, il cameriere tornò con il conto e lo porse a Berney.

« Offriamo noi » dissi.

Berney scosse la testa e lesse il conto con grande attenzione, come se fosse un messaggio in codice da decifrare. Magari lo era...

Il piano di Berney, a quanto avevo capito, prevedeva che ad arrestare Burke fossimo Alvarez e io, dopodiché lui ci avrebbe aiutato a trasferirlo a San Francisco e, finiti gli interrogatori, se lo sarebbe portato a Quantico sperando che diventasse mansueto come un agnellino e confessasse gli innumerevoli delitti dei quali era sospettato.

Sonia Alvarez giocava in casa e pareva del tutto a suo agio. Io ero un po' più in ansia. Quel piano prevedeva un notevole grado di improvvisazione e io conoscevo poco Alvarez e per nulla Berney.

Mi sarebbe piaciuto che Berney avesse mobilitato decine di agenti FBI travestiti da facchini e addetti dell'albergo per catturare il presunto serial killer, caricarlo in elicottero e portarcelo alla Corte affinché potessimo fargli il terzo grado e ottenere una piena confessione o una plausibile dichiarazione di estraneità ai fatti.

Mentre tirava fuori il portafoglio, Berney guardò il cellulare e perse di colpo la sua espressione placida e soddisfatta.

Joe gli chiese cosa c'era che non andava e lui rispose: «Il segnale del GPS di Burke è sparito».

Quindi Berney non sapeva più dove fosse Burke, e noi nemmeno.

Mi chiesi se il segnale era sparito temporaneamente, o se Burke si era accorto del GPS e aveva abbandonato di proposito l'auto per fare in modo che non ricevessimo più il segnale.

Poteva essere vicinissimo a noi.

Poteva essere lì a guardarci in quel preciso momento.

«Avete il mio numero. Usatelo solo in caso di emergenza. Grazie» disse Berney.

Posò un mucchietto di banconote sul conto e, veloce come era arrivato, si dileguò.

«Fra poco devo andare. Lindsay, vuoi che porti un messaggio a Julie da parte tua?» disse Joe.

In sottofondo si sentiva un classico di Neil Diamond, *Cracklin' Rosie*. Mentre lo accompagnavo alle scale mobili, gli dissi di portare a nostra figlia una strofa di quella canzone, se la sapeva.

«La so, Biondina, ma non saprei come spiegarle il testo, se mi chiede cosa vuol dire *store-bought woman.*»

Risi. «Già. Canticchiale la melodia senza le parole.»

«Sarà meglio. Ti senti pronta?»

«Così così. Non vedo l'ora di catturare Burke, ma il piano di Berney non mi è del tutto chiaro. Praticamente ci ha detto solo di essere prudenti.»

«Ce la farai, Lindsay. Sei riuscita a tenere testa a Burke già una volta sul monte Tamalpais, e Berney lo sa. Alvarez è molto in gamba. Berney vi spalleggerà. E ricordati che arrestare delinquenti è il vostro mestiere. Prendete Burke, poi chiamate Berney e vi aiuterà a consegnarlo a Clapper. Il piano è questo.»

Il piano era quello, e non mi piaceva.

«Dove hai la pistola?» mi chiese Joe.

Gli mostrai la borsetta.

Joe mi baciò, mi disse che mi amava e di dargli mie notizie appena possibile. Mentre si allontanava sulla scala mobile salutandomi con la mano mi parve che canticchiasse insieme a Neil Diamond.

92

Era ancora presto e Sonia Alvarez mi propose una visita guidata del casinò e delle sale da gioco del Bellagio.

Con i nostri vestiti eleganti e la pistola nella borsetta, cominciammo dalla sala del baccarat, cui si accedeva tramite un breve corridoio accanto all'ingresso del casinò. Lì c'era molto meno rumore rispetto alla zona riservata alle slot machine, dove i giocatori tentavano la sorte con l'accompagnamento dei grandi successi di Frank Sinatra in sottofondo.

Sonia mi spiegò le regole del baccarat mentre passeggiavamo nella sala dal pavimento di marmo, poi nella serra e infine nella hall con la scultura *Fiori di Como* di Dale Chihuly, quaranta tonnellate di vetro colorato che pendevano dal soffitto. Guardammo le vetrine delle boutique di lusso – Dior, Prada, Chanel – dove Sonia aveva conoscenze sufficienti a farle ottenere grossi sconti sugli abiti da sera della stagione passata.

Tutto questo era molto divertente.

Ma non riuscivo a non pensare a Evan Burke.

Alle nove eravamo in piedi, spalle al muro, nei pressi del tavolo del baccarat a guardare Berney che raccoglieva le vincite. O era un giocatore nato, oppure era d'accordo con il croupier, fatto sta che tutti gli occhi erano puntati su di lui. A differenza degli altri giocatori, tutti in giacca e cravatta, Berney sfoggiava il suo maglione rosa. Se Burke lo stava cercando, non avrebbe avuto difficoltà a individuarlo. Quando intorno al tavolo si furono radunate due o tre file di curiosi, feci cenno ad Alvarez che avevo intenzione di uscire dalla sala per dare un'occhiata in giro.

Berney alzò gli occhi un attimo, mi vide e prese due carte dal mazzo. Non aspettai di vedere che carte erano e mi spostai nel salone principale a scrutare fra le slot machine e i tavoli da poker illuminati da grandi lampadari.

Dopo un po' vidi Evan Burke. O almeno così mi parve.

Rispetto a quando lo avevo visto sulla veranda del bungalow nel bosco con il fucile imbracciato e puntato verso di me, si era tirato a lucido. Era seduto a uno sgabello alto davanti a un tavolo ovale insieme ad altri cinque giocatori che contavano le *fiches* e osservavano il croupier. Questa volta Quicksilver era in tenuta da serata mondana: indossava un'elegante giacca grigia e una camicia dall'aria costosa, anch'essa grigia, con il colletto sbottonato.

Seguiva attentamente il gioco, mentre dietro di lui una bella ragazza bionda con i capelli lunghi e riccioluti gli teneva una mano sulla spalla e gli bisbigliava all'orecchio. A ogni vincita, si baciavano come se fossero innamoratissimi. Burke era fortunato al gioco e pure in compagnia di una bella ragazza molto più giovane di lui. Evidentemente il Fantasma di Catalina, ex berretto verde con addestramento militare, aveva buoni motivi per rimanere a Las Vegas.

Ma il bello era che Burke non mi aveva riconosciuto. Tornai nella sala del baccarat e feci un cenno ad Alvarez e Berney. *Il nostro uomo è qui.*

Sonia si affrettò a raggiungermi e tornammo insieme nel casinò, mescolandoci alla folla festante. A un certo punto dal tavolo di Burke si levò un grido di gioia e un attimo dopo lo vedemmo raccogliere una montagnola di *fiches* e alzarsi dallo sgabello per andarsene.

Senza darmi il tempo di avvicinarmi e dire «Signor Burke, vorremmo parlarle un attimo», la bella bionda aprì la borsetta, lui vi mise le *fiches* e insieme si avviarono verso l'uscita.

Li seguimmo a distanza, ma senza mai perderli di vista. Oltre le porte aperte vidi che in cima alla rampa davanti all'ingresso si era appena fermato un taxi arancione, tappezzato di pubblicità di casinò. Un inserviente dell'hotel aprì la portiera posteriore per far salire Burke e la ragazza, il taxi ripartì e, in fondo al viale di accesso circolare, si immise nel traffico della Strip.

Passai davanti alla gente in coda mostrando il badge. «Polizia. Permesso, permesso, fateci passare. Polizia.»

Arrivò un altro taxi. Mostrai il badge anche all'autista.

Mi scocciava ricorrere a quello che poteva sembrare un cliché, ma appena io e Alvarez ci fummo sedute dietro e allacciate le cinture, dissi: «Presto, insegua quel taxi!»

93

Sulla Strip c'era molto traffico anche il lunedì sera alle nove e mezzo e il taxi color mandarino di Evan Burke procedeva al rallentatore tre macchine più avanti della nostra.

Sui lati della famosa strada sfilavano i grandi alberghi di Las Vegas con le insegne abbaglianti e nella mezzeria una fila infinita di palme sabal, ma tutto questo restava nella mia visione periferica perché tenevo lo sguardo fisso sul taxi arancione.

Dopo un incrocio il traffico diradò leggermente e riuscimmo ad accelerare, ma poi ci toccò fermarci di nuovo al semaforo successivo.

«Dove sta andando Burke?» chiesi fra me e me.

Alvarez, vedendo che il taxi svoltava a sinistra in Freemont Street, mi rispose: «Secondo me, sta andando al Golden Eagle Hotel. Un tempo era una delle mete preferite dalle star del cinema, ma adesso è in attesa di una ristrutturazione che probabilmente non arriverà mai ed è frequentato soprattutto da poveracci».

Vidi un grosso edificio di mattoni tre isolati più avanti. Era un lungo parallelepipedo con un'enorme aquila dorata sul tetto e un'altra, più piccola, sopra l'ingresso. Più che a un hotel, assomigliava a una fabbrica di munizioni.

«Sonia, ci sei già stata?» chiesi.

«Sì. So come è fatto e dove sono le toilette e conosco gente che ci lavora. Negli ultimi dieci anni ci sono venuta diverse volte, da infiltrata.»

Al semaforo successivo scattò il rosso. Il taxi arancione accelerò e passò lo stesso, si sentirono dei clacson, ma nessuno schianto di lamiere. I veicoli davanti a noi erano diligentemente fermi in attesa del verde.

Mi avvicinai al divisorio di vetro e chiesi all'autista: «Ha visto se il taxi arancione ha fatto scendere qualcuno all'Eagle?»

«Mi sembra che si sia fermato davanti all'albergo. Sì, ecco che svolta alla traversa successiva» rispose il tassista.

Avrei potuto dirgli di passare con il rosso, ma sarebbe stato inutile: eravamo in mezzo a un mare di veicoli fermi.

L'autista si voltò indietro. «Volete scendere qui?» disse.

Calcolai quanto poteva costare la corsa fino a quel punto, aggiunsi la mancia e introdussi i soldi nell'apposito cassetto di plastica.

«Andiamo» dissi a Sonia, che aveva già aperto la portiera.

Scesi anch'io e, zigzagando fra le auto ferme, raggiungemmo il marciapiede per poi partire di corsa verso il Golden Eagle, a un isolato di distanza.

Non c'era un secondo da perdere. Se ci fossimo lasciate sfuggire Burke, c'era il rischio che non riuscissimo a beccarlo mai più.

Due addetti in livrea ci aprirono le porte dell'hotel. Sonia aveva modificato la foto di Burke ai tempi dell'arruolamento, quarant'anni prima, con un software di invecchiamento facciale. La mostrò a uno dei due buttafuori, che aveva una targhetta con il cognome Reynolds, e chiese: «Jamie, hai visto quest'uomo?»

«Era con una ragazza» rispose Jamie Reynolds facendo un gesto con un dito vicino alla testa che poteva voler dire sia «riccia» che «svitata».

«Saranno al casinò.»

Entrammo nella hall semibuia e rinfrescata dai condizionatori e fu come ritrovarsi direttamente negli anni Quaranta. C'erano aquile disegnate nella moquette e tappezzerie a righe dorate. Il casinò era sulla destra, la reception dritto davanti a noi. Scrutai da una parte all'altra con i miei occhi da falco, ma non vidi né la ragazza dai riccioli d'oro né Evan Burke.

«Vado a vedere se sono al casinò» dissi.

Alvarez si diresse alla reception, dove un'anziana impiegata contava banconote e metteva quelle di grosso taglio sotto il cassetto del registratore di cassa.

Occhi bassi, parrucca e cellulare contro l'orecchio, passai tra le file di slot machine in cerca dell'uomo in grigio e della bionda.

Mi sentii chiamare e mi voltai.

«Ha fatto il check-in a nome 'William Marsh' e signora» disse Alvarez.

«Numero di stanza?»

«Fai conto che abbia già anche la chiave, Boxer.»

94

La «chiave» si chiamava Christopher Johns ed era uno degli impiegati alla reception del Golden Eagle.

Era sulla trentina e aveva già passato informazioni a Sonia in altre occasioni, un po' per il gusto di farlo e un po' per soldi.

«Ispettore, per questa cosa io rischio il licenziamento.»

«Quale cosa?» chiese Alvarez.

«Stanza B16.»

Alvarez gli mise in mano una banconota.

«La stanza B16 è al piano interrato. Probabilmente costa ventinove dollari a notte» mi disse mentre ci allontanavamo.

Eravamo in una lunga corsia di slot machine. Alvarez tirò fuori dalla borsa il cellulare e fece una chiamata.

«Belinky, sono con il sergente Boxer» disse. «Abbiamo bisogno di due volanti al Golden Eagle. Codice due. Se tutto va bene, avremo bisogno anche di trasportare in centrale il nostro obiettivo. Sì, esatto. Grazie, capo.»

Pensando che Berney fosse ancora al Bellagio al tavolo del baccarat, selezionai il suo numero sul cellulare e condivisi la nostra posizione. «Andiamo a guastare la festa a Burke» dissi poi ad Alvarez.

Proseguimmo nel corridoio delle slot machine, fra lampi di luce e tintinnii, imprecazioni e grida di gioia quando nell'apposito scomparto scendevano cascate di monete. Un allegro vociare proveniva anche dalla nostra destra, dove si trovava un bar dalle luci basse, mentre a sinistra c'era un buffet molto illuminato che serviva fritture di ogni genere e restava aperto tutta la notte. Poco più avanti passammo accanto a un salone dove era in corso una festa di nozze, con decine di giovani che ballavano al ritmo di un genere di musica a me totalmente sconosciuto.

L'ascensore in fondo alla hall aveva le dimensioni di un vagone ferroviario. Sentii una piccola scarica di adrenalina quando premetti il pulsante B e la cabina cominciò a scendere per portarci al piano interrato. Che cosa ci aspettava là sotto? Saremmo tornate a casa sane e salve quella sera?

Mi fermai un attimo per orientarmi.

Di fronte all'ascensore c'era la lavanderia dell'hotel, con varie asciugatrici in funzione a pieno carico. Le camere a quel piano erano sedici, otto per lato, e in fondo al corridoio c'era un'uscita di sicurezza. Fra l'ultima camera e l'uscita di sicurezza c'erano un vano con diversi distributori automatici a sinistra e, a destra, la cucina del buffet. Dal soffitto e dalle pareti arrivavano le vibrazioni della musica disco.

« Dici che la ragazza è scesa qui sotto spontaneamente? » sussurrò Alvarez.

« Be', lui le ha messo un sacco di *fiches* nella borsetta. »

La stanza B16 era vicino all'uscita. Aggirammo un carrello delle pulizie e ci avvicinammo alla porta.

Sapevo di potermi fidare di Alvarez, e tutte e due conoscevamo la procedura da seguire nei casi come quello.

Alvarez prese posizione a sinistra della porta. Io bussai e mi piazzai a destra.

«Mi manda la reception, signor Marsh. Dalla stanza accanto alla sua esce del fumo. Dobbiamo entrare a controllare, è urgente» gridai.

Mi aspettavo che facesse finta di non esserci o mi mandasse al diavolo, invece udii un grido acutissimo che mi fece accapponare la pelle.

«Aiuto!» Era una voce di donna. «Aiutoöooo!»

95

Presi fiato e sferrai un calcio contro la porta.

Un calcio ben assestato, che oltre a spalancare la porta staccò dal muro metà dello stipite. La stanza era illuminata solo dalla luce che proveniva dal corridoio. Avanzando a tastoni, trovai il bagno sulla destra.

Localizzai l'interruttore e accesi la lampadina da 40 watt sopra il lavabo. Si udirono degli spari e un proiettile si conficcò nella porta.

Alvarez si buttò a terra e io mi schiacciai contro il muro del bagno.

«Evan Burke, siamo dell'SFPD. Getta a terra la pistola. Subito! Altrimenti ordino agli SWAT di aprire il fuoco!» gridai.

Alvarez era al telefono.

«Chiamo dall'Eagle. Piano interrato. Esplosi colpi di arma da fuoco contro due pubblici ufficiali in borghese, due donne tuttora sul posto. Fate attenzione.»

La ragazza intanto continuava a gridare: «Aiuto! Vi prego, aiutatemi! È pazzo! Aiutoooo!» Poi le urla cessarono e furono sostituite da mugolii: Burke doveva averle tappato la bocca.

Avrei voluto correre dalla ragazza, ma la stanza era buia mentre io ero controluce e se fossi intervenuta sarei inevitabilmente diventata un facile bersaglio. Né io né Alvarez avevamo il giubbotto antiproiettile. Più di tanto non potevamo fare.

Burke cacciò un urlo di dolore. «Maledetta stronza!»

La ragazza doveva avergli morsicato la mano con cui le teneva tappata la bocca, ma non era riuscita a liberarsi e urlò forte, a lungo.

«Zitta! Stai zitta, ti ho detto!» sbraitò Burke.

Sembrava fuori di sé.

«Burke, lasciala andare. Getta la pistola verso di me e vieni avanti con le mani in alto. Se fai così, usciremo tutti vivi da qui. Altrimenti, sei un uomo morto.»

«È lei, sergente Boxer? Non l'avevo riconosciuta.»

Dov'era Burke? Non vedevo niente in quella specie di buco nero.

La stanza era una trappola e i rumori che venivano da fuori mi distraevano: lavatrici e asciugatrici in funzione, sbatacchiare di pentole e stoviglie e voci in cucina. Temevo che da un momento all'altro arrivasse qualche dipendente dell'albergo e si trovasse in grave pericolo.

Finalmente i miei occhi si abituarono all'oscurità e riuscii a intravedere Burke.

Era dall'altra parte della stanza, seduto per terra accanto al letto con la schiena appoggiata al muro e la ragazza, a seno nudo, fra le ginocchia piegate a fargli da scudo. «Buttate la pistola, o la uccido» disse.

«Ci conosciamo già, Burke. Non ci casco.»

Sentii delle voci nel corridoio, gente che parlava forte in spagnolo. Come temevo, stava arrivando qualcuno dell'albergo.

«*No se acerquen!* State lontani da questa porta!» gridò Alvarez.

Tutti si immobilizzarono.

Il resto accadde in un attimo.

La ragazza lanciò un lungo grido di puro terrore.

Si sentirono degli spari e la ragazza si zittì di colpo. Non vidi schizzare il sangue, ma ne riconobbi l'odore. Nella penombra vidi luccicare la pistola di Burke, puntata contro di me.

Siamo addestrati a sparare per uccidere mirando al centro di massa, ma non riuscii a prendere la mira e i miei due colpi centrarono la spalla destra di Burke.

Maledizione. Nel frattempo il corridoio si stava riempiendo di gente che scappava urlando spaventata finché qualcuno non spinse il maniglione dell'uscita di sicurezza e fece scattare l'allarme.

Intravidi Burke che cercava di impugnare la pistola con tutte e due le mani, ma non riusciva a prendere la mira.

Entrammo nella stanza: Alvarez disarmò Burke e io sollevai da terra la ragazza per stenderla sul letto. Perdeva moltissimo sangue dalla testa e sbatteva le palpebre. «Resisti, stanno arrivando i soccorsi» le dissi, ma sapevo che non ce l'avrebbe fatta.

A quel punto Alvarez aveva messo Burke faccia al muro, con la mano sana appoggiata alla parete. Burke urlava come un ossesso, quando telefonai a Belinky.

«Cosa succede, sergente?»

«Ci ha sparato addosso, capo. E ha sparato in testa alla sua donna. Lo abbiamo immobilizzato. Mandate un'ambulanza e il medico legale. Ci vogliono anche degli agenti che mettano in sicurezza il piano interrato. La scena del crimine è sotto controllo, ci siamo io e Alvarez, in borghese.»

96

Evan Burke ululò quando l'ispettore Alvarez lo ammanettò con le braccia dietro la schiena.

Poi Alvarez lo dichiarò in arresto e gli ricordò quali erano i suoi diritti. «Lo so, maledizione» grugnì Burke. Io intanto avevo acceso la luce.

La ragazza bionda fissava il soffitto senza vedere nulla. C'era sangue dappertutto: su di lei, sul letto, addosso a Burke schiacciato contro il muro con una smorfia di dolore sulla metà del viso che riuscivo a vedere.

Telefonai a Brady, che rispose subito. Il segnale wifi era debole, ma gli riferii tutto quanto in meno di venticinque parole.

«Ti richiamo appena Burke è sotto chiave.»

Il comportamento di Burke quella sera mi spingeva a immaginare cose spaventose e faceva vacillare le mie certezze. E se davvero Yuki stava cercando di condannare il Burke sbagliato? Non riuscivo a togliermi dalla testa quel dubbio, ma cercai di non pensarci perché dovevo concentrarmi sull'omicidio cui avevo appena assistito.

«Alvarez e io siamo testimoni oculari dell'omicidio della tua compagna. Se vuoi che ti aiutiamo, ti conviene parlare adesso» dissi a Burke.

Lui emise un verso che forse voleva essere una risata.

Continuai: «Verrai condannato per omicidio di primo

grado, ma sei ricercato anche dai federali. Il procuratore di San Francisco potrebbe intercedere per te, a fronte di una confessione. Se tu ammettessi di aver ucciso Tara e Lorrie Burke, Melissa Fogarty ed eventuali altre vittime, forse... »

« Non fatemi ridere. Quegli omicidi sono opera di Lucas. Lo conosco e le assicuro, sergente, che mio figlio è un assassino. »

« Come te. »

« No, molto peggio. Si è sempre divertito a uccidere, fin da piccolo. Uccellini, cagnolini... Li feriva con il coltello e continuava a tagliuzzarli finché non morivano. Non lo compatisca, Boxer – giusto? È fiato sprecato. Luke è un sadico, un mostro. Capace di uccidere la propria figlia. »

Due colleghi si affacciarono sulla soglia. Feci loro un resoconto molto conciso. « Ha ammazzato questa donna. È in arresto. Abbiamo chiamato l'ambulanza. Non perdetelo di vista nemmeno per un momento. »

Altri poliziotti stavano tendendo il nastro per isolare il corridoio quando arrivò la Scientifica.

« L'offerta sta per scadere » dissi a Burke.

« Le dona quel vestito da sera. »

Ignorai il commento. « Come si chiamava la ragazza? » chiesi.

« Candy? Tammy? Sugar? »

Fotografai Burke e mandai l'immagine a Berney mentre la stanza si riempiva di paramedici e tecnici della Scientifica. Prima che la morta senza nome venisse avvolta in un telo e portata via in barella, Sonia le scattò un primo piano con il foro del proiettile in mezzo alla fronte.

Dentro di me continuavo a chiamarla la «ragazza» perché pareva giovanissima. Aveva vent'anni? O era una teenager vestita da adulta? Come aveva fatto a conoscere Evan Burke?

Pensavo anche alle persone che le volevano bene, ancora ignare della sua tragica fine. Ero affranta. Si era difesa accanitamente, aveva invocato aiuto e io non ero riuscita a salvarla.

I paramedici tolsero le manette a Burke, lo caricarono su una barella e gli legarono i polsi alle sbarre con fascette di plastica. Prima che lo portassero via, mi chiamò.

«Sergente.»

Si era deciso a parlare?

«Sono qui.»

«Voi donne non sapete sparare» disse. «Per mia fortuna.» Rise e mi mostrò il dito medio.

Uno dei paramedici gli passò un'altra fascetta intorno al braccio destro e glielo assicurò alla sponda della barella, stringendolo parecchio. Burke imprecava, quando lo portarono via.

Chiamai Clapper.

«L'abbiamo preso, capo.»

«Complimenti, Boxer. Voi due state bene?»

«Sì, tutto bene. Burke deve essere operato. Gli parleremo domani mattina.»

Erano quasi le 23.00.

«Saremo in ufficio entro mezzogiorno» dissi.

Uscii nel corridoio, con Alvarez battemmo il cinque e poi... ma sì, già che c'eravamo, ci abbracciammo.

«Chi l'avrebbe mai detto?» esclamò lei.

«Io no di sicuro» replicai.

Eravamo ancora scosse dal pericolo che avevamo corso. Mi tolsi la parrucca e la cuffia di nylon e scossi la testa per rimettermi a posto i capelli. Poi prendemmo l'uscita di sicurezza, come i paramedici, lasciandoci alle spalle i sotterranei del Golden Eagle decise a non ritornarci mai più.

Gli ex colleghi di Sonia Alvarez ci aprirono la portiera di una volante e ci riportarono al Bellagio.

97

Yuki notò che quel giorno l'avvocato difensore aveva abbinato al completo grigio una camicia celeste.

Nonostante fossero le nove del mattino aveva già un accenno di barba che gli dava un'aria vulnerabile, umana, come se, preoccupato per il suo cliente, fosse stato sveglio tutta la notte a prepararsi per l'udienza.

«Buongiorno, ispettore Conklin» disse Gardner con tono quasi amabile.

Yuki la ritenne una messinscena. Credibile, ma pur sempre fasulla.

Gardner era intenzionato a distruggere la credibilità di Conklin, il quale sotto giuramento si era dichiarato convinto che Lucas Burke avesse mentito riguardo all'ora in cui era partito da San Francisco per Sacramento e che fosse lui l'uomo del video che aveva tagliato la gola a Melissa Fogarty nel parcheggio della scuola.

Gardner non poteva non cercare di smontare la sua testimonianza e Yuki era molto preoccupata per questo. Conklin era determinato e sicuro di sé, ma Newton Gardner era un osso duro.

«Ispettore, il signor Burke le ha detto che alle otto di quel venerdì sera si trovava a Carmel in un resort con la ex moglie, giusto?»

«Sì.»

«E la signora Conroy lo ha confermato?»

«Sì, lui lo ha dichiarato e Alexandra Conroy lo ha confermato. Ma io non credo più alla cronologia...»

«Basta così, grazie. La risposta è più che sufficiente.»

Conklin continuò imperterrito. «Come dicevo, non credo più alla cronologia degli eventi dichiarata dall'imputato, perché il ritrovamento dell'arma con cui è stata uccisa Melissa Fogarty fa ricadere chiaramente su di lui la responsabilità dell'omicidio.» Una giurata si lasciò sfuggire un'esclamazione e subito si coprì la bocca con la mano. Il giudice la guardò severamente con i suoi occhi grigi, poi disse: «Avvocato Gardner, continui pure».

«E secondo lei questo smentisce quanto dichiarato dal mio assistito riguardo a dove si trovava alle otto della sera in cui fu uccisa Melissa Fogarty?»

«Io credo a quello che dicono le prove materiali, avvocato.»

A quel punto Lucas Burke si alzò in piedi e urlò: «Non sono stato io! Io non ho mai ucciso nessuno! È stato mio padre. Non può essere stato nessun altro. Mio padre è l'uomo più malvagio che sia mai esistito. Mi ha incastrato!»

Il giudice Passarelli batté il martelletto sulla cattedra finché gli animi non si furono calmati e in aula non fu tornato il silenzio.

Ci vollero tre minuti buoni, calcolò Yuki. Poi il giudice chiese a Gardner se aveva altre domande per il teste.

«Mi riservo di reinterrogare l'ispettore Conklin dopo che l'accusa avrà prodotto queste presunte nuove prove» rispose Gardner.

Yuki saltò su. «Obiezione! Chiedo che l'aggettivo 'presunte' venga cancellato dal verbale» disse.

John Passarelli fece un gran sospiro. «Obiezione accolta.» Poi si rivolse alla stenografa. «Signora Clemons, cancelli la parola 'presunte'. La giuria è invitata a ignorare tale aggettivo. E ora procediamo. D'accordo, avvocato Gardner, potrà interrogare nuovamente il teste in seguito.» Yuki si rese conto che Gardner aveva cercato non solo di provocare lei, ma di insinuare nella mente dei giurati il ragionevole dubbio che Lucas Burke fosse innocente. Il tentativo era riuscito? Lo straziante appello di Burke aveva commosso qualcuno tra le file della giuria?

Yuki stessa era rimasta profondamente colpita, ma a contare erano le prove, e le prove dimostravano la colpevolezza di Lucas Burke.

98

«La pubblica accusa chiama a testimoniare il direttore della Scientifica, dottor Eugene Hallows» disse Yuki.

Le porte si spalancarono ed entrò Eugene Hallows: sulla cinquantina, alto, spalle un po' curve, si avvicinò al banco dei testimoni con andatura leggermente traballante. Erano solo sei mesi che aveva preso il posto di Clapper, ma non era ancora del tutto a suo agio né nei laboratori forensi né in tribunale.

Yuki gli si avvicinò sorridendo.

«Dottor Hallows, o meglio, direttore, ci illustri le sue qualifiche nel campo delle scienze forensi.»

Hallows elencò con qualche esitazione i punti salienti del suo curriculum: due dottorati in criminologia conseguiti alla University of California Irvine, esperienza pluriennale alla Scientifica di Chicago, cinque anni da vice di Charles Clapper e la recente promozione a responsabile dei laboratori forensi di San Francisco a Hunters Point, dove dirigeva il lavoro di duecento persone, fra ispettori, ricercatori e tecnici.

«Si è occupato personalmente del caso Burke?» gli chiese Yuki.

«Sì, da quando è stato rinvenuto il cadavere della bambina.»

Yuki gli fece ripercorrere le varie fasi delle indagini soffermandosi in particolare sul ritrovamento del rasoio con il quale era stata sgozzata Melissa Fogarty.

Yuki tornò al tavolo dell'accusa e Nick Gaines le porse una busta marrone formato A4, chiusa con il nastro adesivo rosso della Scientifica.

«Dottor Hallows, è stato lei a sigillare questa busta?»

«Sì. Quella è la mia firma.»

«Vuole aprirla, per cortesia?»

Hallows strappò il lembo della busta, poi la rovesciò facendosi cadere in mano una busta più piccola, di plastica trasparente.

La porse a Yuki, che la sollevò perché tutti la vedessero. Conteneva un rasoio manuale, con lama in acciaio al carbonio e impugnatura cromata, che scintillava alla luce. Eccola, finalmente: la prova di cui aveva bisogno era lì, fra le sue mani.

«È il rasoio con il quale è stata uccisa Melissa Fogarty?» chiese a Hallows.

«Sì.»

«Può spiegare alla corte come fa a esserne sicuro?»

«Sulla lama e nella cerniera ci sono tracce di sangue di Melissa Fogarty e sull'impugnatura ci sono impronte di Lucas Burke» rispose Hallows.

Nell'aula si alzò un mormorio. Yuki chiese che il rasoio venisse acquisito agli atti, quindi porse la busta trasparente sigillata alla portavoce della giuria. Mentre i giurati si passavano il reperto, Yuki prese due foto per mostrarle al teste.

«Dottor Hallows, adesso le mostrerò due fotografie e vorrei che lei ce le descrivesse.»

«La foto numero uno è un fotogramma del video dell'omicidio di Melissa Fogarty e, più precisamente, un ingrandimento del viso dell'assassino. La numero due è una foto dell'imputato, Lucas Burke, scattata al momento dell'arresto cinque mesi fa. Dal momento che i dettagli della foto numero uno sono difficili da distinguere persino per i software di riconoscimento facciale, abbiamo consultato un esperto di fotografia forense molto quotato, il dottor Werner Stutz, e gli abbiamo chiesto di confrontare le due foto.»

Yuki espose le due immagini sulla lavagna bianca sotto le rispettive etichette.

«Direttore, ci può illustrare le somiglianze e le differenze fra le due fotografie?»

«Certo. Il parere del dottor Stutz si basa su un metodo di misurazione e comparazione dei lineamenti facciali in uso da oltre duemila anni, ma con l'utilizzo di strumenti digitali molto più precisi.»

Hallows continuò. «Noterete che sulle foto ci sono dei numeri. Indicano la distanza, per esempio, fra gli angoli degli occhi, qui e qui, e tra le pupille e la punta del naso, fra uno zigomo e l'altro e, qui, tra gli zigomi e gli apici e i lobi delle orecchie. Questa invece è la lunghezza dell'attaccatura del naso. E ce ne sono molte altre.»

«A quale conclusione è giunto il dottor Stutz?»

«Il suo parere professionale è che si tratti, al novantacinque per cento, di due fotografie dello stesso uomo.»

«Non al cento per cento?» domandò Yuki per essere lei a mettere in evidenza il punto debole della testimonianza ed evitare che lo facesse la parte avversa con danni molto maggiori.

Hallows rispose: «L'uomo ripreso nel video ha un berretto calcato sulla fronte che copre in parte le orecchie. Il cinque per cento di incertezza deriva dal fatto che nella foto raffrontata con questa il soggetto ha la testa scoperta».

«Grazie, direttore. Vostro onore, l'accusa ha terminato. A lei la parola, avvocato Gardner.»

99

Ero con Alvarez a bordo di una volante che procedeva a velocità sostenuta sulla Strip per portarci dal Bellagio all'aeroporto.

Non vedevo l'ora di tornare a casa, ma il nostro lavoro non era finito. Dissi: «Sonia, che ne dici di provare a vedere se questa è la nostra giornata fortunata?»

«Sì. Devono averlo operato durante la notte, o stamattina presto. Non può aver già chiamato un avvocato. E ho delle conoscenze al pronto soccorso.»

Dissi all'agente che guidava, protetto da una grata: «Vorremmo fare una piccola deviazione. Può portarci al Sunrise Med e aspettarci?»

«Il capo ci ha detto di stare a vostra disposizione, sergente. Come volete.»

Pochi minuti dopo avevamo parcheggiato accanto all'ingresso delle ambulanze al pronto soccorso dell'ospedale. Alvarez e io eravamo in divisa, con il badge appuntato sul risvolto della giacca. Appena ci avvicinammo, le porte automatiche si aprirono. Quella mattina il pronto soccorso era mediamente affollato.

«Merda» mormorò Alvarez nel vedere l'infermiera al banco dell'accettazione. «Non la conosco.»

«Fai la poliziotta buona e, se non funziona, intervengo io e faccio quella cattiva.»

L'infermiera alzò gli occhi e ci vide davanti al bancone.

«Cosa posso fare per voi, agenti?»

«Siamo del dipartimento di polizia di San Francisco e stiamo indagando su un caso in collaborazione con l'LVPD. Dobbiamo parlare con un paziente che è stato ricoverato verso mezzanotte per una ferita a una spalla» rispose Alvarez.

«Nome?»

«L'ultimo che ci risulta è William Marsh.»

La donna scorse un elenco con il dito e lo trovò.

«Aspettate qui. Vado a chiamare il medico di guardia.»

Un attimo dopo tornò con un trentenne in camice bianco e pantaloni azzurri.

«Ehilà, Marco, buongiorno» disse Alvarez.

«Buongiorno a te, Yorkie. Sei già tornata?»

«No, no. Ti presento la mia collega Lindsay Boxer, sergente dell'SFPD. Boxer, lui è il dottor Marco Ganz. Marco, vorremmo parlare un minuto con William Marsh.»

«È uscito dalla sala operatoria e dorme ancora. In fondo al corridoio.»

«È questione di un paio di minuti, dottore» intervenni. «Ieri sera ha ucciso una donna, la sua ragazza, o forse una escort. Dobbiamo farci dire come si chiamava.»

«Venite con me.»

Seguimmo il medico fino a una stanza piantonata da due poliziotti. Il dottor Ganz aprì la porta. Burke era solo nella camera, sdraiato in un letto con una flebo al braccio. Vari monitor segnalavano con dei bip l'andamento dei parametri vitali.

«Signor Marsh, ha visite. Questione di due minuti. Io aspetto qui fuori» disse Ganz.

Burke aveva spostato da una parte lenzuolo e coperta e indossava un camice ospedaliero bianco a pois azzurri e calzini coordinati. Aveva il braccio destro al collo.

«Che gentili» disse. «Grazie della visita. Soprattutto lei, sergente Boxer. Sono commosso al pensiero che si preoccupi per me.»

«C'è qualcuno che desidera avvertire?» domandai impassibile.

Burke non rispose.

«Okay. Noi torniamo a San Francisco con il prossimo volo. Ha qualcosa per il nostro procuratore distrettuale? Che so, una confessione sugli omicidi di Tara, Lorrie e Melissa... Cerchi di essere convincente e forse il procuratore metterà una buona parola per lei presso il suo omologo di Las Vegas» dissi.

«Ah, be', questa sì che è una proposta irrinunciabile.»

Sarcasmo. Burke era lucido e vigile. Però parlava lentamente. Doveva essere l'effetto del Demerol nella flebo.

«Le dico cosa può riferire al procuratore distrettuale. Piacerà anche a lei, sergente. Mi scopavo la moglie di Luke. Me la sono scopata per anni a sua insaputa. Sono stato anche al loro matrimonio.»

Era vero o se lo stava inventando?

Burke sorrise ed ebbi la netta sensazione che mi stesse prendendo in giro.

«Lorrie era mia figlia. Mi creda, non sono stato io a ucciderla. Vuol sapere com'è andata, secondo me? Tara si è lasciata scappare che il padre di Lorrie ero io, e Luke non ci ha visto più. Mio figlio è un violento» continuò.

Possibile? Era chiaro che mentiva. Ma allora perché una parte di me gli credeva? Era stato davvero Lucas a uccidere le persone che amava, era davvero colpevole come sosteneva la procura? O il vero colpevole era Evan Burke?

Avevo argomenti a favore di entrambe le ipotesi, purtroppo.

Alvarez tirò fuori il cellulare e mostrò a Burke la foto della ragazza a cui aveva sparato la sera prima.

«Come si chiama? Dobbiamo avvertire i famigliari.»

«Non... lo... so...»

Burke stava soccombendo all'effetto soporifero dei farmaci.

«Perché le ha sparato?» gli urlai in faccia. «Che bisogno c'era di ucciderla?» Aprì gli occhi.

«Perché non la smetteva più di gridare.»

«Le ha sparato perché gridava? Era terrorizzata, cazzo!»

«Okay, sergente. Diciamo che...» Fece una lunga pausa, e io aspettai pazientemente. Alla fine disse: «Ero stanco di scappare. Volevo fermarmi...»

Rimase a bocca aperta, poi chiuse gli occhi.

Il dottor Ganz entrò nella camera.

«Avete ottenuto quello che vi serviva? Vi avevo avvertito che era ancora sotto sedazione.»

«Sì, sì» replicai.

Ganz aprì le braccia e Alvarez si avvicinò e lo abbracciò.

Io mi limitai a ringraziarlo. Uscimmo dall'ospedale e risalimmo in macchina.

Mi voltai verso Alvarez. «Yorkie?» dissi.

«Mi chiama così.» Allargò le dita e se le passò fra i capelli per scostarsi la frangia dalla fronte. «Dice che sono come uno yorkshire terrier: quando addento un osso, non lo mollo più...»

Risi. «L'imbarco del nostro volo è tra venti minuti» dissi agli agenti seduti davanti.

«Ricevuto, sergente.»

Allacciammo le cinture e la volante partì sgommando sulla South Maryland Parkway. «Cosa pensi della versione di Burke?» disse Alvarez.

«Non so neanch'io cosa pensare. Se quello che dice è vero, Lucas aveva un movente importante: suo padre andava a letto con Tara e Lorrie non era figlia sua. C'è gente che uccide per molto meno. Ma abbiamo visto con i nostri occhi Evan Burke sparare a quella povera ragazza senza motivo. Sarebbe bastato che la prendesse in ostaggio: era armato, poteva imboccare l'uscita di sicurezza invece di ammazzarla. E siccome è un mostro, ma è intelligente, non riesco a spiegarmi che abbia potuto commettere un errore del genere. Certo, lui dice che era stanco di scappare... Sinceramente, Sonia, penso che non dobbiamo credere a niente di quello che esce dalla sua bocca. È uno psicopatico.»

100

Il volo United 5274 era a trentamila piedi sopra il deserto del Nevada.

Guardavo dal finestrino e intanto pensavo a Evan e Lucas Burke.

Non ero più tanto sicura che Lucas avesse ucciso la moglie, la figlia e la povera Misty. Evan aveva affermato «Quegli omicidi sono opera di Lucas» e lo aveva detto con convinzione... Era vero? O io mi ero persuasa che il colpevole fosse Lucas Burke soltanto perché ero vittima di un pregiudizio, avevo visto la bambina morta, avevo parlato con Kathleen, avevo preso il tè con Misty, le avevo consigliato di lasciarlo...

Non riuscivo a raccapezzarmi. Avevamo indagato e rinviato a giudizio il Burke sbagliato? Immaginai un faccia a faccia tra padre e figlio e, mentre tentavo di decidere quale dei due era il vero mostro, all'improvviso scoppiai in un pianto dirotto, con la faccia nascosta tra le mani.

Cercai la borsa posata per terra, ma non la trovai. Le lacrime mi scendevano a fiumi, quasi singhiozzavo.

Alvarez si era appisolata. Vidi un tovagliolo di carta nella tasca dietro il sedile, lo presi e mi asciugai gli occhi. Appena i singhiozzi si placarono, mi soffiai il naso e Alvarez si svegliò di soprassalto.

«Cosa c'è?»

« Scusa. Niente, continua pure a dormire. »

Lei mi guardò. « Lindsay, che succede? » disse.

Le feci segno di lasciar perdere, ma non demordeva.

« Credo di aver capito » dissi dopo un po'.

« Capito cosa? »

« Perché Burke ha sparato a quella povera ragazza sotto i nostri occhi. »

« Sentiamo. Spiegami tutto. »

Arrivò una hostess con il carrello. Io presi un breakfast burrito e uno Chardonnay.

« Anche per me » disse Alvarez.

Quando la hostess ebbe finito di servirci, abbassai la tendina dell'oblò e aprii la mini bottiglia di vino. Alvarez stava ancora aspettando che finissi di illustrarle la mia teoria sul perché Burke aveva sparato alla ragazza senza nome.

Mi scrollò per un braccio. « Su, parla » disse.

« Okay. La mia teoria è questa: Burke ha visto Berney al Bellagio. Giustamente ha pensato che fosse lì per lui e, quando lo abbiamo beccato al Golden Eagle, ha deciso che gli conveniva finire agli arresti per omicidio a Las Vegas piuttosto che davanti a una corte federale. »

« Mmm. Nel Nevada c'è la pena di morte » mi fece notare Alvarez.

« Sì, ma se trova un avvocato difensore in gamba e ambizioso, che vuole farsi un nome con un processo clamoroso... Inventando una storia convincente sulla morte della ragazza senza nome, potrebbe riuscire a tirare dalla sua parte la giuria e puntare a una condanna lieve, se non proprio all'assoluzione. Lo hai sentito anche tu, Sonia: è un grande manipolatore, riesce a farti credere qualsiasi cosa. »

Proseguii con la mia teoria.

«Potrebbe dire, per esempio: 'La stanza era completamente buia'.»

«Lo era» disse Alvarez. «E c'era un sacco di rumore.»

«Vero. Musica della festa al piano di sopra, fracasso di pentole e stoviglie dalla cucina. Burke potrebbe sostenere che lui e la ragazza erano molto 'impegnati', quando abbiamo sfondato la porta.»

«Potrebbe negare che lei abbia invocato aiuto» aggiunse Alvarez.

«Certo. Potrebbe sostenere che, essendo occupato in altro, non ci ha sentito bussare, non ha sentito dire 'Polizia', ha visto la porta che si spalancava e due persone armate di pistola in controluce. Che cosa poteva pensare?»

«Di certo non che fossimo del servizio in camera. Ovviamente, ha dato per scontato che fossimo due rapinatori che lo avevano visto vincere al casinò, ha preso la pistola e ha sparato» disse Alvarez.

«Sì, ma la ragazza fra le sue braccia si è messa a urlare. Lui ha cercato di spingerla via per sparare al di sopra della sua testa, verso la porta...»

«... ma lei si è divincolata o in qualche modo ha rialzato la testa e... oh, noooo!»

«Esatto» dissi. «Si è beccata un proiettile in testa. Ma si è trattato di un incidente. Omicidio colposo, preterintenzionale. Noi non avremmo modo di smentirlo.»

«Già, una sfortunata coincidenza» disse Alvarez.

«Burke ama l'azzardo» conclusi. «Al gioco si vince e si perde. Questa potrebbe essere la scommessa migliore della sua vita.»

101

Newton Gardner si avvicinò al leggio per controinterrogare il testimone chiave di Yuki muovendosi sicuro e determinato come una tigre nella giungla.

Esordì dicendo: «Dottor Hallows, le farò poche domande. Riguardo al rasoio che lei dice essere stato usato per uccidere Melissa Fogarty.

«Ammesso e non concesso che il sangue sulla lama fosse della signorina Fogarty...»

«Lo era.»

«... secondo lei, sull'impugnatura ci sono le impronte digitali dell'imputato. Ho capito bene?»

«Sì, esatto.»

«Per quanto tempo possono rimanere le impronte digitali su una superficie?»

«Finché questa non viene manipolata, cioè anche molto a lungo.»

«Quindi se qualcuno avesse preso il rasoio con le mani protette dai guanti, senza strofinare l'impugnatura, le impronte si sarebbero mantenute?»

«Se lo ha fatto con molta cautela, e con l'intenzione di non cancellare le impronte, sì.»

«Ora, lei ha visto il video in cui Lucas Burke esce di casa, vero? E ha visto che una ventina di minuti dopo Tara Burke esce con la bambina?»

«Sì, l'ho visto molte volte, fotogramma per fotogramma.»

«Ha visto Tara chiudere a chiave la porta di casa?»

«No. Aveva le mani occupate.»

«Pertanto il rasoio di Lucas Burke potrebbe essere stato prelevato con le mani protette dai guanti da qualcuno che era interessato a conservare le impronte e che potrebbe essersi introdotto nella casa aperta?»

«È possibile.»

«Allora...» disse Gardner. Distolse lo sguardo dal testimone tenendo con il fiato sospeso gli spettatori e la giuria, poi si voltò di nuovo verso di lui e lo squadrò con una delle sue occhiate da millecinquecento dollari l'ora. «Allora siamo d'accordo. Qualcuno potrebbe essere entrato in casa di Lucas Burke, aver prelevato il rasoio con i guanti, facendo attenzione a non cancellare le sue impronte sull'impugnatura, e averlo usato per uccidere Melissa Fogarty. Poi il rasoio è rimasto per mesi nascosto fra le erbacce, dove è possibile che le tracce di sangue della vittima e le impronte dell'imputato si siano conservate, giusto?»

Yuki ascoltò Gardner mentre metteva in difficoltà Hallows, che era un ottimo criminologo forense ma era stato criticato anche da Clapper per non aver perlustrato prima il terreno abbandonato accanto al parcheggio della scuola.

Hallows rispose: «Sono un uomo di scienza, avvocato. Lei mi chiede di dare risposte definitive su una serie di ipotesi variamente combinate fra loro, nessuna delle quali è stata verificata. Non è così che lavoro».

«Le sto chiedendo un parere come perito, direttore. È

possibile che le cose siano andate come ho appena ipotizzato?»

«Sì.»

«Okay. Parliamo ora della perizia del vostro esperto di fotografia forense. L''analisi fotografica forense' è una scienza?»

«L'analisi facciale mediante misurazione delle distanze fra i punti di repere non ha un contenuto tecnico molto elevato.»

«Bene. Per intenderci, diciamo che il metodo usato dal dottor Werner Stutz è quello della sezione aurea, che si usa normalmente per stabilire le proporzioni ideali di un viso secondo i canoni della bellezza classica. Io ho dieci decimi di vista e a stento riesco a distinguere i lineamenti dell'uomo nel filmato e nell'ingrandimento della foto ricavata dal video.»

«Il dottor Stutz usa compassi e microscopi digitali ad altissima risoluzione.»

«Ciononostante, lei stesso ha affermato che la corrispondenza non è certa al cento per cento per il fatto che l'uomo nel parcheggio indossa un berretto, giusto?»

«Sì. Il berretto nasconde il cinque per cento del viso.»

«Okay, ho capito» disse Gardner. «La domanda allora è: posto che l'imputato assomiglia molto a suo padre e le riprese sono state effettuate al buio e con una videocamera non professionale di scarsa qualità...»

«Obiezione, vostro onore. La domanda è estremamente tendenziosa.»

«Obiezione accolta. Questo genere di considerazione è più adatto all'arringa, avvocato.»

«Chiedo scusa, vostro onore. La domanda è: se la foto

fornita al dottor Stutz è poco chiara, quanto chiara potrà essere la corrispondenza che ne ha ricavato? La foto potrebbe essere del padre dell'imputato, Evan Burke?»

Yuki si alzò. «Domanda polemica, vostro onore. La difesa è tendenziosa e poco rispettosa nei confronti della corte.»

«Vostro onore, il teste sta cercando di far passare per scientifici metodi che in realtà sono assai discutibili» disse Gardner.

Hallows non era d'accordo. «Se un esperimento viene ripetuto innumerevoli volte e dà sempre lo stesso risultato, è scientificamente dimostrato...»

Il giudice Passarelli lo interruppe: «Ora basta. L'obiezione dell'accusa è accolta. Signora Clemons, per cortesia cancelli le parole della difesa da 'Okay, ho capito' in poi. Avvocato Gardner, ha altre domande per il teste?»

«No, vostro onore. Ho finito» disse Gardner.

«Procuratore Castellano, vuole chiedere ancora qualcosa?»

«Sì, grazie. Dottor Hallows, a proposito del rasoio: sarebbe disposto a giocarsi la reputazione sulla validità degli esami delle tracce di sangue e delle impronte rilevate sul rasoio in questione?»

«Assolutamente sì.»

Yuki ringraziò Hallows e tornò al suo posto, un po' scossa dallo scontro con Gardner ma più sicura che mai della colpevolezza di Lucas Burke.

Anche i giurati se ne sarebbero convinti?

O si sarebbero lasciati influenzare dalla sua istrionica controparte?

102

Yuki osservò attentamente Newton Gardner – principe del foro sempre in cerca di visibilità, amato dai media, appassionato di lotta libera – che chiamava la prima teste a discarico del suo assistito: la ex moglie Alexandra Conroy.

Gardner fu galante con la bella signora e le rivolse una serie di domande volte a stabilire che Lucas Burke non poteva aver ucciso Misty perché all'ora del decesso si trovava fra le sue braccia a piangere la morte della figlia e la fine della sua privacy.

Le domande furono brevi e dirette.

A che ora le ha telefonato il signor Burke? È venuto a casa sua? Di che umore era? A che ora siete arrivati a Carmel? Quando avete letto sul giornale la notizia dell'omicidio di Melissa Fogarty? Che cosa avete fatto poi?

Il tutto durò circa cinque minuti, poi Gardner passò la parola a Yuki.

Alexandra Conroy era la testimone chiave per la difesa e Yuki le rivolse le stesse domande di Gardner.

Ma con intento opposto.

«Signora Conroy, come fa a essere sicura che Lucas fosse nella camera d'albergo quella sera alle otto a distanza di tanti mesi e date le circostanze?»

«Avevo appuntamento alla spa e prima di andare ho

guardato l'ora perché volevo ordinare la cena in camera» rispose Alexandra Conroy.

«Ha ordinato alle otto?» domandò Yuki.

«No. Prima volevo parlare con Lucas.»

«A che ora ha ordinato, quindi?»

«Più tardi. Intorno alle nove.»

Yuki andò al tavolo dell'accusa e tornò con un foglio che mostrò alla teste. «Questa è una copia dell'ordine che ha fatto per telefono?»

«Non saprei.»

«Può leggere il suo nome in cima al foglio, insieme all'ora in cui è stata effettuata l'ordinazione?»

«Non ho gli occhiali» replicò la ex signora Burke.

Yuki si sforzò di vincere l'istinto omicida suscitatole da quella risposta evasiva e si accinse a inchiodare Alexandra Conroy costringendola ad ammettere la verità.

Indicò una riga sul foglio della prenotazione. «Ha ordinato a mezzanotte e trentacinque» disse.

«Ah.»

Yuki continuò. «Quindi Lucas avrebbe avuto tutto il tempo di uccidere Misty a San Francisco alle otto di sera, essere di ritorno a Carmel entro le dieci, fare la doccia, uno spuntino, bere qualcosa. Guardare una puntata, che so, di *Jimmy Kimmel.*»

«Obiezione!»

«Accolta. Non esageri, procuratore Castellano.»

«Chiedo scusa, vostro onore. Signora Conroy, come fa a essere certa che Lucas sia rimasto in camera tutta la sera?»

«Non ne sono certa al cento per cento. Luke era sconvolto, io volevo consolarlo e questo ho fatto. Senza guardare l'orologio» rispose Alexandra Conroy.

«Grazie. Non ho altre domande» disse Yuki.

Il giudice Passarelli congedò Alexandra Conroy e Gardner chiamò il suo secondo e ultimo testimone.

«Chiamo a testimoniare Lucas Burke.»

Gardner scostò la sedia al suo assistito e lo prese sottobraccio per aiutarlo a fare il giro del tavolo, poi lo lasciò andare e aspettò che arrivasse al banco dei testimoni, a una ventina di passi di distanza.

Yuki era curiosa di sentire le domande che gli avrebbe rivolto nel tentativo di annullare l'effetto degli interrogatori dei testimoni chiamati a deporre da lei. Lucas Burke sarebbe crollato nuovamente? Gardner aveva un asso nella manica?

Qualsiasi cosa stesse per succedere, di sicuro Gardner era riuscito a creare suspense e a far ammutolire le circa centoquaranta persone presenti nell'aula 2C.

Con il cancelliere alle spalle pronto ad assisterlo in caso di bisogno, Burke salì i due gradini e prese posto al banco dei testimoni.

103

Cindy si stupì di quanto Lucas Burke, quarantenne piuttosto in forma, fosse invecchiato nei cinque mesi trascorsi in prigione.

Gardner si avvicinò al suo cliente. «Vorrei rivolgerle alcune domande per fare luce sulla situazione in cui è venuto a trovarsi, signor Burke» disse.

«Sono pronto» replicò l'imputato.

«Bene. Mi dica: ha mai ucciso qualcuno, magari per legittima difesa? Sua moglie? Sua figlia? La ragazza con la quale aveva una relazione? Qualcun altro?»

«No, mai. È vero che litigavo spesso con mia moglie Tara. Aveva solo vent'anni, non aveva mai lavorato in vita sua e pretendeva di comprare un sacco di vestiti e accessori che con il mio stipendio di insegnante non potevamo permetterci.

«Litigavamo, come ho detto, ma non siamo mai venuti alle mani. Ce ne dicevamo di tutti i colori e una volta, su istigazione di sua madre, Tara mi ha lanciato un vaso da fiori, ma mi ha mancato. Quanto alla mia bambina...» Gli si spezzò la voce. Si nascose la faccia in un braccio, scosso dai singhiozzi.

«Tranquillo. Non c'è fretta» disse Gardner.

Burke abbassò il braccio, tossì, bevve due sorsi d'acqua da una bottiglietta di plastica e disse con voce tremula:

«Volevo un bene dell'anima a Lorrie. Persi mia sorella e mia madre più di quindici anni fa e non mi sono mai ripreso. Lorrie mi ricordava mia sorella Jodie da piccola. La sua morte mi ha spezzato il cuore. Spero tanto che non si sia accorta di niente, che non abbia sofferto».

«Mi dispiace, signor Burke. Ora devo chiederle di Melissa. Lei la chiamava Misty, giusto?»

«Misty era una ragazza dolcissima e stavamo insieme perché ci amavamo, ma la nostra era una relazione destinata a finire. Lei aveva diciotto anni, doveva andare all'università.»

«Avevate un appuntamento la sera in cui è stata uccisa?»

«No, e se lo avessimo avuto a quest'ora sarebbe ancora viva. Ci vedevamo spesso in quel parcheggio, ma avevo tutt'altro per la testa, non sapevo nemmeno che giorno fosse. Ero appena stato rilasciato e la polizia mi stava mettendo a soqquadro la casa. Sono salito in macchina e sono partito senza riflettere.

«Alexandra Conroy, la mia ex moglie, mi aveva telefonato appena aveva saputo di Lorrie. Vive a un paio d'ore da casa mia. Mi è venuta voglia di andare da lei, a piangere sulla sua spalla. Anche se abbiamo divorziato da molti anni, Alex mi ha sempre capito. Le ho telefonato e lei mi ha detto: 'Vieni'.

«Sono andato direttamente a casa sua. Quando sono arrivato era già buio.»

«E poi cos'è successo, signor Burke?»

«Abbiamo parlato. Io ho pianto per ore. Alex ha prenotato una camera per il weekend in un resort di Carmel. Ci siamo alzati presto e siamo andati a Carmel. Abbiamo passato lì la notte del venerdì e il sabato mattina, scendendo a fare colazione, ho letto sul giornale che Misty era stata uccisa.

«Alex e io siamo partiti immediatamente e siamo venuti qui alla stazione di polizia e sono stato arrestato per omicidi che non ho commesso, che non posso materialmente aver commesso e che mai avrei voluto commettere. Dio mi è testimone.»

«Grazie, signor Burke.»

Gardner girò la bella faccia verso i giurati come a dire: *Avete visto che è un brav'uomo? Non è stato lui.*

«A lei la parola» disse Gardner a Yuki.

«Non ho domande per il teste» replicò lei.

«Okay. La difesa non ha altro da aggiungere» concluse allora Gardner.

104

Il giudice annunciò una pausa di venti minuti che diede modo a Yuki di calmarsi e concentrarsi.

Il grande momento era arrivato e lei stava per tenere la requisitoria che aveva preparato per mesi e provato, con diverse variazioni sul tema, davanti a Leonard Parisi, a Nick Gaines e a suo marito Jackson Brady.

Lo cercò con gli occhi e lo vide in piedi in fondo all'aula, accanto a Cindy seduta.

Brady sorrise e Yuki ricambiò.

Poi il giudice la chiamò e nell'aula scese improvviso il silenzio, come una folata di vento. Yuki vide il messaggio che le aveva scritto Nick sul tablet: « Vai e distruggili! »

Andò al leggio e si rivolse alla giuria con la massima determinazione.

« Signore e signori, come sapete, questo processo riguarda l'omicidio di due giovani donne e di una bambina, tutte e tre intimamente legate all'imputato.

« Lucas Burke sostiene che le amava e nega la propria colpevolezza, ma le prove dimostrano che è stato lui a ucciderle, e a ucciderle con premeditazione.

« Su quali basi affermiamo questo?

« Lucas Burke ha dichiarato che il suo matrimonio era in profonda crisi, che Tara spendeva troppo e che non potevano permettersi quel tenore di vita. Dopo averla ripetutamente invitata a non sforare più il budget familiare, siccome lei invece continuava a fare spese pazze, le aveva bloccato le carte di credito.

«Tara si era molto arrabbiata.

«Avete sentito la madre di Tara, Kathleen Wyatt, dichiarare che l'imputato era violento con la moglie e che Tara negava, come spesso fanno le donne che subiscono abusi. L'atmosfera in casa era tesa: bisticci, lividi, rabbia crescente.

«Burke aveva un'altra, la giovanissima Melissa Fogarty. Abbiamo mostrato un biglietto in cui le aveva scritto di suo pugno che voleva sposarla. In realtà l'imputato non ha mai fatto passi concreti in tal senso. E forse questo alla sua amante non andava giù. Oltre a testimoniare la crisi fra marito e moglie, questa relazione extraconiugale potrebbe aver rappresentato per Lucas Burke un ulteriore motivo di stress.

«Con tutti questi problemi finanziari e sentimentali, penso che Burke la sera andasse a dormire arrabbiato e la mattina si svegliasse ancora più arrabbiato. Forse a un certo punto questa rabbia è diventata incontrollabile.

«Il lunedì mattina in cui Tara avrebbe trovato la morte, i Burke ebbero l'ennesima lite. Dai tabulati telefonici risulta che l'imputato chiamò la moglie per l'ultima volta alle undici della mattina, parlarono per tre minuti e poi non si sentirono più. Nemmeno dopo che la loro figlia fu trovata morta il mercoledì di quella stessa settimana. Burke non provò a telefonare alla moglie neppure una volta, nei quasi sette giorni in cui di lei non si ebbero notizie. A differenza della madre di Tara, Lucas Burke non tempestò di telefonate il dipartimento di polizia per sapere se c'erano novità, non affisse manifesti con la scritta: 'Chi ha visto Tara Burke?'

«Vuol dire che Lucas Burke sapeva dove si trovava Tara.

«Noi riteniamo che, nei tre minuti dell'ultima telefonata, Lucas Burke abbia chiesto a Tara di incontrarlo per un chiarimento, ma in realtà le abbia teso una trappola. Le sue intenzioni erano tutt'altro che conciliatorie. Le ha dato appuntamento in un posto romantico con vista sul mare e poi l'ha uccisa tagliandole la gola con il proprio rasoio.

«Ha soffocato la figlia tappandole naso e bocca con una mano, ha sistemato i due corpi sull'auto di Tara e l'ha fatta precipitare in mare. L'autopsia ha evidenziato infatti che sia Tara che Lorrie erano già morte quando sono finite in mare.

«Signore e signori, la difesa non ha addotto alcuna prova che contraddica quanto sopra esposto.

«Avete sentito il parere del direttore dei laboratori della nostra Scientifica, che ha esaminato le prove, e vi abbiamo mostrato l'arma con cui è stata uccisa Melissa Fogarty, un rasoio che recava tracce di sangue della vittima sulla lama e impronte digitali di Lucas Burke sull'impugnatura.

«Lucas Burke è stato l'ultima persona a vedere vive Tara e Lorrie Burke. Le ha uccise e ha cercato di occultare i cadaveri.

«Perché Lucas Burke ha ucciso la moglie, la figlia e l'amante?

«Noi riteniamo che fosse incapace di assumersi le proprie responsabilità e, invece di cercare un compromesso, si sia lasciato sopraffare dalla rabbia, manifestando la personalità instabile di cui ha dato prova anche in quest'aula.

«E che stia cercando in tutti i modi di farla franca.

«La sua linea di difesa è assai comune: 'Non sono stato io. È stato lui'.

«Nel caso specifico, il padre. Secondo l'imputato, sarebbe stato suo padre a uccidere tre creature innocenti a lui così vicine. Tuttavia, il padre di Lucas Burke non ha precedenti penali, non è stato chiamato a deporre e neppure nominato da altri testimoni. La difesa non ha convocato un solo testimone, non ha addotto una sola prova a dimostrazione della colpevolezza di Burke padre.

«Perché non ha né testimoni né prove.

«Noi riteniamo che una sola persona avesse il movente per uccidere nell'arco di una sola settimana Tara e Lorrie Burke e Melissa Fogarty, e questa persona è davanti a voi, seduta al banco della difesa con la testa fra le mani.

«Per motivi che solo lui conosce veramente, Lucas Burke ha ucciso la moglie, la figlia e l'amante. In memoria delle tre vittime, e per garantire che non possa più nuocere a nessuno, vi esorto a giudicarlo colpevole di tre omicidi di primo grado.»

105

Joe e Julie erano venuti a prendermi all'aeroporto. In macchina c'era anche Martha: la nostra famiglia al gran completo.

Julie mi gettò le braccia al collo e mi restò aggrappata finché non la ebbi sistemata sul seggiolino, mentre Martha mi girava intorno alle gambe scodinzolando. Poi Joe mi abbracciò e mi aprì la portiera.

Non vedevo l'ora di farmi raccontare le ultime novità e di riferire a Joe tutto quel che era successo a Las Vegas da quando lui se n'era andato canticchiando sulle scale mobili del Bellagio.

Dal mio telefono partì una musichetta, guardai chi era e decisi di rispondere.

«Comandante Belinky?»

«Sergente. Temevo di non riuscire a parlarle.»

Cos'è successo? Burke è scappato dall'ospedale? Ha ammazzato qualcun altro? È morto?

«Sono appena atterrata. Mi dica.»

«Evan Burke è in terapia intensiva. Pare che abbia preso la polmonite. Ha le difese immunitarie basse.»

Feci cenno a Joe di aspettare un attimo sperando che Belinky si sbrigasse a venire al punto. Fui subito accontentata.

«Burke ha chiesto di vederla. Deve dirle una cosa...»

« È un bugiardo patologico ed è un individuo estremamente pericoloso, ma il sostituto procuratore Castellano vuole sentirlo. »

« Veramente, mi sembra prematuro coinvolgere la procura, anche con il processo a Lucas Burke in corso. Non sappiamo che cosa le vuole dire Evan Burke. Non ha chiesto l'assistenza di un avvocato » obiettò Belinky.

Mentre io ragionavo sui vari aspetti della faccenda, il capo della polizia di Las Vegas continuò: « Prenderò tutte le precauzioni necessarie affinché Burke non sia in condizioni di nuocere ».

Non avevo nessuna voglia di rivedere Evan Burke. Mi faceva paura e nello stesso tempo subivo il suo fascino perverso. Nonostante fosse ferito e malato, nonostante lo avessi visto uccidere una donna sotto i miei occhi, nonostante suo figlio fosse sotto processo per omicidio. Non avevo mai conosciuto nessuno come lui. Avrei preferito non rivederlo mai più.

Mi sarebbe piaciuto sentire cosa ne pensava Sonia Alvarez, ma era già partita per tornare in ufficio.

« Devo sentire il parere del mio capo, e di mio marito » risposi.

« Con suo marito non ho parlato, ma il suo capo, il comandante Clapper, il tenente Brady e la task force sono tutti d'accordo sul fatto che deve venire a parlare con questo bastardo. »

« La richiamo, okay? »

« Sergente » ribatté Belinky. « Sarà una passeggiata: sale in aereo, noi la veniamo a prendere e la portiamo direttamente all'ospedale, parla con Burke e appena ha finito la riportiamo al McCarran. Dica di sì, così organizzo tutto. »

Lavoro in polizia e un mio superiore, sia pur di un altro dipartimento, mi stava chiedendo, anzi, supplicando, di andare a sentire cos'aveva da dirmi l'uomo che aveva ucciso una povera ragazza sotto i miei occhi.

«Ossignore.»

«Già» replicò Belinky. «Ho controllato gli orari dei voli e ce n'è uno che arriva qui alle cinque. Mando una volante ad aspettarla.»

Non riuscii a farmi venire in mente una scusa per dire di no e poi, in fondo, pensavo anch'io che potesse essere utile.

«Sì. Okay, va bene.»

Belinky mi diede tutte le info sul volo. Chiusi la chiamata e riferii a Joe il cambiamento di programma. Joe era d'accordo con Belinky sul fatto che dovevo andare.

«Potrebbe essere la tua occasione per fermare un nuovo Ted Bundy, Lindsay. Torniamo a prenderti domani. Ci troverai qui ad aspettarti, io, Julie e Martha.»

Mi riaccompagnarono al terminal. Mostrai a Julie le grandi sculture metalliche appese al soffitto, poi comprammo una T-shirt per lei e una felpa rosa per la signora Rose, mangiammo una pizza super farcita nella zona ristoranti, quindi Joe e Julie mi accompagnarono al check-in e mi salutarono.

Tornai a Las Vegas chiedendomi che cosa diavolo avesse da dirmi Evan Burke. Aveva una personalità magnetica, ma non mi ispirava la minima fiducia.

106

Alexander Belinky mi aspettava nell'atrio del Sunrise Medical Center. Era un cinquantenne con i capelli brizzolati, alto circa uno e ottanta, in giacca blu e cravatta rossa.

Mi venne incontro e mi strinse calorosamente la mano.

«Grazie di essere venuta, sergente. Vedrà che alla fine sarà contenta di aver accettato.»

Ne dubitavo fortemente.

«Burke è in terapia intensiva. È imbottito di farmaci e sotto antibiotici, perché ha i polmoni marci, ma per sicurezza l'ho fatto ammanettare al letto» riprese Belinky.

Continuò: «Ho promesso di proteggerla, sergente, e abbiamo preso tutte le precauzioni: assisteremo da dietro una parete di vetro e sul soffitto c'è una telecamera. Questo è il suo microfono, sergente. Registrerà tutto quello che vi direte».

«Ottimo.»

Mi appuntai il microfono al bavero della giacca.

Prendemmo l'ascensore e seguimmo le frecce per la terapia intensiva. Belinky intanto continuava a darmi istruzioni. «Ci sono due piantoni di guardia alla stanza. Quando entra, lasci la porta socchiusa. Burke ha il braccio sano e le caviglie legati. Il braccio destro è libero, ma fasciato e appeso al collo, con la mano in vista. Ho promesso ai suoi colleghi californiani di restituirla sana e salva.»

«Grazie.»

«Ora, dal momento che Burke non ha chiesto l'assistenza di un avvocato, direi che non si aspetta alcuna forma di privacy, giusto?»

«Giusto. C'è gente che entra ed esce dalla stanza. Siamo in un ospedale.»

«Bene. Mi fa piacere che la pensi come me.»

Nel frattempo eravamo arrivati nel reparto terapia intensiva. La stanza di Burke era riconoscibile dal fatto che c'erano due poliziotti robusti ai lati della porta.

«Vado. Un due tre, via» dissi.

Salutai i due agenti e mi fermai un attimo a osservare Burke attraverso il vetro. Era a letto con gli occhi chiusi, le coperte fin sotto il mento, il braccio fasciato posato sul petto. Entrai nella stanza lasciando la porta leggermente socchiusa.

Avvicinai una sedia al letto e dissi: «Burke». Aprì gli occhi.

«Oh, è lei, sergente? Avevo chiesto di parlarle.»

«Eccomi qui.»

Premette un pulsante su un telecomando a portata della mano legata e alzò lo schienale del letto.

«Le dispiace?» disse indicando con il mento il comodino, sul quale era posato un bicchiere d'acqua con una cannuccia. Glielo avvicinai, lui bevve e me lo restituì.

«Grazie. Non sanno che cos'ho esattamente, ma è polmonite complicata da qualcosa per cui non avevo gli anticorpi. Non dovrebbe essere contagioso.»

«Come va il braccio?» chiesi.

«Ha visto momenti migliori.»

«Allora, Burke, sono tornata apposta da San Francisco perché ha chiesto di parlarmi. Che cosa voleva dirmi?»

«Che nella mia vita ho ucciso delle persone. Molte persone.»

Dove vuoi andare a parare? Mi propini una falsa confessione sperando di ottenere uno sconto di pena? O sei un mitomane?

«E quindi? Finalmente ha deciso di dare una risposta alle famiglie delle vittime?»

«Gliel'ho già detto sul monte Tamalpais, sergente: anche mio figlio Lucas è un assassino» replicò Burke. «Ha cominciato a uccidere giovanissimo. Piccoli animali, all'inizio. Ma sono sicuro che sia stato lui a far fuori Corinne e Jodie. Un giorno è tornato da scuola prima del solito, senza dire niente a nessuno, e di Corinne e Jodie non si è mai più saputo nulla.»

«Non ci sono le prove, Evan. Perché mi racconta queste cose?»

«Perché non so quanto mi resta da vivere e voglio che si sappia la verità.»

«Capisco» dissi.

Ma non era vero, non capivo affatto. I due Burke avevano qualcosa di perverso che mi spiazzava. Burke senior non sembrava per nulla pentito di aver ucciso la ragazza al Golden Eagle Hotel. Che cosa voleva da me?

«Perché non mi racconta tutto dal principio?» dissi.

«Un attimo di pazienza» ribatté. «Sto pensando a...»

Ebbe un sussulto improvviso, tossì, prese fiato e fu squassato da uno spaventoso attacco di tosse. Ansimava come una fisarmonica con la pleurite. E non poteva mettersi una mano sul petto né girarsi per via del polso e delle caviglie ammanettati.

Mi alzai per andare a chiamare qualcuno, ma quelli che assistevano da dietro il vetro mi avevano preceduto. Subito si materializzarono un inserviente, un infermiere e la dottoressa di turno in reparto.

L'infermiere mise a Burke una maschera per l'ossigeno e la dottoressa mi chiese cortesemente di uscire.

Era chiaro che si trattava di un ordine, e non mi feci pregare.

Evan Burke aveva accusato il figlio Lucas di aver ucciso la madre e la sorella, ma non aveva neppure accennato ai tre omicidi per i quali Lucas era sotto processo. Yuki avrebbe voluto chiamarlo a deporre, ma Evan Burke sembrava non avere nessuna intenzione di parlare.

107

Newton Gardner era con Lucas Burke nella stanza del settimo piano riservata ai colloqui tra avvocati e clienti, in attesa che la giuria rientrasse in aula con il verdetto.

La stanza era piccola, una specie di cella con un tavolinetto e quattro sedie scomode. Gardner, seduto di fronte a Lucas, gli mise una mano su un braccio. Burke era a testa bassa, scoraggiato, immerso in cupi pensieri, e Gardner stava tentando invano di tirarlo su di morale. Gli aveva detto che aveva fatto bene a testimoniare, che le sue parole erano state molto efficaci. « Non ci crederà, ma penso che la mia arringa non sia stata all'altezza della sua deposizione » concluse scherzando.

Ma Lucas Burke non accennò neppure un sorriso.

Gardner posò sul tavolo un sacchetto chiuso.

« È per lei. Lo apra. »

Burke ubbidì senza entusiasmo e tirò fuori una camicia nuova e una cravatta di seta nei toni del rosso e del giallo, che Gardner aveva scelto per ravvivare un po' il colorito spento del suo assistito.

« Grazie. Me li metta in conto, okay? »

« È un regalo. Ho anche un'altra cosa per lei. »

Burke gli aveva chiesto di informarsi su dove fosse sepolta Misty. Gardner aveva scoperto che riposava nella tomba di famiglia in un cimitero di Grand Rapids, nel

Michigan, aveva contattato un amico che viveva da quelle parti e gli aveva chiesto di andarla a fotografare.

A quel punto tirò fuori dalla valigetta una foto e gliela porse dicendo: « Spero che sia quello che voleva ».

Lucas Burke guardò la fotografia della lapide di Melissa su cui era scritto: « Figlia amatissima ».

« È tornata a casa » commentò. « Nella tomba di famiglia. Voleva tanto bene a suo padre. Grazie, Newton. Grazie. »

« Prego » rispose Gardner. « Ma non si preoccupi. Sono sicuro che la giuria si pronuncerà in suo favore. »

« È un bel cimitero » continuò Lucas. « Tranquillo, per il sonno eterno. »

« Vorrei ricordarle che ha solo quarant'anni » disse Gardner.

« Tara e Lorrie sono nella tomba di Kathleen a Colma? »

« Sì. Ma ora la prego, si concentri e dimostri di essere l'uomo innocente che è. Un uomo che, per aver litigato qualche volta con la moglie, ha patito sofferenze inenarrabili. »

Lucas annuì. « Quanto tempo ci metterà la giuria? »

« Chi può dirlo? Ma sono in camera di consiglio da un'ora soltanto. »

« Grazie ancora di tutto, Newton. È stato grande. Ora ho bisogno di sdraiarmi un attimo. »

Dopo che Lucas Burke fu riaccompagnato in cella, Gardner incontrò nel corridoio il capo delle guardie carcerarie. « Lo tenga d'occhio, Larry » gli disse.

« Va bene. »

« È disperato. »

«Capito.»

«Questo è il mio biglietto da visita. Mi chiami a qualunque ora.»

Gardner credeva a Lucas, gli aveva sempre creduto ciecamente. Andò all'ascensore e premette il pulsante per la discesa.

108

Il procuratore distrettuale Len Parisi chiamò Yuki due ore dopo la fine dell'udienza conclusiva per dire che la giuria era tornata dalla camera di consiglio.

Con lo stomaco in subbuglio per l'emozione, Yuki ripercorse il corridoio che dallo studio del procuratore portava all'aula e vide che Nick Gaines era già seduto al tavolo dell'accusa.

In genere, quando la giuria era rapida nel deliberare, il verdetto era di colpevolezza, ma non sempre era così. Non si poteva escludere che uno o due membri della giuria si fossero lasciati commuovere da Lucas Burke che piangeva calde lacrime e sosteneva di essere stato incastrato da suo padre. Yuki stava pensando che molti assassini avevano reso testimonianze commoventi al loro processo quando si sentì chiamare per nome. Si voltò e vide Lindsay.

« Ciao. »

« Ciao. »

Si presero a braccetto e Yuki disse: « L'aula è strapiena, Lindsay, ma cerca di entrare. Devi esserci anche tu, quando leggeranno il verdetto ».

« Certo, sono venuta apposta. Ci vediamo stasera a cena, okay? » replicò Lindsay.

« Okay. Comunque vada a finire. A dopo. »

Yuki vide che Lindsay si sistemava vicino a Cindy nell'ultima fila.

Il giudice Passarelli batté il martelletto finché non ottenne il silenzio in aula, poi si rivolse alla giuria. « Siete giunti a un verdetto? »

La portavoce si alzò. « Sì, vostro onore. » Porse un foglio al cancelliere, un uomo dall'aria annoiata e dal passo pesante, che lo consegnò al giudice.

Il giudice prese il foglio, lo girò, lesse con aria impassibile e lo restituì al cancelliere, il quale tornò dalla portavoce della giuria.

« Portavoce, per cortesia, dia lettura del verdetto » disse il giudice.

Nick spinse verso Yuki il tablet sul quale aveva disegnato un punto interrogativo circondato da raggi di sole.

Yuki scrutò le facce dei giurati.

Che cosa avevano deciso? Non uno lasciava trapelare alcunché.

109

Con Claire e Cindy eravamo passate a prendere Yuki all'uscita della Corte di Giustizia per portarla al quartier generale delle donne del Club Omicidi.

Cindy era al volante della sua Yundai. Yuki salì davanti e, voltandosi a guardare me e Claire, sedute dietro, ci raccontò tutto con la sua solita parlantina velocissima, allegra e contagiosa.

Ero contenta per lei ed ero fiera del lavoro della nostra task force, in particolare di quello di Sonia Alvarez: ancora non mi capacitavo che fossimo tornate illese dalla missione a Las Vegas.

Yuki stava dicendo che Cane Rosso le aveva detto di rilassarsi in attesa del verdetto, ma lei non ci era riuscita. «Ogni volta che provavo a immaginarmi immersa in un tiepido mare tropicale, vedevo arrivare gli squali. Puntavano dritti verso di me e mi prendeva il panico. Comunque vi ringrazio tanto, ragazze, per tutto.»

Alle cinque eravamo sistemate comodamente nel nostro séparé nella sala sul retro di Susie's. Arrivò Lorraine, con i capelli scuri raccolti in una coda di cavallo e una biro dietro l'orecchio. Andò dritta da Yuki. «Hai vinto?» le chiese.

Yuki annuì. «Sapete quando l'ho capito?»

In quattro, all'unisono, domandammo: «Quando?»

«Quando quell'angelo della portavoce della giuria ha dato lettura del verdetto. 'Dichiariamo l'imputato, Lucas Burke, colpevole di...'»

«Gardner ha intervistato i giurati, e il verdetto è stato unanime. Hanno votato tutti colpevole» intervenne Cindy.

Non ricordavo che Lorraine ci avesse mai baciato o anche solo stretto la mano, ma quel giorno la vidi abbrancare Yuki per farla alzare e abbracciarla. «Qui ci vuole una caraffa di margarita, Yuki. Offro io. Ve la porto subito.»

«Grazie, Lorraine. Tu sì che mi capisci. Ho bisogno di una flebo di tequila.»

«Per me una birra» le gridai dietro mentre si allontanava. «E patatine per tutte.»

«E il menu, per piacere» aggiunse Claire.

Era sorridente e riposata, vestita di rosa, e pareva essersi ripresa completamente dall'intervento che le aveva impedito di lavorare per mesi. Cindy aveva il portatile aperto sul tavolo e, mentre aspettavamo i drink, inviò il suo articolo in redazione.

Erano passate non so quante ore da quando avevo diviso una pizza con Joe e Julie all'aeroporto e avevo una fame da lupo.

Margarita, patatine e salsa piccante arrivarono insieme a una caraffa di birra e ai menu.

Mi riempii un boccale e lo sollevai per brindare. «A Yuki, genio della procura.»

«A te, Lindsay» replicò lei. «E alla tua task force, per aver inchiodato Lucas Burke, assassino dal cuore di ghiaccio. E a te, Claire, per aver tenuto testa a Newton Gardner. E a te, Cindy, per aver avuto l'idea di mandare Kathleen

Wyatt da Lindsay, per aver seguito le indagini e il processo a Lucas Burke con estrema professionalità e riservatezza.»

Ridemmo, scherzammo e ordinammo troppe cose da mangiare, ma questo per fortuna compensò i margarita e Yuki evitò di esibirsi in canti e balli. Arrivate al dessert – key lime pie, come sempre – chiamai Brady perché venisse a prendere Yuki, che non era in grado di guidare, e la portasse a casa.

Una decina di minuti più tardi lo vedemmo entrare.

«Una Dr Pepper e il conto» disse a Lorraine.

Quando ebbe davanti il suo bicchiere, brindò: «Alle donne del Club Omicidi, un club senza eguali nel mondo». Bevve e, quando ebbe finito la bibita, annunciò: «Ora porto a casa questo amore di donna. Buona serata a tutte».

«Buonanotte a voi» rispondemmo in coro.

110

Claire chiamò un Uber, io accompagnai Cindy alla sua macchina e poi presi un taxi che aveva appena fatto scendere un cliente davanti a Susie's.

Quando arrivai in Lake Street ero un po' brilla, soddisfatta e felice di essere viva.

Entrai in casa e trovai ad aspettarmi mio marito, mia figlia e il cane più bello del mondo. Nemmeno un hotel con una fontana enorme che zampillava a tempo di musica e slot machine capaci di sputare un milione di dollari in monetine da 25 centesimi poteva competere con la mia casa, dolce casa.

Joe disse che non mi aveva cercato nessuno, né Alexander Belinky, né Sonia Alvarez, né alcuno dei miei capi all'SFPD. Un miracolo. Lessi una favola alla mia bambina, che a un certo punto mi interruppe: «Leggi come se cantassi, mamma».

«Davvero?»

«Sì. Mi piace.»

«Allora continuo a leggere» risposi, ma nel frattempo lei si era già addormentata fra le mie braccia.

La portai in camera sua, feci una lunga doccia, mi misi un pigiama pulito e mi buttai a letto.

Erano le dieci passate quando mi resi conto che, uscendo da Susie's, non avevo riacceso il telefono.

Mi alzai e tirai fuori dalla borsa il cellulare, ma Joe me lo strappò di mano. Protestai, dicendo che dovevo guardare se qualcuno mi aveva chiamato, ma lui fu inflessibile. « Devi riposare, Lindsay. Cerca di stare tranquilla. Fai finta che te lo abbia ordinato il dottore. » Sapevo che aveva ragione, ma alle quattro del mattino mi ritrovai con gli occhi spalancati e l'impulso irrefrenabile di controllare il telefono.

Che cosa mi ha voluto dire Evan Burke?

Che cosa voleva farmi sapere quell'assassino?

Mi alzai senza fare rumore, andai in punta di piedi nell'ingresso dove era rimasto il mio cellulare e guardai se c'erano messaggi.

Belinky mi aveva lasciato un vocale, mentre ero con le ragazze da Susie's.

Lo ascoltai.

« Sergente, sono Belinky. Burke ha chiesto un avvocato. Mi richiami. »

111

Era quasi mezzogiorno quando richiamai Alex Belinky dalla mia scrivania alla Omicidi.

Tenni la testa bassa per non distrarmi e ascoltai con la massima attenzione il capo del dipartimento di polizia di Las Vegas che diceva: «Sergente, le regole di ingaggio riguardo a Evan Burke sono cambiate. Il suo avvocato è un penalista che si chiama Randall Lanning».

Digitai il nome sul portatile con un dito e Google mi propose circa quaranta pagine di Lanning e Las Vegas: troppe per poterle aprire e consultare mentre ascoltavo quello che diceva Belinky.

«Sia Lanning che il procuratore vogliono chiamare a testimoniare lei e Alvarez al processo contro Burke.»

«Era inevitabile» commentai.

«Burke verrà rinviato a giudizio lunedì...»

«E potrò parlargli dopo il rinvio a giudizio?»

«Ne dubito. Lanning giustamente gli ha consigliato di non parlare con nessuno, tranne lui. Cercherà di fargli ottenere qualche attenuante. È un avvocato in gamba ma, detto tra noi, questa volta avrà del filo da torcere.»

«Vorrei mettermi a urlare, sa? Se penso che Burke stava per confessare, quando ha avuto quell'attacco di tosse e mi hanno buttato fuori dalla terapia intensiva... Saremmo riusciti a chiudere qualche caso irrisolto. Mi aveva appena detto: 'Ho ucciso molte persone'.»

«Ma non ha fatto nomi, vero?» replicò Belinky. «Secondo me, voleva cercare di strapparle un accordo e poi avrebbe ritrattato, o avrebbe alzato la posta. Magari le avrebbe confessato cose non vere.»

«Non lo escludo.»

«Il procuratore è Joseph Masci.»

«Il nome non mi è del tutto nuovo.»

«È il figlio di Ray Masci.»

«L'amico dei mafiosi?»

«Esatto. Ray era l'avvocato della mafia, ai tempi. Ha difeso tutti i boss in processi per droga, frodi immobiliari, riciclaggio di denaro sporco e omicidi di ogni genere, gente annegata nel calcestruzzo o lasciata morire in mezzo al deserto.

«Joe è un duro come suo padre, ma è uno che vuole cambiare le cose. Poteva andare a insegnare diritto penale a Harvard, dove si è laureato, ma invece di una cattedra universitaria ha preferito tornare qui per riabilitare il nome della sua famiglia e della sua città. Penso che seguirà da vicino il caso Burke, e ci sono buone probabilità che voglia essere lui a dibattere in tribunale.»

112

L'avvocato Randall Lanning era entrato nell'aula affollata spingendo Evan Burke sulla sedia a rotelle e faticava a trovare un posto libero per sedersi accanto al suo assistito in attesa che toccasse a loro.

Conosceva la giudice che presiedeva le udienze di rinvio a giudizio quella mattina, Sarah Valencourt, e sapeva che era una che non perdeva tempo in chiacchiere, proprio come lui. Vedendo che si era liberato un posto lato corridoio in dodicesima fila, Lanning manovrò la sedia a rotelle, vecchia e ingombrante, in modo da avvicinarvela e si sedette.

Poco dopo le dieci chiamarono il loro numero e Lanning spinse Evan Burke verso la cattedra. Burke non aveva praticamente aperto bocca fino a quel momento e pareva assorto nei suoi pensieri, il che tutto sommato era prevedibile. Lanning lo aveva preparato ai due possibili esiti dell'udienza.

O la giudice gli avrebbe negato la libertà provvisoria, oppure avrebbe fissato una cauzione talmente alta che sarebbe stato impossibile mettere insieme il dieci per cento necessario per il garante.

La giudice riordinò alcuni fogli e li mise da parte, poi dall'alto della cattedra si guardò intorno cercando con gli occhi Evan Burke, di cui i media avevano tanto parlato.

Quando gli rivolse la parola, Burke era soprappensiero e non rispose. Lanning dovette chiamarlo per nome e dare un colpetto con il ginocchio alla sedia a rotelle.

Burke si riscosse e rispose alla domanda della giudice.

« Non colpevole, vostro onore. Questa è una farsa, una montatura. La polizia sa benissimo che non volevo sparare alla ragazza, ma hanno sfondato la porta e... »

« Sostituto procuratore Mintner? »

Non era la prima volta che Lanning si trovava a difendere un imputato contro Tiffany Mintner, professionista molto in gamba nonché una delle collaboratrici preferite del procuratore Masci.

« Vostro onore, il signor Burke rappresenta un pericolo per la società. È accusato di aver ucciso una donna disarmata e di aver aperto il fuoco contro due pubblici ufficiali, che intendiamo convocare come testimoni al processo. Inoltre, il signor Burke è a rischio di fuga: è già sfuggito all'arresto in Nevada, California e Oregon. Devo aggiungere altro? » disse Mintner.

« Mi sembra più che sufficiente, procuratore. Avvocato Lanning? »

« La polizia ha sparato al mio cliente senza avvertimento alcuno. La morte della vittima è stata accidentale. Il signor Burke ha una casa nei dintorni di Las Vegas. Consiglio gli arresti domiciliari, se necessario sotto sorveglianza della polizia. »

« Procuratore Mintner? Libertà provvisoria su cauzione? »

« Assolutamente no, vostro onore. Nell'interesse della cittadinanza e dell'imputato medesimo, sarebbe opportuno rinviarlo a giudizio e detenerlo fino al processo. »

« D'accordo. La cauzione è negata. L'imputato è rinviato a giudizio. »

Mentre Lanning lo spingeva fuori dall'aula sulla carrozzina, Evan Burke gli disse: « Voglio proporre un patteggiamento ».

« Su che basi? »

« Ho molto da offrire. Ma in cambio di un'ammissione di colpevolezza voglio evitare il processo. »

Nel frattempo erano arrivati davanti all'ascensore, la porta si aprì e uscirono due persone. Lanning tenne aperto e, quando Burke fu entrato, premette il pulsante per la discesa.

« Si prenda il tempo necessario per rifletterci, Evan. Dobbiamo valutare che cosa ha da offrire » disse.

« Avvocato Lanning, la mia vita è un inferno. Mi tengono incatenato al letto, con una flebo nel braccio, costretto a usare la padella. »

« Gli ospedali sono tutti così. Lei è malato. »

« Questo è un inferno, le dico. »

Evan Burke tossì fino a quando arrivarono fuori e, appena fu trasferito sull'ambulanza, un paramedico gli diede l'ossigeno. Ancora arrabbiato, Burke batté sul finestrino con la mano sana finché i sedativi non fecero effetto.

Lanning doveva trovare il modo di gestire Evan Burke, se non voleva che facesse una brutta fine.

113

Per una volta dormii un po' più del solito e quando arrivai alla Omicidi regnava una relativa calma.

Volevo parlare con Conklin, Alvarez e Brady, ma erano tutti impegnati in un nuovo caso, un bambino che era stato preso in ostaggio.

Mi venne un'idea.

Andai nel cucinino, presi l'ultimo vassoio di cartone che restava, sistemai tre bicchieri di carta negli appositi fori, li riempii di caffè e li chiusi con il coperchio. Presi anche zucchero, panna e cucchiaini e andai all'ascensore. Mentre salivo al sesto piano cercai di concentrarmi per arrivare preparata e trarre il massimo profitto dal colloquio con Lucas Burke.

All'ingresso delle celle di sicurezza era di turno Bubbleen Waters. Le porsi uno dei caffè.

«Oh, che pensiero gentile! Grazie, Lindsay.»

Sorrisi. Mi era sempre stata simpatica, sin dalla prima volta in cui ci eravamo trovate di turno contemporaneamente, e la simpatia era reciproca.

«Non ritengo disdicevole tentare di corrompere un'amica» dissi. «Secondo te, potrei parlare cinque minuti con Lucas Burke?»

«Cerca di tirarlo un po' su, già che ci sei. Posso metterti a disposizione la gabbia, finché non arriva qualche avvocato che ne ha bisogno.»

Cinque minuti dopo, ero con Lucas Burke nella stanzetta adibita ai colloqui con gli avvocati. Cercai di capire di che umore era. Era molto diverso dall'uomo che avevo conosciuto mesi prima alla Sunset Park Prep. Gli offrii il caffè con un assortimento di bustine di zucchero e contenitori di panna.

Lo bevve nero, e continuò a bere finché fu chiaro che dovevo parlare io per prima.

«Ho visto suo padre un paio di giorni fa.»

«Non voglio sapere niente. Mi daranno l'ergastolo e farò il possibile per dimenticare di averlo mai conosciuto. Mi inventerò una famiglia fittizia in cui lui non sia mai esistito. Oppure sbatterò la testa contro il muro della cella finché non me la spacco.»

Scacciai le immagini suscitate da quelle parole.

«Sa come sono andate le cose? Era in una stanza d'albergo con una ragazza che gridava aiuto. Io ho sfondato la porta con un calcio e lui le ha sparato un colpo in testa» dissi.

«Interessante» replicò, ma era chiaro che la cosa non gli interessava affatto.

«Gli ho sparato due colpi alla spalla.»

«Non poteva ammazzarlo, già che c'era?»

«Non sono riuscita a fare di meglio.»

«Perché è venuta a raccontarmelo?»

Aveva finito il caffè. Gli porsi anche il mio bicchiere. «In questo c'è tanto zucchero. A me piace dolce» dissi.

«Va bene lo stesso. Le ha detto per quale motivo ha ucciso mia moglie, mia figlia e Misty?»

« No. Continua ad accusare lei. »

Lucas si alzò di scatto e, con le mani legate, afferrò le sbarre della gabbia. « Guardia! Guardia! » gridò.

Senza staccarsi dalle sbarre, si voltò e mi disse: « Non sono stato io, che lei ci creda o no. Mi hanno dichiarato colpevole e fra una settimana o due ci sarà la sentenza. Mi terranno in isolamento per i prossimi cinquant'anni. Non ho più niente da perdere. Non ho ammazzato nessuno ».

Arrivò la guardia.

« Mi riporti nella mia cella. »

Lucas Burke uscì senza salutarmi, scortato da due guardie, e lo vidi sparire dietro l'angolo con le catene alle caviglie che tintinnavano.

Raccolsi i bicchieri vuoti e cercai di riordinare idee ed emozioni. Lucas Burke non mi era mai piaciuto ed ero convinta che questa mia sensazione fosse più che giustificata, ma da quando avevo avuto a che fare con suo padre ero preda di mille dubbi.

In realtà non mi aspettavo che confessasse di aver ucciso la moglie, la figlia e l'amante, ma dopo quell'incontro a tu per tu, dopo aver sentito la sua voce e percepito il suo sconforto per aver perso tutte le persone cui voleva bene, ero più sicura che mai che non fosse stato lui.

L'FBI, come anticipato da Berney, aveva reso noto il proprio interesse per il caso Evan Burke. Il procuratore Masci era stato aggiornato sulle vicende della famiglia Burke e di tutti i suoi membri, vivi e morti, e sapeva che Evan Burke era da tempo ricercato dal Bureau e per questo aveva cambiato nome, indirizzo e connotati. Quel che non poteva cambiare erano i capi di accusa che si stavano accumulando a suo carico.

114

Randall Lanning aveva chiamato Joseph Masci e gli aveva detto che il suo assistito, Evan Burke, voleva parlargli.

Si aspettava una risposta tipo «Lo ascolterò in tribunale», invece Masci aveva detto «Che cosa vuole? Posso dedicare mezz'ora, oggi alle tre, al tuo cliente che sostiene di essere colpevole di reati diversi da quello per il quale è stato rinviato a giudizio».

«Sostiene di avere informazioni importanti. Ma ti avverto, Joe, vuole patteggiare.»

Lanning aveva riferito l'orario dell'appuntamento a Burke, che era ancora in ospedale, e aveva aggiunto: «Chieda se c'è qualcuno che può farle barba e capelli».

«Lo chieda lei. È già tanto se mi portano la padella, quando la chiedo.»

«Le ripeto, Evan, che patteggiare con Joseph Masci non è una buona idea. Quell'uomo è come un serpente a sonagli: velenoso e velocissimo. Ma se proprio vuole sfidare la sorte, cerchi di mantenere la calma. Pensi, prima di parlare» aveva continuato Lanning.

Alle tre, quando Randall Lanning arrivò spingendo Evan Burke sulla sedia a rotelle, Joe Masci era nel suo studio.

Il segretario li fece accomodare e chiese al procuratore: «Prendo io le telefonate?»

« Rispondo solo alle emergenze, ma decida lei, George. Non ci metteremo molto. »

Masci non era alto, ma era muscoloso. Strinse la mano sinistra di Evan Burke con energia.

« Ho dieci minuti, e sono tutti a sua disposizione » disse. « Che cosa posso fare per lei? »

« Grazie di avermi ricevuto. Non so che cosa sa di me, dottor Masci. Sono un grand'uomo, un personaggio importante, un killer senza pari. Non sto scherzando. Ipoteticamente, sono disposto a fare una cosa che mi costa parecchio, ovvero ammettere di aver ucciso la moglie e la figlia di Lucas e quella studentessa » replicò Burke.

Il procuratore Masci sapeva già che Evan Burke sosteneva di essere colpevole di reati diversi da quello per il quale era stato rinviato a giudizio. Quella mattina aveva parlato al telefono con un agente speciale FBI di nome J. Edward Bernstein, alias Berney, il quale si era detto più che disposto a occuparsi di Evan Burke.

« E per quale motivo si autoaccuserebbe di tre omicidi? » chiese Masci a Burke.

« Per salvare mio figlio Lucas, che è innocente, anche se lo odio. »

Lanning prendeva affannosamente appunti sul suo bloc-notes mentre Burke parlava: era la prima volta che sentiva quelle cose.

« E questo è solo l'inizio. Confesserei anche di aver ucciso la ragazza al Golden Eagle e di aver commesso oltre cento omicidi in tre Stati diversi, fra cui il Nevada. Con tanto di prove. In cambio, chiederei alcune agevolazioni. »

« Quali agevolazioni, ipoteticamente? »

«Niente pena di morte. Cella privata con televisore e accesso a libri e video. Diritto di visita per persone di mia scelta. Diritto a visite coniugali e a un cellulare per buona condotta.»

«Cioccolatini sul cuscino?»

Burke sorrise. «No. Ma grazie del pensiero.»

«Nient'altro?»

«Un orario in cui bagno e doccia sono a mia esclusiva disposizione.»

Masci si appoggiò allo schienale e guardò al di sopra della testa di Burke.

«E fornirebbe piena confessione per iscritto?»

«Assolutamente sì.»

«Non mi interessa» disse Masci.

«Cosa?!» esclamò Burke. «Sto parlando di un centinaio di omicidi, più i tre di San Francisco, di cui posso fornirle le prove anche subito, per dimostrare la mia buona fede.»

«Ha ucciso sua nipote, sua nuora e l'amante di suo figlio?»

«Sì, sì. Vi dirò tutto. Come e quando e dove. Gli altri cento li tengo di riserva.»

«Evan, la smetta. Stia zitto» disse Lanning, forte e chiaro.

Masci prese un foglio di carta intestata e scrisse parecchie righe. Poi lo porse a Burke.

«Legga ad alta voce, per cortesia.»

«'Io sottoscritto, Evan William Burke, in presenza del mio avvocato e di Joseph Masci, procuratore distrettuale della contea di Las Vegas nello Stato del Nevada, confesso e giuro con la presente di aver ucciso Tara Burke,

Lorrie Burke e Melissa Fogarty. Mio figlio Lucas Burke è innocente e non ha commesso nessuno di tali crimini.' E in fondo 'Firma del dichiarante' e 'Firma del testimone'.»

Masci premette un pulsante sulla scrivania e un attimo dopo entrò il suo assistente. Randall Lanning prese Burke per la spalla dolorante e gliela strinse con forza per costringerlo a dargli ascolto.

«Ahia!»

Lanning voltò la schiena a Masci. «Evan, no. Ho detto di no. Non lo faccia» disse.

Evan si scrollò di dosso la mano dell'avvocato. «So quello che faccio» ribatté sottovoce.

Randall Lanning, a un volume di voce normale, disse: «Le sconsiglio di firmare quel foglio senza la garanzia che non verrà condannato a morte. Posso formularla io, su quello stesso foglio...»

Burke lo interruppe. «Ho detto che volevo dimostrare la mia buona fede. Mi fido del procuratore Masci e sono disposto a fornire tutte le informazioni sugli omicidi di San Francisco...»

«George, per piacere, dia questo foglio da firmare al signor Burke e apponga la sua firma in quanto testimone. Poi faccia trascrivere la registrazione di questo colloquio. Grazie» disse Masci.

Quando la dichiarazione gli venne restituita con le due firme, Masci disse: «Signor Burke, farò pervenire la sua confessione alla procura di San Francisco, che forse ritirerà le accuse contro suo figlio. Come ho detto poc'anzi, non sono interessato alla sua proposta. Abbiamo già elementi sufficienti a suo carico. Si tenga i suoi segreti. Non ci serve più di una condanna a morte. Grazie di essere venuto».

Si alzò e andò verso la porta aperta. «Ci vediamo in tribunale, Randall. Non vedo l'ora» disse.

E se ne andò.

Mentre Randall Lanning lo spingeva fuori dall'ufficio, Burke disse: «Secondo me parlerà con Parisi. L'ha detto e lo farà. Io comunque ho una garanzia ulteriore, sotto forma di una lettera che ho preparato. È in camera mia, all'ospedale, e lei deve farla avere a Cindy Thomas».

«È sicuro?»

«Sì. È cronista di nera al *San Francisco Chronicle* ed è al corrente di tutto. È urgente, Randall. Non la apra. La mandi con un corriere a Cindy Thomas in modo che la riceva prima che io sia uscito dall'ospedale.»

Lanning promise di farlo. «È l'ultima cosa che faccio per lei, Evan. Si trovi un altro avvocato» aggiunse poi.

115

All'ora di pranzo andai con Rich Conklin da MacBain's a mangiare un boccone e fortuna volle che trovassimo un tavolo relativamente vicino al jukebox.

C'era abbastanza rumore per riuscire a parlare senza farci sentire da altri. Conklin mi raccontò del bambino preso in ostaggio che era stato liberato e affidato ai servizi sociali, mentre il padre era stato arrestato.

«Il bastardo gli faceva fare la fame, lo picchiava, gli diceva che se faceva il bravo lo avrebbe mandato al campo estivo. E quando una vicina ha chiamato la polizia, gli ha puntato una P38 alla testa, povero Duane.»

«Sei riuscito a dargli un pugno, già che c'eri?»

«Purtroppo no.»

Brady entrò nel locale, si guardò intorno e ci vide. Venne al nostro tavolo e avvicinò uno sgabello per sedersi con noi.

«Salve, capo» disse Conklin. «Il ragazzino sta bene.»

«Ottimo lavoro. Sono venuto a dirvi che Burke è morto.»

«Cosa?!» esclamai. «Quale dei due?»

«Il nostro. Lucas.»

«Non è possibile! Ho preso un caffè con lui non più tardi di due ore fa.»

«Mi dispiace, Boxer. Raccontami cosa vi siete detti.»

Brady alzò la mano per chiamare Sydney. « Non so che cosa ordinare. Non ho nemmeno fame. Syd, mi ci vorrebbe qualcosa per sistemarmi lo stomaco. »

« Un frappé » suggerì Conklin.

« Sono intollerante al lattosio. Cosa avete come zuppe? »

Mentre Syd e Brady parlavano di zuppe, misi da parte il mio sandwich con bacon e formaggio che fino a pochi minuti prima mi faceva venire l'acquolina in bocca.

Conklin continuò a mangiare le sue patate fritte, ma svogliatamente, e dopo un po' smise. Quando Syd chiese se avevamo finito, rispondemmo di sì e lei portò via i piatti lasciandoci le birre.

« Brady, cosa caspita è successo a Burke? » chiesi.

« L'avvocato. »

« Lo ha ammazzato Newton Gardner? »

« Scusate, sto ancora cercando di capacitarmene. Gardner gli aveva comprato una giacca e una cravatta da mettersi per il processo. Secondo il sergente Waters, quando te ne sei andata era tranquillo. Appena si sono distratti per mezzo secondo, Burke ha tirato fuori la cravatta che si era nascosto sotto la tuta e ha fatto un nodo scorsoio. Questa almeno è la nostra ricostruzione dei fatti. Poi è salito sulla cuccetta più alta. Per fare un riposino, no? E, quando nessuno vedeva, ha legato un capo della cravatta alla struttura del letto e si è lasciato cadere. »

« Non posso... » balbettai. « Si è impiccato? »

Brady annuì. « Claire sta facendo l'autopsia. Ci dirà lei se è stato veramente un suicidio. »

Scuotevo la testa ripensando al colloquio con Burke.

« Come mai eri andata a parlargli? » mi chiese Brady.

«Speravo di arrivare alla verità.»

«E che cosa ti ha detto?» domandò Rich.

«Che non era stato lui. Ma non cercava di convincermi. Era completamente scoraggiato, come se fosse già morto.»

«Boxer, Burke era depresso, e per molti buoni motivi. Tu non c'entri niente» disse Brady.

«Mi ha chiesto perché avevo sparato soltanto alla spalla di Evan.»

«Rich» disse Brady prendendo una busta dalla tasca interna della giacca. «Sono venuto per darti questa. È appena arrivata con un corriere, urgente. È per Cindy.»

Mentre la passava a Rich, Syd tornò con una porzione di noodles in brodo per Brady.

Conklin guardò la busta con la scritta URGENTE, prese il telefono e selezionò un contatto.

«Cindy? Sono io. Due secondi soltanto. Puoi venire da MacBain's? Ti aspetto con Brady e Lindsay. Sì. Anch'io, tesoro.»

Fine della chiamata.

«Sta arrivando. Fra dieci minuti è qui.»

«Scommetto che gliene bastano otto.»

«Questa cosa non mi piace. Che cosa vuole Evan Burke da Cindy?» disse Conklin.

116

Quando Cindy arrivò da MacBain's, Syd ci fece spostare in un tavolo più grande e più lontano dal jukebox.

Cindy prese la busta e, senza quasi guardarla, disse: « Che succede? »

« Te la manda Evan Burke, Cindy. A quanto pare è un tuo fan. Ho anche una cosa da dirti in via confidenziale » rispose Brady.

« Okay, risparmiami i giuramenti di riservatezza. Ci sono tanti di quei poliziotti davanti alla Corte che l'uno o l'altro sicuramente me lo dirà comunque. »

« Lucas Burke si è suicidato. Punto » disse Brady.

« È morto? Mi stai dicendo che Lucas è morto? »

« Credo che questa sia la prima volta che ti passo uno scoop, giusto? » replicò Brady.

Cindy annuì, senza parole.

« Lo hanno portato all'Istituto di medicina legale. Forse puoi farti dire qualcosa da Claire. Okay. Io adesso devo andare, Clapper mi aspetta. Ci sarà parecchio contenimento danni da fare. »

Brady pagò la zuppa.

Poi disse: « Cindy, Evan Burke vuole vederti. È al Sunrise Medical Center di Las Vegas, forse ancora in terapia intensiva. Possono accompagnarti Boxer e Conklin. Non voglio che tu vada a parlargli da sola ».

E se ne andò.

«Non riesco a credere che Lucas Burke sia morto. Voglio dire, erano mesi che seguivo le sue vicende giudiziarie. Speravo di intervistarlo. Appena mi distraggo un attimo, lui si ammazza?» disse Cindy.

«L'ho visto stamattina, Cindy. Era depresso, ma lo era sempre stato, anche la prima volta che sono andata a parlargli» dissi.

«Devo scrivere la fine di questa storia.» Cindy mise la busta nella borsa senza aprirla. «Vado all'Istituto di medicina legale.»

«Un momento, Cindy» disse Rich. «Non vuoi vedere cosa ti scrive?»

«Potrei avere un attacco di panico.»

«Ragione di più per leggere la lettera adesso, che sei qui con la tua migliore amica e il tuo compagno. Da Claire puoi andare fra un po'.»

«Va bene.»

Cindy prese un coltello, aprì la busta e lesse: «Alla cortese attenzione di Cindy Thomas». Alzò lo sguardo. «È scritta a mano, con un pennarello, e ha la data di oggi.»

Scorse la lettera e bevve un sorso d'acqua. «Cosa caspita vuole Evan Burke da me?» disse.

«È una chiave, quella appiccicata con lo scotch sotto la firma?» domandai.

«Sì. E adesso vi leggo quello che scrive: *'Sono un genio del male e in oltre vent'anni questa è la prima volta che mi faccio prendere. Un po' per frustrazione e un po' perché sono stanco di darmi tanto da fare senza alcun riconoscimento. Ed è per questo che la contatto e che le mando questa chiave, Cindy. Se vuole un articolo in prima pagina da qui all'eter-*

nità, venga a trovarmi al Sunrise Medical Center di Las Vegas, reparto terapia intensiva. L'azzurro le dona'. »

« Cindy, è un bugiardo patologico » disse Rich.

« Lo chiamerò » disse Cindy. « E vediamo cosa succede. »

Diede un bacio sulla guancia a me, uno sulla bocca a Rich, prese le sue borse e corse via.

« Brady ha ragione a dire che dovremmo accompagnarla » osservai.

Feci segno a Syd di portare il conto.

« Sai, Rich, a me Evan ha detto che andava a letto con Tara da anni e che Lorrie era figlia sua. »

« Cosa? Roba da pazzi! Secondo te, è vero? »

« Non credo a niente di quello che dice, ma mi ha destabilizzato. E se non fosse proprio tutto inventato? Adesso ho la brutta sensazione che dirà che è stato lui a uccidere Lorrie, Tara e Misty. E questo vorrebbe dire che... Oh, mio Dio... »

« Vorrebbe dire che Lucas è stato condannato ingiustamente. Che si è ammazzato perché suo padre lo aveva incastrato e aveva perso ogni speranza. »

117

La targhetta sul camice del medico della terapia intensiva diceva: «Dott. R. Warren».

Brizzolato, burbero e con l'aria stressata, disse a Cindy che il paziente aveva insistito moltissimo per ricevere la sua visita e che lui l'aveva autorizzata soltanto perché non voleva che gli venisse un ictus.

«Lei non è una parente, né un'amica» continuò il dottor Warren «ma questo paziente subisce già restrizioni inconsuete e se passare cinque minuti con lei può farlo star meglio, non posso negarglielo.»

«Cinque minuti?» ribatté Cindy. «Sono venuta apposta da San Francisco!»

«Al massimo posso concedergliene sei, ma non di più.»

«Okay. Okay, dottore. Grazie.»

Evan Burke era a letto, ammanettato alle sponde e con una flebo al braccio, e un'infermiera gli stava cambiando la medicazione.

L'infermiera gli toccò la mano e Burke aprì gli occhi e girò la testa. Cindy trasalì, agitata. Sillabò il proprio nome e puntò un dito verso di sé.

Burke le fece segno di aspettare un momento. Finita la medicazione, l'infermiera gli risistemò le coperte, uscì dalla stanza e disse a Cindy: «Sono due giorni che la aspetta».

«Le manette sono ben chiuse?»

«Sì, e lì ci sono due poliziotti di guardia. Non si sieda troppo vicino, però, non si sa mai.»

«Okay, grazie.»

«Sia prudente, cara. Busserò sul vetro quando sarà ora di andare.»

L'infermiera si allontanò e Cindy entrò nella stanza, prese la sedia e si sedette a distanza di sicurezza.

«Signor Burke, come sta?»

«Non abbiamo tempo per i convenevoli.»

«Le dispiace se registro la conversazione? Così risparmiamo tempo» disse Cindy.

«Faccia pure.»

Cindy tirò fuori il cellulare, selezionò l'icona con il microfono e se lo posò sulle ginocchia.

«Ho molte cose da dire, quindi parlerò veloce.»

Cindy annuì.

«Ho letto i suoi articoli sulle scene isteriche di Kathleen, la fuga di Luke, il ritrovamento dell'auto di Tara e... senza esagerare, penso che lei diventerà famosa.»

«Grazie.»

«Io potrei aiutarla, ma anche prenderla in giro. Sono capacissimo di fare entrambe le cose.»

Cindy si chiese se Burke non fosse completamente pazzo. Delirava e le stava offrendo un'occasione d'oro? Era possibile coglierla, eventualmente? Burke cercava una visibilità che difficilmente il *Chronicle* gli avrebbe concesso, ma la decisione spettava a Tyler e al comitato di redazione. Lei, nel frattempo, poteva stare al gioco.

«Che cosa vuole dirmi?»

«Sono uno dei serial killer più grandi del secolo e nessuno lo sa.»

Per indurlo a continuare a parlare, Cindy cercò di non mostrare alcuna emozione, di non spostarsi all'indietro con la sedia, di non fare commenti.

«Pensi a tutte le parole che ha scritto nel corso della sua carriera e mi dica: che gusto ci sarebbe a tenersi tutto dentro? Il senso non è farle leggere al mondo?» disse Burke.

«Quindi lei vorrebbe...»

«La ribalta, sì. Voglio vedere il mio nome sul giornale. Voglio un agente. Voglio un film sulle mie gesta con Al Pacino che interpreta me. Voglio di tutto e di più.

«Ho una casa a Lonelyville, vicino al Red Rock Canyon. Ho dato all'infermiera una mappa e una lettera in cui la autorizzo a entrare e prendere tutti i miei effetti personali. Entro ventiquattr'ore.

«Ho dovuto vendere la casa per pagare l'avvocato, anche se è un avvocato da strapazzo» continuò Burke. «I nuovi proprietari arriveranno domattina. Quindi, se vuole l'esclusiva sulla mia storia, si prepari a caricare la macchina subito. Domande?»

«Come si chiama l'infermiera?»

«Nancy.»

«Dove trovo le informazioni?» chiese Cindy.

«Ha la chiave?»

«Sì.»

«Me la faccia vedere.»

Cindy si infilò una mano nella scollatura e tirò fuori un cordino rosso con la chiave appesa.

«Bene.»

Bussarono al vetro.

Cindy si voltò, annuì, poi si voltò di nuovo verso Burke.

« Si faccia dare da Nancy la lettera che le avevo lasciato in caso me ne fossi andato prima di riuscire a parlarle e le dica che mi serve il catetere. Piacere di averla conosciuta. E guardi sotto il letto, mi raccomando. »

Burke chiuse gli occhi. Nancy le fece segno di uscire.

« Ha una lettera per me? » le domandò Cindy.

Nancy aprì un cassetto, ci frugò dentro dicendo: « Certo, cara ».

Sulla sedia accanto alla scrivania c'era un giornale. Era il *Chronicle.* Cindy lo prese, lo girò e lesse il titolo in prima pagina.

Il titolo del suo articolo.

SUICIDA IN CARCERE LUCAS BURKE,
CONDANNATO PER OMICIDIO

« Il signor Burke lo ha visto? » domandò Cindy.

« Oh, sì. Ha sentito la notizia alla tv e si è fatto portare il giornale. »

« E come ha reagito? »

« Lì per lì sembrava arrabbiato, poi ha riso e ha detto qualcosa tipo 'Che idiota'. Poi si è lamentato perché le manette gli sfregavano la pelle dei polsi. Gli ho detto di aver pazienza, che ormai è questione di poco: oggi lo trasferiamo dalla terapia intensiva in reparto. »

Nancy porse la busta a Cindy.

« Ecco qua, cara. Buona fortuna. »

Cindy la ringraziò e uscì dall'ospedale. Le cose da fare erano molte e il tempo era poco.

118

Ero con Rich nella sala d'aspetto a una ventina di metri dalla terapia intensiva.

Vedemmo Cindy sbucare nel corridoio, pallida e con l'aria provata.

«Com'è andata? Che cosa ha detto?»

«Com'è andata? Prova a immaginare un incontro fra la *Clarissa* di Richardson e Hannibal Lecter. È stato gelido, cordiale, brusco e amabile, tutto nel giro di cinque minuti. Lo definirei un essere che di umano ha soltanto il fatto che gli batte il cuore, ma di questo sono sicura soltanto perché si vedeva il tracciato sul monitor. Sa già di Lucas. Oddio, mi viene da vomitare.»

Le indicai la toilette, ma Cindy non si mosse.

«Che cosa ti voleva dire?» le chiese Conklin.

«Ve lo racconto in macchina.»

Salimmo sulla Subaru Outback presa a noleggio, Conklin al volante, Cindy accanto a lui e io con il sedile posteriore tutto per me. Chiamai Alex Belinky e gli riferii lo stretto indispensabile, dissi che avevamo l'autorizzazione scritta a entrare nella casa di Burke e una mappa disegnata a mano della zona di Red Rock Canyon.

«È ancora legato al letto in terapia intensiva, ma stanno per trasferirlo in un altro reparto. Evidentemente sta meglio. Ci sentiamo, comandante. A presto.»

Se la scala della mappa disegnata a mano era affidabile, la casa di Burke era a una cinquantina di chilometri dal centro di Las Vegas. Seguendo le indicazioni di Cindy, Rich prese la Route 95, che attraversava la periferia e si addentrava nella pianura deserta punteggiata di arbusti.

Non avrei mai immaginato che Burke vivesse in un posto così lontano dal mare e da tutto.

Il paesaggio era veramente desolato, ma aveva una sua bellezza. Il tramonto. Il monte Charleston in lontananza, controluce nel cielo che da azzurro si stava tingendo di rosso vivo, giallo e arancione.

Rich indicò una strada sulla sinistra.

«Sì, è quella» disse Cindy. «Bravo, Richie.»

Rich svoltò a sinistra e proseguimmo per circa ottocento metri seguendo i cartelli di un'agenzia immobiliare che ci indicarono di tirare dritto ad alcuni bivi con stradine secondarie finché non ci trovammo davanti a una casupola dall'aria sinistra.

Rich si fermò. Nel fascio di luce dei fari, non pareva molto diversa da quella sul monte Tamalpais: era una struttura ibrida, consistente in un vecchio camper collegato a una baracca di legno costruita artigianalmente. All'imboccatura della strada di accesso c'era un palo con un cartello bianco e rosso che diceva: «Patricia McNamee Real Estate – VENDUTO». Non c'erano luci accese dentro la casa, non c'erano macchine parcheggiate nello spiazzo, nessun movimento, solo ronzio di insetti all'imbrunire.

«Che meraviglia» commentai.

Cindy fece una risatina nervosa.

«Cindy, tu resti in macchina finché non torniamo a chiamarti. E chiuditi dentro» disse Rich.

Andammo verso la casa con torce e pistole alla mano. Sbirciammo da porte e finestre senza vedere niente e appoggiammo l'orecchio alle pareti di lamiera e di legno senza sentire nessun rumore.

Sembrava proprio che non ci fosse nessuno.

119

Essere di nuovo al lavoro con Rich era bellissimo.

Ci intendevamo senza bisogno di parole. Facemmo il giro intorno alla casa, io a sinistra e lui a destra. Non udimmo alcun rumore, non vedemmo nulla né dalle finestre né nel giardino e, dopo aver controllato il capanno degli attrezzi, ci annunciammo come da protocollo.

Bussai e gridai: « Polizia! Aprite! »

Nessuno rispose. La porta era chiusa a chiave e di fianco allo stipite c'era una cassettina di sicurezza con le chiavi per l'agenzia immobiliare.

Dopo aver gridato più volte « Polizia! » e non aver ottenuto risposta, Conklin divelse la porta a calci.

Entrai e accesi la luce illuminando un unico vano di circa quaranta metri quadri, interamente visibile dalla soglia.

Era un monolocale che evidentemente fungeva da camera da letto e soggiorno, con un letto incassato e una libreria con scrivania a ribalta e scomparti tipo schedario. Cucina e bagno erano nel camper.

Ci accertammo che non ci fosse nessuno nascosto da qualche parte, armadi e doccia compresi, dopodiché Conklin si affacciò sulla porta sfondata e chiamò Cindy.

Ci facemmo da parte per lasciarla entrare e cominciare la sua meritatissima caccia al tesoro.

«Dovrebbe essere sotto il letto» disse.

Era un letto a due piazze, costituito da una pedana rettangolare di legno con un materasso posato sopra. La pedana fissata al pavimento, anch'esso di legno, senza nessuno spazio in cui potessero trovarsi oggetti o anche solo mucchi di polvere. Rich sollevò il materasso e lo appoggiò al muro, scoprendo le doghe. Ci volle un attimo per tirarle su e trovare quello che cercavamo.

Una cassa di legno grezzo, una sorta di piccolo baule.

«Dai, apri.»

Cindy scavalcò il bordo del letto e provò a sollevare il coperchio, ma il baule era chiuso a chiave.

«Ah, già» disse.

Tirò fuori da sotto la camicia il cordoncino rosso al quale era appesa la chiave che Burke aveva allegato alla lettera, sotto la firma. La provò e, dopo qualche tentativo, la serratura si aprì.

Cindy sollevò il coperchio e osservò il contenuto dello scrigno. Vidi tre volumi rilegati in pelle con date incise sulla copertina. Ne aprii uno e vidi pagine e pagine di annotazioni e date scritte in corsivo con una grafia minuta e molto fitta.

Cindy tirò fuori dal fondo del baule un grosso album. Lo aprì e vedemmo che era pieno di foto incollate alle pagine. Erano ritratti di donne giovani o giovanissime, che sorridevano all'obiettivo, e sotto ciascuna Burke aveva scritto una sorta di didascalia. Per esempio, *Becky Weise, Catalina, 1998, tatuaggio di fiori e uccellini intorno alla caviglia. Le rose sono rosse, le estati sono gialle, sfioriscono veloci sia le une che le altre.*

Ogni foto era accompagnata da data e nome, o a volte

«NN», e dalla mappa dei luoghi dove Burke aveva ucciso la vittima e dove aveva seppellito, abbandonato o nascosto i resti.

Guardai Cindy e vidi che aveva le guance rigate di lacrime. La abbracciai forte cercando di non mettermi a piangere anch'io. Era straziante. Quell'album aveva trasformato le millanterie e le menzogne di Burke in persone vere, in esseri umani cui lui aveva tolto la vita.

«Cosa faccio?» disse Cindy. «Qual è la prima cosa da fare?»

«Fammi vedere il messaggio di Burke, la lettera che ti ha dato l'infermiera» le disse Conklin.

Si sedette per terra accanto a noi e lesse il messaggio, accompagnato dalla mappa per arrivare alla casa e da una sorta di testamento olografo.

«Io sottoscritto, Evan William Burke, con la presente lascio l'intero contenuto nella mia casa di Lonelyville a Cynthia Thomas.»

Seguivano data, firma di Burke e firma della testimone: «Nancy Shepherd, infermiera».

«Questa roba è tua, Cindy. Ma non sono informazioni che puoi mettere online» disse Rich.

«No, certo» convenne Cindy. «Ma a quale dipartimento di polizia le devo consegnare?».

«So io che cosa dobbiamo fare» replicò Rich.

Sfogliammo i libri sugli scaffali della libreria, frugammo nella scrivania e trovammo altre lettere e un altro album di fotografie che mettemmo nel baule di legno. Dentro i cassetti e gli armadi trovammo altri oggetti interessanti:

- la chiave di un motoscafo Sea Ray come quello di Wendy Franks;
- la targhetta di una valigia con le iniziali «SW», che probabilmente era appartenuta a Susan Wenthauser, la ragazza in partenza da San Francisco che Burke aveva ucciso prima che arrivasse all'aeroporto;
- una foto di Misty Fogarty con la divisa bianca e azzurra della scuola, fissata con il nastro adesivo dentro uno dei mobiletti della cucina. Era raccapricciante pensare che le aveva scattato quella foto e poi l'aveva uccisa per puro dispetto.

Dopo aver caricato in macchina il baule, Rich ci portò fino a un grosso negozio di ferramenta a circa un quarto d'ora di distanza, dove c'era un wifi potente con un buon segnale.

Ci fermammo nel parcheggio per telefonare.

A Brady, per dirgli che stavamo bene. A Joe, che disse «Aspetta un momento» e ci invitò a partecipare a una chiamata di gruppo. La voce che sentii subito dopo quella di mio marito era di Berney.

«Abbiamo i diari di Evan Burke con tutti gli omicidi che ha commesso» dissi. «Li ha affidati alla giornalista Cindy Thomas con un documento sottoscritto davanti a testimoni.»

«Posso parlarle?»

«Certo. Berney, ti passo la mia cara amica Cindy» risposi.

Mentre scendevo dalla macchina con Rich per lasciare a Cindy un po' di privacy, la sentii che diceva: «Intendo consegnare a voi tutto il materiale che mi ha lasciato Burke, ma non appena sarà desecretato lo pubblicherò». Sorrideva, quando mi restituì il telefono.

Salutai Joe e Berney, poi Cindy chiamò il suo amico e agente, Bob Barnett.

Era stato Bob ad aiutarla a pubblicare il libro di true crime *Fish's Girl*.

Avvicinai l'orecchio al telefono per sentire anch'io.

«Bob, sono a Las Vegas. Ho un best-seller in arrivo, una storia di true crime che sembra fiction.»

Bob le rispose in tono estremamente cordiale.

«La storia dei Burke, Cindy? L'ho seguita. Avidamente. Appena puoi, vieni a Washington così ne parliamo e stabiliamo un piano di azione.»

«A presto» gli disse Cindy.

Ci abbracciammo tutti e tre, poi Rich mise in moto e partimmo in direzione dell'aeroporto per tornare a casa.

RINGRAZIAMENTI

Un grazie per le consulenze a numerose persone straordinarie: il capitano Richard Conklin, della divisione investigativa del dipartimento di polizia di Stamford, Connecticut; Lisa Raquel Pallack, patologa forense, dipartimento della salute della contea di Ulster, New York; le talentuose ricercatrici Vivian Kahn e Heather Parsons, e Ingrid Taylar, che da quindici anni indaga per noi sulla West Coast. Al Team Patterson: come voi non c'è nessuno. Massima gratitudine anche a Mary Jordan, che riesce sempre a sgombrare la pista per decolli e atterraggi e a far scomparire eventuali UFO.

Ricorderemo sempre con grande affetto l'avvocato Philip Hoffman, dello studio Pryor Cashman, LLP, New York City, che ci ha dato preziosi consigli sui processi di questo e di altri romanzi precedenti. Riposa in pace, Phil.

Questo libro è stampato col sole

GRAFICA VENETA

Azienda carbon-free

PEFC

Certificato PEFC
Questo prodotto è realizzato con materia prima da foreste gestite in maniera sostenibile e da fonti controllate

PEFC/18-31-226
www.pefc.it

Fotocomposizione:
Nuovo Gruppo Grafico s.n.c. - Milano

Finito di stampare
nel mese di gennaio 2024
per conto della Longanesi & C.
da Grafica Veneta S.p.A.
di Trebaseleghe (PD)
Printed in Italy